湘西风与月

李华章 著

北京日报出版社

图书在版编目（CIP）数据

湘西风与月 / 李华章著. -- 北京：北京日报出版社，2022.1
（新时代散文）
ISBN 978-7-5477-4023-1

Ⅰ.①湘… Ⅱ.①李… Ⅲ.①散文集－中国－当代 Ⅳ.①I267

中国版本图书馆CIP数据核字（2021）第146447号

湘西风与月

出版发行：	北京日报出版社
地　　址：	北京市东城区东单三条8-16号东方广场东配楼四层
邮政编码：	100005
电　　话：	发行部：（010）65255876
	总编室：（010）65252135
印　　刷：	成都市兴雅致印务有限责任公司
经　　销：	各地新华书店
版　　次：	2022年1月第1版
	2022年1月第1次印刷
开　　本：	880毫米×1230毫米　1/32
印　　张：	8.75
字　　数：	204千字
定　　价：	59.80元

版权所有，侵权必究，未经许可，不得转载

目 录

湘西之恋

向警予之歌	002
沧桑贺龙桥	005
名将的情怀	008
沅有芷兮	011
难忘雪峰山	014
屈原流放地溆浦	017
凤凰,别样的魅力	020
阿拉女人	024
王村镇风韵	027
美丽的德夯矮寨	031
云端的花瑶梯田	034
吊脚楼赋	038
湘西年俗	040
"稻都"安江散记	043

湘西情缘

牛啊牛	048
长潭河	051
牛屁股山	054
油鞋之忆	058
女大三，抱金砖	061
花桥啊，花桥	065
堂姐白菊	069
欢喜佛	073
二舅妈	076
三　舅	080
枞鸡垅记事	083
一封未读到的信	087

大地风雨

他们的名字叫"红"	092
高高的"解放碑"	095
金沙江畔皎平渡	098
一碧万顷向家坝	101
宜昌，飘出一道道彩虹	104
王昭君的故乡	109
菊韵花香	113
做"候鸟"记	115
牵　挂	119
岁月影	123
月潭河怀想	126
山城妹儿	128
摇曳的远安杨	132
小巷美发女	135
大美利川二记	137
在三峡，遇着美丽	141
神女峰，永远美丽	145
流在心上的三峡（二题）	149

三峡竹韵	152
昙华林记（二题）	154
诗情澎湃三游洞	161
植树种花长江边	165
千年祠宅巍然在	168

文坛梦忆

难忘文学路上第一步	174
晚晴片羽	178
"两条河流"我写了一生	181
作家的风范	184
作家、艺术家的自信与自省	186
白首方悔读书少	189
一本好书影响人的一辈子	192
沈从文行船过枝江	194
他永远活在作品中	197
为人民抒情　为时代歌唱	200
乡土诗坛一颗星	220

附 录

梦绕湘西　情溢三峡　真情华章 …………… 邹明山　224

踏遍青山人未老 ………………………………… 樊　星　238

静水深流　自成一派 …………………………… 姚自蹊　241

步履健美写年华 ………………………………… 涂怀章　245

收获时节果满园 ………………………………… 张永久　256

如画山水寄深情 ………………………………… 牛　军　261

后记　我的散文写作生涯 ……………………………… 265

湘西之恋

向警予之歌

　　我的家乡在湖南省溆浦县，100万家乡人民因为出了个向警予而感到无比自豪。溆水河畔向警予烈士的故居已修建成"向警予同志纪念馆"，在院子里又修建了一座高大的塑像。溆浦作家舒新宇为她写过一本书《向警予的故事》，还被改编成电视连续剧《向警予》；而今，我要为她唱一支《向警予之歌》。

　　向警予（1895—1928年），诞生于溆水河畔的县城，原名向俊贤，土家族。取俊贤的名字，寄托着父亲（商会会长）的一片厚望。她没有辜负父亲的期望。在新文化运动和五四运动中，她是湖南的活跃分子和领导骨干，1919年秋加入新民学会。同年，她与蔡畅等组织湖南女子留法勤工俭学会，并带头赴法勤工俭学。1921年底回国，1922年加入中国共产党。在党的第二、三、四次全国代表大会上均当选为中央委员，并担任党中央第一任妇女部长、妇女书记，是我国最早的妇女运动领导人之一。她撰写了大量论述妇女运动的文章，宣传妇女解放。她在家乡溆浦创办了第一所男女合校的新式学堂——溆浦学堂，她在妇女解放运动史上具有开创性的意义。1925年，她去莫斯科东方大学学习……

　　风云突变，1927年大革命失败后，向警予回国。在党的大部分领导人先后转移时,她主动要求留在武汉,坚持地下斗争。她先后在武汉总工会、中共汉口市委宣传部和湖北省委工作。1928年3月20日,由于叛徒的出卖,向警予不幸被捕。面对敌人的严刑拷打,她坚贞不屈,视死如归,表现出共产党人的崇高气节和大无畏的革命精神。5月1日,国民党反动派把向警予绑赴刑场。一路上她仍向广大民众宣传,高呼革命口号……敌人十分恐慌,便将石头塞进她的嘴里。她在汉口英勇牺牲时,年仅33岁。她的人生极其短暂,但却非常灿烂!

我和兄弟姊妹久久地流连在向警予纪念馆里。大凡为中国革命奋斗,为亿万劳苦大众谋解放的人,人民群众是不会忘记他们的。我凝视毛泽东、周恩来、邓小平、胡耀邦、陈云等中央领导同志的题词,字字句句无不感人肺腑。"向警予同志为革命牺牲了,我们不要忘记她。"(周恩来题词)小妹抹了抹眼泪,连说:我们永远忘不了她!

走出纪念馆后,经过一棵古樟树,树高耸入云霄,枝繁叶茂,苍翠欲滴,掩映于溆水之中,一只小船似隐似现,漂向远方。当年,向警予就是坐着小船去参加革命的。据说,20世纪"文化大革命"(简称"文革")期间,出现过一桩神奇之事。这棵古樟树突然濒临枯死。可是几年后,它又枯木逢春,重新青翠起来,在繁茂的枝叶间只留下几根光秃秃的枯枝,似记载着生命的沧桑。孩提时代的向俊贤经常在大树下游戏、背书和临帖……

在院子中央,矗立着一座塑像。记得我第一次瞻仰时是白色大理石塑像。这一次重新修建的铜像,是为向警予同志诞生100周年所铸造的。铜像基座上镌刻着陈云同志的题字,连基座一起,高9.4米,寓意向警予的诞生日9月4日。

我们肃立在铜像前,向警予同志英姿飒爽,青春靓丽,双

眼炯炯有神，面带微微笑容。她的灵魂好似溆水一样纯洁明亮，那稍微飘荡的裙子，宛如给她插上了翅膀。我好似看见她从巴黎漂洋而归，从湘江破浪而回，从武汉乘鹤而落……青春是多么的美丽啊！

我们肃立在铜像前，向警予同志像一座巍巍峨峨的雪峰山，一年四季蓬勃着青枝绿叶，永远地滋润着湘西儿女的心田。

我们肃立在铜像前，久久地仰望着向警予同志。我情不自禁地自言自语：她那青春的英勇，她那火热的初心，比我们坚强，比我们崇高；她那柔弱的肩膀比我们挑得沉重；她那细嫩的脚板比我们迈得矫健，始终恪守最初的誓言；她那炯炯有神的双眼比我们看得遥远，在茫茫的黑夜中，她看见了共产主义理想的曙光！

此时此刻，我心潮澎湃，好像触摸到了一个共产党人的雄魂和脊梁。忽然，耳边听到了一阵轻轻的音乐声……

从古到今，人世间修建了多少座塑像，有多少被人淡忘，有多少被人捣毁，而成为永恒的只是极少数。向警予铜像将世世代代定格在中国人民心上！

（原载《三峡晚报》2021年3月10日）

沧桑贺龙桥

喜欢桑植县洪家关,就因为它是贺龙元帅的故乡。湘西各地的风雨桥有简朴的,有雄伟的,有新修的,有保存完好的。但没有哪一座能与贺龙桥相比,百年风雨沧桑,千年壮丽神州。

今年春天,我终于实现平生的一个夙愿。当我脚步轻轻地、轻轻地徜徉在贺龙桥上时,生怕打扰了贺龙元帅沉睡的梦。我久久地、久久地凭栏俯瞰桥下的玉泉河,照相似的映照出桥的身影。河水清亮,悠悠流淌而去。我的心也像玉泉河的一朵浪花,流向历史长河的远处……

贺龙桥的一端连着贺龙故居,故居外修有围墙,小院里绿树成荫,郁郁葱葱,散发出淡淡的清香。庭院深处,坐落一栋三柱四封的木屋,背倚青山,傍连农田,前临玉泉河。1896年3月,贺龙就诞生在这栋木屋里。木屋始建于清道光年间,住过祖孙三代人,它同贺龙的命运休戚相关。从1919年起,木屋先后几次被反动势力焚烧。尤其是"文革"中,贺龙同志受到"四人帮"丧心病狂的诬陷,故居剩下的一段残垣也被彻底捣毁,连一片宅基都被开挖成田。直到1975年中共中央为贺龙同志平反后,1978年,贺龙故居由桑植县人民政府依原样修复,并被列为湖南省重点文物保护单位。

故居门前的贺龙桥,原名永安桥。这是贺龙曾祖父首倡修建的，于 1915 年竣工。可历史真会开玩笑，这座永安桥竟一直没有永安过，同贺龙故居的命运一样，历经风雨沧桑，饱尝腥风血雨。直到 1950 年 1 月，这座桥才经县人民政府修复，于 1953 年 1 月竣工，正式命名为"贺龙桥"。

我伫立桥头，细读《贺龙桥碑文》，历史风云似在眼前一幕幕闪过：1916 年 3 月，贺龙刀劈芭蕉溪盐局后，曾在桥头成立"桑植讨袁军"；1928 年 3 月，贺龙、周逸群等受中共中央派遣，回到家乡洪家关，发动、组织人民群众，于 4 月胜利地举行了"桑植起义"，此后，桑植家乡民众称这座桥为"红军桥"；1929 年 11 月，这座桥被反动团防头目烧毁；1937 年秋，当地百姓再建此桥；1940 年 5 月，红军桥被洪水冲垮；1952 年 10 月，桑植县人民政府重建此桥，于 1953 年竣工；1998 年 7 月，发生百年未遇的特大山洪，桥又被冲垮；同年 11 月再次动工恢复原貌。我站在石碑前，心潮起伏，一座桥历尽天灾人祸，令人万分感慨。我几乎大声朗诵：这是一座革命的桥，英雄的桥，光荣的桥啊！

我徜徉在贺龙桥上，桥长 100 余米，宽约 10 米，桥面铺着厚厚的木板，两边修有木护栏，由横木柱连接，木柱中间的木板，正好做长长的凳子。我坐在木凳上歇息，看行人过往。贺龙桥把他同老百姓的生活连在一起了，它好像架在桑植人民群众心中的一座连心桥！

我站在玉泉河边，远山苍苍，禾苗青青，河水悠悠，贺龙桥下的三座石墩，坚如磐石；桥上的屋檐盖着青瓦，正中部位的顶层，似一座小方亭，飞檐翘角，古色古香，给大桥平添几分雄伟壮丽。桥以人名。贺龙桥将同贺龙元帅一样，似一座历史丰碑，永远矗立在家乡人民、中国人民的心中！

岁月沧桑的烟云已飘飘远去。与故居相对的贺龙纪念馆耸立在桥的另一端，耀眼的六根红柱擎起双层飞檐的建筑，陈列着贺龙同志的革命文物。大门外的花坛上，矗立着贺龙元帅的铜像，高大威武，像迈着雄健的步伐，向着阔别几十年的家乡走来，欲再次走过历尽沧桑的风雨桥，听当年革命呐喊的吼声，看高高举起的红缨……

我默念着一副楹联：

  一腔热血数十载丰功伟绩名垂青史
  万里春风亿万人怀念追思有口皆碑

那就是贺龙元帅坎坷曲折的风雨人生……

（原载《南方日报》）

名将的情怀

湘西,曾留给我一个又一个的梦。对故乡的深情和怀念也许是每个人的一种天性。

杰出的军事家粟裕大将也是湘西的儿子,1907年8月10日出生于会同县坪村镇枫木树脚村。

粟裕大将旧居,坐落在枫木树脚村,离会同县城不到一个小时的车程,远远就可望见一株参天的大树,这株千年古枫树脚下,便是粟裕大将旧居的东院。东院为正屋,供家人居住;西院系花厅,为接待和私塾讲学之所。中间有一条小溪,宽不过丈余,由小桥相连。旧居为二层楼房,木质结构,八字大门,"品"字形门厅,屋角是卷起的,正中有小天井,颇富有湘西民居特色。从管理旧居的老人嘴里知道,粟裕家是地主成分,土改时这栋旧居曾被没收分给了贫下中农,直到1986年才收回。

管理旧居的老人名叫粟多瑛,是粟裕的一个堂兄,他的父亲同粟裕的父亲是同胞三兄弟。粟裕小时候名字叫粟多珍,在乡下,把男孩的名字取作女孩的名字,必有缘由,必有希冀,我欲进一步问这个底,他摇了摇头表示解答不出。意想不到的是,这位粟多珍后来竟出息成为中华名将,战功赫赫。

俗话说,人杰地灵。粟裕在古枫树下的旧居生活了14年之后才迁居会同县。我绕着那株古枫树看了又看,浮想联翩,眼前的古枫树，高高大大，枝叶茂密，充满生命的伟力。想必是它地处高坡，树下有溪，扎根深土，独得阳光、水分的丰富滋润吧！

粟裕家乡的风水究竟如何，不敢妄言。但没有枫木树脚村这块热土的哺育就不会有粟裕。这生养哺育之恩，即使成了中华名将，粟裕也始终没有忘记，他深深地怀念家乡，魂牵梦萦。粟多瑛告诉我，他记得清楚的，粟裕生前有三次想家想得最厉害。一次是在1951年，20多年枪林弹雨、南征北战的戎马生涯之后，勾起了他对家乡的眷恋之情，他在家信中表白，他很想回到湘西老家看看，拜望亲人，看望乡邻。粟多瑛全家人也眼巴巴地盼着团圆这一天。那时候，正是农村土改后不久，家境不如从前，听说粟裕当了大官，一家人真想念他回家来看看。但是，他为了肃清残敌、剿灭土匪，竟没能成行。

1958年"大跃进"时，粟裕第二次想回家乡。那次，他人已到了省城长沙。不久他写了一封信，说是不能回家了。原来是因为，如今全国人民都在"大跃进"，"一天等于20年"，为"超英赶美"而奋战，不能因为自己回家而惊动家乡的干部和乡亲，耽误了大家的时间呀！后来，他只准许会同县里的几个领导干部赶到长沙，向他汇报家乡的情况……

悠悠岁月，转瞬即逝。1981年12月，粟裕第三次想回家乡。这时候，他已躺在北京一家医院的病床上，当然不能起程。这一次是粟多瑛和几个亲戚带着家乡的土特产，风尘仆仆赶去医院探望他。他坐在病床上，一面过细地瞧着他们，一面不停地问这问那，声音低沉，带着感情说："见到你们，如同自己回了一趟家乡一样。好多次想回家乡都只是梦……"那亲切的话语，深厚的乡情，他们至今还记得清清楚楚。当时，他询问了屋背后的古枫树还在不在。他们回答：古枫树还是那样高大、枝叶茂盛,还是那样有股子冲天劲儿,旁边的那两株古樟树和一株古檀木树,也没有被砍掉,长得同样粗壮。见他微笑了,他们心里也充满了温热。可他立刻又想起了什么,话到嘴边未讲出来,留下了一个谜!

他还问到会同县里的情况怎么样。他们告诉他,会同县已有30万人口,侗族几乎占一半;全县金矿有好几个,一年可挖黄金几千两。顿时,他脸上露出了笑容。他又问贫穷地方多不多。他们回答说:据讲,还有不少乡村贫穷得很,温饱问题尚未解决。他只点了点头,没有说话,像是在沉思什么……对于一位名将,革命了一辈子,看不到国家和家乡富裕起来,心里是难过的。如今好了,改革开放的春风吹到了湘西大地,吹到了会同县,吹到了枫木树脚村,有一部分人已经先富了起来。粟裕将军啊,您的在天之灵一定会为家乡巨变而感到欣慰的!

在粟裕大将的故里,我看到了那座粟裕同志纪念碑高高耸立在山上,那"功勋赫赫标青史,丰碑巍巍竖林城"的碑刻,铭刻在每个瞻仰者的胸间。这样一位名将是值得大家怀念的。纪念碑不远处就是粟裕纪念馆。我默默地走在水磨石地上,一遍又一遍读着他战斗一生的光荣事迹,霎时间觉得那纪念馆变得好大好大,要不怎么装得下粟裕大将那崇高的情怀和浓厚的乡愁呢?!

(原载《文艺报》)

湘西之恋

沅有芷兮

　　从湘西来到三峡宜昌，日久生情，对一条发源于神农架流经兴山的县前河，王昭君常在河边浣洗而使碧水染了香味，兴山老百姓把它取名"香溪"，至今闻名中外，留给我美丽的记忆。

　　后来，我又从三峡宜昌重返故乡湘西，欲拾回孩童时代的梦。那是金秋时节，我走进怀化芷江侗族自治县城，一条舞水河（五溪之一的舞水）从芷江穿城流过，似一条玉带飘舞，向下游悠悠流去，投入千里沅江的怀抱。舞水河是一条古老的河流、一条秀美的河流、一条文明的河流。脚下的这片土地与城市在汉代时名叫"无阳"，之后改称"舞阳"。岁月流逝。屈原因受谗被楚怀王流放于沅湘，溯沅水而上，入溆水，在溆浦寓住约9年，曾在诗中吟咏："沅有芷兮澧有兰。"（《九歌》）屈原在流放途中，喜见沅水两岸生长着许多美丽的"芷"，这是多年生草本植物，开白色小花，花开如蕙，一蕙含一二十个蕊，花期在夏天，花香扑鼻，香飘远方，令人驻足。从中我们也可窥见屈原在逆境中仍葆有一颗浪漫的诗心。据传，有人把白芷里的"芷"字，和舞水河流入沅江的"江"字合在一起，"芷江"由此而得名。我回味良久，芷江县名饱含着多少芬芳和诗意。芷江啊，一座芳香而美丽的古城，一座因侗族人民生于斯、长于斯而生生不息的神秘边城，一座因中国抗日战争胜利在这里受降而名震天下的英雄之城!

自古以来,芷江因地势地利条件,素有"滇黔孔道,全楚咽喉"之称,是贵州、云南之门户,是湘黔两省边陲的一个经济、文化与军事中心。一条舞水河成了当时的交通大动脉,江上船桅如林,商贾满船。400多里的舞水穿山越谷,峡谷幽深,弯弯曲曲,湍急奔流,两岸青山,绿意盎然,美如画廊,"行人在山景在溪","昂首但见山插天";船只上下舞水河,古朴的船俗,闯滩的号子,张扬出五溪湘西人强悍、坚忍的霸蛮精神。一方水土养一方人。

芷江边城因舞水河而热闹,成了"南方丝绸之路",连上海都有一条马路名叫"芷江路"。可是,这条舞水河也导致百姓灾难深重。我来到西关渡,过去这里河水很深,江面又宽,夏秋季涨洪水的时候,浊浪滔天,洪波翻滚,惨象环生,常把渡船与货船打翻,多少人淹死于滔滔洪流中,家破人亡,多少船只被大浪冲翻撞破,人财两空。正如民谣所唱:

西关渡口鬼见愁,多少冤魂河中流。
行客商贾谈色变,横舟过江谁无忧。

直到1482年,靠广大百姓集资修了一座浮桥;100多年后的1591年,才又修建一座像样的墩子铁索桥,取名"龙津桥"。之后,风雨沧桑,几经修复……直到1999年,芷江县沐浴改革开放的春风,重建"龙津风雨桥"。今日龙津风雨桥,长230多米,宽4米多,桥中有八角亭,桥顶还修了亭台楼阁,远远望去,平添多少气派;桥上栏杆,雕花精致,长条木凳串联始终,两边重檐瓦屋,气象非凡,雄伟壮丽,有如长龙卧波,彩虹凌空。漫步龙津风雨桥上,人来人往,川流不息,商店栉比，那五颜六色的侗族服饰，鲜艳夺目，人见人爱。不是凤凰"虹桥"，胜似凤凰"虹桥"。倘若沈从文九泉之下有灵，兴许会欣然命笔，补写一篇《芷江的桥》，有如他的《常德的船》《辰溪的煤》一样，民族风情万种，地域特色浓郁，光彩四射，堪称湘西风景之"眼"！

  10月下旬，我到怀化芷江的时候，早过了夏季沅江两岸白芷开花的季节，心生遗憾。可心中的遗憾终于在芷江城得以补偿。当我走出修缮一新的抗日"受降纪念坊"，伫立在纪念坊前凝视良久，轻抚牌坊，流连忘返，那呈"血"字形的宏伟牌坊，令人心灵震撼。这是神州大地唯一纪念抗日战争胜利的标志性建筑，好似一座历史丰碑，巍然成中华民族抗战胜利的"凯旋门"！湘西"雪峰山会战"的胜利，结束了14年的抗日战争。成千上万抗战烈士的鲜血浇灌出芷江血染的风采。战地黄花分外香。我徜徉在芷江的"和平广场"，我漫步在"和平园"，我串户于"和平村"，格外地感受到一座"世界和平城"的浓郁气息，令人闻芬芳的花草而流连忘返；也更加体验出侗族老百姓和湘西人民对和平的珍视，对和谐的喜爱，对实现中国梦的无比信心。舞水河两岸风光如画，芷江处处成了五光十色的花城……

  （原载《三峡晚报》，入选2020"重庆杯"第四届《中国最美游记》）

难忘雪峰山

在我们湘西儿女的眼里,雪峰山是一座巍巍峨峨难以穿越的大山、难以攀登的高山。因为山顶上常年积雪而得名。正常年景下,每年11月开始落雪,次年3月才开始融化。我年轻时,还不晓得它究竟有多高,后来才得知它的主峰苏宝顶海拔为1934米。在中国山的大家族中,比起喜马拉雅山来,只能算"小老弟"。但在湖南的群山里却称得上是"屋脊"。

记得20世纪50年代中后期的一个暑假,我从武汉经长沙回溆浦,坐汽车必先转到黔阳地区所在地安江,去安江又只有翻越雪峰山,公路是1934年修的老国道;若一路顺风,在抵达安江车站后,争抢得一张车票,回溆浦还要从原路翻越雪峰山。这一去一回的车过雪峰山,有如李白诗《蜀道难》所吟的:"噫吁嚱,危乎高哉!蜀道之难,难于上青天!"那天清早我从娄底上车,经洞口,过塘湾,至雪峰山下,太阳已经落山,夜幕即将降临。翻山的那条老公路曲折盘旋,仿佛"百步九折",窄得似一副羊肠,好像一条鸟道,司机的方向盘不停地左转、右转、右转、左转,惊险之极;眼前群峰叠嶂,悬崖绝壁,树木参天,枯松倒挂,瀑流飞湍,溪水潺潺,鸟鸣林间……可是,再雄奇壮美的风景,我也无心观赏,吓得几乎是全闭着眼睛,心里暗想:一个穷学生的生死都交给命运的安排了。忽然一个急刹车,我眼睛猛一睁开,惊回首:山中舞动着一条长长的龙灯，好像头咬着尾、尾衔着头，迤逦而上，车灯闪烁，辉映星光，宛如在茫茫云海里起起伏伏，颇有看相，别具魅力。等汽车爬上横空出世的雪峰山顶后，又照样像一条长长的龙灯，依旧车连着车、灯接着灯，汽笛声声地下山。进入安江时，小城的灯光一片昏黄，老街静悄悄的冷寂。

　　仰望雪峰山的巨大背影，我联想到一位身材高大魁伟、表情严肃冷峻的男子汉，活脱脱的一条"湘西汉子"的剽悍形象，顶天而立地！如果说从它身边流过的千里沅江像湘西人的"母亲河"，那么十万大山的雪峰山好似湘西人的"父亲山"。从第一次车过雪峰山开始，我便深深地敬畏雪峰山，亦如敬畏着我家乡的严父一样。

　　巍巍雪峰山，横亘在湖南的中部和西部，成为沅江与资江的自然分水岭，仿佛上天恩赐的一道天险。抗日战争中的"湘西会战"，史称"雪峰山会战"，就发生在这里。这次会战起于1945年4月9日，止于6月7日，以地处雪峰山东麓的洞口县为主战场。日本侵略者发动此战的目的，是企图争夺雪峰山以西的芷江空军基地，妄想做最后的垂死挣扎。芷江飞机场是国民党的第二大机场，当时，由中国和美国的军队控制，赫赫有名的陈纳德将军的"飞虎队"，就驻守在芷江七里桥周围。这次中日双方交战的总兵力约28万人，战线长200多千米。规模之大，战斗之激烈，都是少有的。那战火纷飞，那炮声隆隆，抗日的烽火燃烧着湘西雪峰山地区，几乎血流成河。中华儿女经过浴血奋战，终于把日本侵略者完全打败了。就在这里，结束了长达14年的抗日战争。"雪峰山会战"堪称抗日战争史上关键的一战，是中国人民抗战的转折之战，胜利之战，也是结束之战。雪峰山啊，英雄的山！

　　70年前，发生在雪峰山的这场中日交战，那历史的一幕，我们永远难以忘记。历史记住了这一天。1945年8月21日至23日，中日两国在湘西芷江举行了有重大历史意义的"洽降会谈"。侵华日军总司令冈村宁次派来了副总参谋长今井武夫一行8人，飞机尾部系着标志投降的一条布带，飞抵芷江，袒服投降。故民间流传着：日本鬼子"战在雪峰，降在芷江"。

后来，在湘西芷江，修建一座"受降纪念坊"，是专门为纪念抗日战争的伟大胜利而立的。几经修葺，提质改造，改名"中国人民抗战胜利受降纪念馆"，好似一座雄伟的历史丰碑，高高地矗立在中华儿女的心中！我们一定要铭记历史，缅怀先烈，珍视和平，警示未来！

而今，新修的一条邵（阳）怀（化）高速公路，打通了雪峰山隧道，全长达7000米。车过雪峰山隧道，灯光雪亮，一片璀璨，而且仅需短短的五六分钟，好像历史性的散步，于不经意间就穿越了湖南的"屋脊"。前后对照，历史沧桑，这真是人间的奇迹！

（原载《雪峰文化》）

湘西之恋

屈原流放地溆浦

溆浦，古为楚地，位于湖南西部，沅水中游，是诗人屈原流放的地方。由于历史久远，硝烟散尽，人们对溆浦并不了解，说起溆浦，如闻"番外"一般。我离开家乡溆浦，来到屈原故里工作几十年了，平时与周围人讲起溆浦，大多感觉很陌生，尤其是我到邮局给家里汇款，营业员对"溆"字不是不认识，就是写错字。为此，我总要特别提示，正楷大写，以免弄错，常为之不胜感慨。

屈原虽一片孤忠，品格高尚，又娴于辞令，终敌不过佞臣的谗言，抑郁不得志，而遭到放逐。屈原由楚都郢往南流放，入湖湘，溯沅水，发枉渚，宿辰阳，入溆浦。他在《涉江》一诗写道："入溆浦余儃徊兮，迷不知吾所如……"就记述了他放逐入溆浦的经历。当时的溆浦，并非"穷荒绝域"，也绝不是"非人之境"。考古学家禹经安先生，经过30多年的考证与发掘，认为溆浦是楚国南邑之重镇，当时，人口较稠密，文化较发达，经济较繁荣。县境四周山峦重叠，中部开阔平坦，是沅水中上游地区最大的河谷盆地，属五溪的战略腹地。要不，汉高祖怎么会把武陵郡治设在溆浦呢！

为了纪念屈原流放溆浦，黎民百姓便在他的居住地修建了"招屈亭"。修建日期在汉高祖五年（公元前202年）以前。从目前史料看，它是我国纪念屈原最早的纪念亭。《溆浦县志》

记载:"招屈亭,冬无积雪,夏无蚊蝇。"足见屈原的精忠精神感动了天公。明代进士邓少谷在《招屈亭怀古》诗云:"楚天今古一亭幽。"清代郭远厚也在《招屈亭怀古》吟道:"溆水沿浦人,汪洋亦何深,水深汨罗似,水清孤臣心,死生岂不惜……昭昭人已去,茫茫古与今,魂兮归来未?"溆浦的招屈亭虽多次修复,但岁月无情,终不免废毁,惜乎哉!

　　为了纪念屈原,溆浦划龙船的历史悠久,风情浓郁,氛围热烈。自东汉初马援平"五溪蛮"后,溆浦就开始有"小端阳""大端阳"的独特风俗。农历五月初五为小端阳,五月十五为大端阳。划龙船比赛是在大端阳这一天。溆浦所造的龙船与后来全国各地的不同。当时百姓有极形象的描写:船身长,船体瘦,麻雀尾,撮箕头,黄瓜底。这种船型吃水浅,速度快,好似水上飞。龙船下水,仪式隆重,首先游江祭祀屈原,而后开始龙舟竞赛。获胜者要在祠堂杀猪宰羊庆贺。龙船上岸之后,要放置于"龙船亭"内,亭如长廊。这是沅水中游溆浦一带独具特色的民间建筑。

　　溆水悠悠流去,却流不断黎民百姓对屈原的热爱和崇敬的深情。新世纪伊始,100万溆浦人民特意在县城的溆水河畔新修一座"怀屈楼"(今名"涉江楼"),仿古建筑,飞檐翘角,气势恢宏,雄伟壮观!

　　屈原在朝廷受佞臣谗害,一再被流放,自是政治上的悲剧。相反地,却成就了他的文学大业。如果屈原没有流放的人生经历,没有真切体验民生多艰的生活,就不可能写出与日月争辉的《楚辞》;如果没有《楚辞》的光辉,也就没有屈原的伟大!

　　兴许溆浦多年受伟大诗人屈原的影响,溆浦历代学风盛行,书院林立,人才辈出。加之溆浦万山环抱,碧水长流,环境优美，宜于兴建书院。据《溆浦明清书院考》记载："县境先后有十九人中进士，一百四十一人中举人，四百二十余人中贡生。同时，还培养了一批蜚声中外的学者。"在湘西地区享有盛名。重温历史，发人深省。

近代以来，溆浦涌现出教育家、辞学家、《辞海》主编舒新城，历史学家、敦煌文化考古学家向达，经济学家武育干，教育家、法学家杜元载等，以及我国妇女运动的先驱者向警予，声名远播，使溆浦人引为骄傲。难怪文学大家、考古名家沈从文称赞："溆浦为人杰地灵之地。"

江山代有才人出。近几年来，又涌现出名作家王跃文，当选湖南省作协主席。他在《溆浦拾轶》（禹经安著）序文中写道："溆浦从来就是个文气很重的地方。读书人在溆浦从来都是很受尊重的。后生们浪漫，总愿意相信溆浦重文化的传统缘于屈子。而文化的确是有基因的，溆浦历代都不乏以天下为己任的文化人，正因承了屈子之风。"由此，我想起屈原故里千百年来文化积淀深厚、代有才人、文气浓郁、诗意盎然，盖沐浴屈子遗风之故吧！

历史自有兴衰，溆水也有涨落。当我重返家乡，徜徉在溆水河畔，耳闻屈原传说，目睹雄伟的"涉江楼"，心潮起伏。我俯瞰滚滚溆水，一个泡漩沉入远古，一个泡漩又浮出现代；岁月把屈原的身躯化作灰烬，历史又把屈原的心灵凝成诗魂。我久久地品味着伟大诗人一生的爱和憎……

（原载《炎黄春秋》）

凤凰,别样的魅力

到湘西凤凰去,已不是一次两次了,但它始终令我神往,兴许有一种别样的魅力,抑或是我心中一个不解的情结。

下榻在江边的一栋吊脚楼,临江是通畅的阳台,倚巷是可撑可收的小窗,古典的构架,精巧的式样,清一色的木柱、木梁、木板、木栏杆,远非"土洋结合"的那种楼房所能媲美。板壁上桐油的成色十足,金黄锃亮,辉映着略嫌昏黄的灯光。

我凭栏眺望,凤凰古城的夜色真美!江对岸是一长溜儿的吊脚楼,惹人眼的是高高挂起的红灯笼,似一串一串悬吊着的红辣椒,别具浓浓的苗家风味。悠悠沱江,倒映出灿烂的红灯笼,波光粼粼,轻轻荡漾;位于上游的那座虹桥,更似彩虹飞落,异彩纷呈。看来,今夜无眠,已成定局。

次日清晨,朝霞满天。我走出吊脚楼,沿着沱江边散步,清新的空气沁入心脾。抬头看去,吊脚楼鳞次栉比,一栋比一栋别致亮丽,风景真的如诗如画。"画面有水三分活",更何况眼前流淌着一条河哩,那该是多么灵动,多么有魅力!怪不得一大清早,就吸引着那么多美术院校的师生赶来写生,散布在沱江河畔。顿时,沱江更加鲜活生动起来了。

一座城市的灵魂在于文化。此话很精辟。当我漫步在凤凰古城,迎面是一条条古街、古巷;跨进城门则是古宅、古祠、古楼、小街深巷,红岩铺地,曲径通幽,爿爿老字号,招牌耀眼，琳琅满目。那姜糖姜片，香甜扑鼻；那银镯、银锁、银链等苗家首饰，玲珑精致，人见人爱，处处洋溢出凤凰独特的文化气息、文化韵味。倘若把它比喻成"文化菜单"，任你打开，品味其中的色、香、味，无不令人拍案叫绝！

走进中营街的沈从文故居，那熟悉的天井，美丽的盆景，古朴的中堂，墨香的书房，把我引入深深的回忆中；那陈列的30多卷《沈从文全集》，洋洋大观，流露出浓郁的书卷气，一个人与一条沅江，一个人与一座白塔，一个人与一条小巷，一个率真至情的乡巴佬与一位江南的大家闺秀……都在我心中萦回。书房里伴随沈从文大半生的那张镶嵌大理石的书桌，只要轻轻抚摸一下，即可感受其满身的沧桑，沈从文坎坷而辉煌的人生，留给凤凰以打动人心的丰盛……

穿过一条小巷，熊希龄故居就在眼前。熊希龄是中华民国第一任总理，之后，立身行事，倾力于社会慈善事业，创办北京香山慈幼院，终成大恩大德于后世。

我再拐进两条古巷，有一座幽深古宅，那就是陈宝箴书屋。陈宝箴虽是江西修水人，但为官湖南，举人出身，在巡抚任内，开办时务学堂。这座书屋为文化凤凰增添异彩。走进书屋，"文化世家"之光耀人双眼。他一门出了"四代五杰"。这在中国近现代史上是极为罕见的。其中，陈三立，陈宝箴长子，是近代著名诗人，"同光体"诗派重要代表人物；陈寅恪，陈三立之子，则是文史大家、一代宗师，对魏晋南北朝史、隋唐史、蒙古史、佛学经典，均有精湛研究，为国内外学者所推崇。他们对中国文化的贡献，延续至今，留给后人的"爱国主义、民族气节、人文思想、治学精神"，是极为宝贵的财富。在《辞海》中，陈氏一门，享有五个独立的词条，成了中国文化世家的代表之一。穿行于古宅，可以"解读岁月的记录，感悟凤凰古城历史文化的魅力，聆听远古的回声，成就未来的梦想"。我默读那一副副楹联，耳际犹听诗书之声，真是代代诗书常继世。

在世的凤凰文化名人中，当数黄永玉、黄永厚兄弟。黄永厚也是当代著名画家。而黄永玉堪称浑身都是艺术细胞的大家，不仅画是一流的，书法是一流的，而且诗与文也是一流的。参观凤凰博物馆，黄永玉先生的书画占了一层楼，四壁琳琅满目，令人应接不暇；摆放正中的"凤凰城长卷"，山水、人文、建筑、风情，尽在画中。这是他对家乡的一种特殊的情感表达与真挚之爱，让人叹为观止，流连忘返。站立馆前的台阶上，对面喜鹊坡上矗立一座亭阁，那就是黄永玉的画室。黄老虽居海外，但每年都不忘回故乡来走走看看。这里就是他的落脚处。夕照下的亭阁红光闪闪，依稀可见黄老含在嘴里的烟斗轻烟袅袅，似文思绵绵；依稀可闻亭阁里飘洒出的浓浓墨香……

黄永玉曾在一首诗中写道："我们家乡的山，都有回声，外出的子弟再怎么远，都能听见……只要你想念它，它就在你跟前……流进你梦里来。"同样，故乡的父老乡亲也把爱赐予他们。即使有一天在外地受了"伤"，走进故乡的城门，老人会无声地拥抱着他；年轻后生也会大声地说："他们不要你，就回来，我们砍柴养活你！"这正是"文化的凤凰"给予我们的启示！

泛舟沱江，也是凤凰"文化菜单"上的一道特色"菜"。沱江是一条清亮亮的河，呈现新鲜绿豆的颜色。这本是70多年前沈从文所描写的。值得格外珍视的是，今日沱江依然如故的豆绿色。一条河，七八十年不被污染，保持着原生态，令人不能不对凤凰古城另眼高看。我坐在柳叶似的扁舟上，轻轻地随波荡漾，浏览两岸的吊脚楼风光，宛如品赏唐诗宋词的典雅，"不着一字，尽得风流"。忽然，从江中的小凫船上飞出苗家山歌，温柔似水，可她唱完歌头后，尽管游船上鼓掌喝彩，她却戛然而止，卖关子似的不唱了。原来，苗家世世代代有"男女对歌"的风俗：她唱了，你不对歌，便断了一份情缘。只见她那灿烂的笑容，一个漂亮的转身后，留在我们心中的却是永远难忘的记忆……

啊，美丽的凤凰，文化的凤凰，别样魅力的凤凰！

（原载《中国三峡工程报》副刊，入选"桂林杯"《中国最美游记》）

阿拉女人

湘西凤凰有个小镇叫阿拉镇,与黄丝桥古城挨得很近。因为遗存的这座凤凰古城至今较完好,阿拉镇因此而热闹,游客络绎不绝。中巴、的士车都发流水班,10分钟一趟,交通便捷。

当我从古城走出来,时已正午,细雨绵绵,霏霏飘洒。只好在东门一家简陋的小餐馆落脚。馆子颇小,而"宾至如归"的红幡却十分醒目,迎风哗啦啦地飘,引人心动。

店主是个中年妇女,戴一副秀气的眼镜,给人以斯文贤惠的第一印象。听说我要用餐,格外热情起来。帮工是个细妹子,稚气可人。旅游旺季未到,生意清淡。店主一边炒菜,一边同我闲聊。当她们知道我的作家身份后,细妹子"哇"的一声,要求同我合影留念。这个年仅十五六岁的细妹子,家住阿拉镇,因家境贫困,初中毕业后辍了学,成了打工妹。上学时很喜爱文学,做过"文学梦"。心目中对作家十分崇拜,但却从未走近作家。照完相后,高兴地向我透露:今后要读好"社会大学",看能不能最终圆梦。那纯朴、那天真、那执着的神情,除了生出几分爱怜,当刮目相看。

戴眼镜的女店主,也是阿拉人,过去当过民办小学教师。改革开放的春风吹到阿拉镇之后,她毅然决然辞了职,率先在黄丝桥古城门外开办这爿小馆子。和气生财,靠热情待客,靠人缘关系，靠诚实劳动赚小钱。看得出来，她脸上洋溢着一种满足感。她故意考我：古城为什么只有三座城门，即东门、北门、西门，独独缺一座南门呢？只见我摇头。她告诉我：好久以前，有一位远近闻名的阴阳先生到这里看风水地脉，认为倘若修建南门，必定发生火灾。我姑且听之。采风，必先采之。她又说，古城东门，俗称"喜门"，是百姓人家逢嫁娶事才能进去的；西门，是逢殡葬、杀人时出入的城门，意即送人上西天……我越听越感觉到古城的几分神秘，油然对这位阿拉女人平添钦佩之情。

话语投机千句少。我大胆地问道：听说苗家女人浪漫而开放。女店主笑了笑，未置可否，却给我讲起另一位阿拉女人的真实故事来——

她姓沈，是我的同学，年近40岁。青年时代有一个温馨浪漫的家。可惜的是，她30岁那年，丈夫因车祸不幸身亡。她年轻守寡，在眼泪中煎熬了8年，饱尝了独身女人生活的滋味，历经了人生的酸甜苦辣……

婆家的兄嫂和亲戚通情达理，赞成她另外嫁人。可是她谢绝了这番美意。她为了心里的那个小算盘，把一双儿女拉扯成人，让儿女在成长中有一个好的家庭环境，不受任何委屈。不要因为儿女同继父搞不好关系而伤心；也不因为儿女同继父不和谐而感到愧疚，暗自伤心流泪，夹在中间左右为难。她宁愿过孤独、清苦的生活，也不愿让儿女看见自己婚姻的再一次不幸，在儿女心中留下难以磨灭的阴影。婚姻总是需要男女双方细心呵护的。世上做女人难，做一位好母亲更难。女店主的感叹，引人共鸣。

我急切地发问：这个阿拉女人姓甚名谁？只见女店主连连摇头，有点神秘地回答：我们苗家有个风俗，凡死了丈夫的女人,是不能随便对陌生人公开自己名字的,属绝对的隐私。否则,这个女人会招人非议和指责的。万一她真正遇到了心仪的男人,对这个也要暂时保密。即使是男人表示,要给她写信联系,也只能在信封上写儿女的名字。

如今,她自己开一家铺子,买卖"南杂"过日子。眼下,做独身女人的人多了。她仍旧孑然一身,洁身自好。但好友劝她,她有点动心了,点燃了对爱情的渴望和浪漫之火。因为,她的女儿已进了大学,小儿子已读高中。她的心愿实现了。但她想到"女人四十豆腐渣",心里头又少了勇气和自信,产生了灰心的人生苦恼……

听着这个女人凄婉的故事,我心里在想,中国的女性是善良和伟大的。她们是经得住爱情、婚姻、家庭中的坎坷曲折的。在人生不幸面前,她们宁肯把眼泪往肚里吞;宁愿为儿女的幸福而承担着一切牺牲;宁愿把生活中的痛苦一个人装着、忍着,甘愿自己心碎,也在所不惜!

有情人终成眷属。我衷心祝福这位阿拉女人的后半生,家庭幸福美满,生活快乐自在,有滋有味!

(原载《散文百家》)

王村镇风韵

我到过不少小镇。秭归的香溪镇,因王昭君常在家门前的一条小河浣洗手帕,小河千年流香,故名"香溪",于是香溪镇令人神往。长江西陵峡中的新滩镇,扼控川江千轮万船,热闹风流,成为水手之家。几年前,一次罕见的大山滑坡,几乎全部覆灭,更令人忧思。索溪峪的军地坪,因为坪地兴建起上百座民族风格庭院式的建筑群,被美誉为"旅游山庄",又不能不为人们所瞩目。而湘西永顺县的王村镇,以其独特的古朴风貌,伴着酉水河唱着一支古老的歌,是那么朴质、深沉、优美,别具一番风韵。

时代前进了。要保持一个古镇风貌,实属不易。而一座古镇的保存,又是一件事关历史文化的事情。这就是为什么从县、市、省至国务院要把散存于各地的珍贵文物和名胜古迹,公布为不同级别的重点文物保护单位。王村镇,古称"酉阳",曾做过土家族土司王的古都而得名。因得酉水之利,舟楫方便,上通川黔,下达鄂沪。过去,王村镇最热闹的地方要数码头和靠近河岸处。在古城门洞,有一条同酉水平行的街,临街保存着清一色的土家族吊脚木楼。1971年,因酉水兴建凤滩水电站,水位抬高了许多,淹没了这条长街的风景,也淹没了好多吊脚木楼的风流……

"动地惊天响如雷,凭空飞坠雪千堆",形成气势磅礴的

"王村镇瀑布"。遥看瀑布下,一群妹子身穿内衣短裤,或躺或卧地淋着飞瀑,嬉戏笑闹,自在风流……欣慰的是,今日王村镇依然保留着很多历史的、民族的古朴风貌,很难得啊!一上岸,就是一条同酉水垂直的五里长街。狭窄幽深的街道,全部是用青石板嵌成的,光滑发亮。偶尔踩在残破的青石板上,会发出乒乒乓乓的响声,好似弹奏着古老的乐曲。街的两边基本上还是吊脚木楼的建筑格式,只是有的吊脚木楼更新成了灰砖墙。一爿一爿的小店,栉比相连,油香味扑鼻飘来,很浓很浓的,好一条飘香的街!这条街叫"河畔街",它层叠而上,几级石阶,几丈平路,不规则地交错着,有诗赞道:"石级步上九重天。"街上青石板响声,往往会惊动从两边铺子和小楼伸出的一张张妩媚的笑脸,可一会儿又缩回头去了。别小看了本镇的女人,她们也是见过些大世面、目睹过大场面的。1986年从早春二月到夏天,上海电影制片厂《芙蓉镇》摄制组,几十号穿着新奇、打扮时髦的演员,在镇上拍摄电影长达四五个月。她们亲眼看见了著名影星刘晓庆、姜文,大导演谢晋等。上了年纪的人说,这是王村镇风水地脉好,要不哪有这个福分。深深的皱纹展平了不少,笑得合不拢嘴;那些日子,年轻妹子简直天天像过年过节似的,夜夜做着美梦。《芙蓉镇》上映后,轰动了全国。接着,千里迢迢来王村镇的游人络绎不绝。古老的王村镇年轻了。镇上人自豪地把镇名在口头上改叫"芙蓉镇"。这"芙蓉镇"镇名太有魅力了!

我怀着好奇心漫步在青石板街上。果然,风景变化不小。南北东西的口音,叽里呱啦,汇成一串串动听的旋律。街上流行着红裙子,攒动着旅行帽子。少男少女中,有的装模作样地学着电影中秦书田(姜文饰)跳着舞步扫街,让同伴照相留念;有的在胡玉音(刘晓庆饰)卖米豆腐的铺子尝辣味米豆腐，怕辣椒的吃一口，呵一声，有滋有味；有的查看王秋赦跳墙处；有的参观李国香的住房……把这条沉睡多年的古镇给吵醒了。五里长街上也走着背背篓的人，她们或驻足片刻，或微笑一下，或给游人指点，或来去匆匆，显然都没有看拍电影的那股子热劲了。她们还要忙自家的油盐柴米的事……

　　拍了电影《芙蓉镇》以后，王村镇敞开了封闭的门户，以我的直觉，小镇人的心扉也似乎敞开了许多。

　　我继续沿着街道向前走，连着河畔街的是商合街。在四号铺面，一家招牌为"土家芙蓉镇民族织锦厂"吸引了我。原来这家厂大概只有 10 个年轻妹子，七八台织机对列摆在堂屋里。织机是木制的，外形十分拙朴。妹子腰上缠着绳子，手拉一把大木梳，形状似柴刀，光滑像牛角，木梳根据所织锦品裳面宽窄而变换大小。机声小，节奏慢，每人每天能织二三尺长的一条锦品。土家族人管这种织锦叫"西兰卡普"，以棉纱为经，五彩棉纱为纬，现在改用腈纶毛线，用手工挖花织成。纹样粗犷古朴，造型优美生动。从挂在四壁的成品看，图案多为土家族风情画、花鸟虫鱼野兽、山水亭楼等，有的逼真，有的变形，色彩鲜艳，栩栩如生。它以鲜明的民族特色和浓郁的乡土气息著称。早在 1000 多年前就成为贡品。中华人民共和国成立后，曾出国参加展览，受到外国朋友的赞赏。王村镇织锦是我国民族织锦百花中的一朵。用织锦可加工成实用的大小手提包，也可以制作装饰品，古色古香。在小店里惹得城里姑娘爱不释手。这家织锦厂是自由组合的，按件计酬，每个妹子月收入 100 到 200 元。她们坐在织机上，一边织锦，一边同我们交谈，那几分满足、几分忸怩和羞涩的神情，是别具风采和魅力的。费了好多口舌，总算征得同意，为她们拍了照！

　　从河畔街小巷斜穿出去，蹚过小溪，溪水从悬崖上飞泻而下，分开落于巨岩，真是"惊天动地"！

　　在瀑布东面的花果山上，耸立着一座飞檐翘角的彩亭，亭中竖立一根铜柱，八棱中空，每方宽 15 厘米，高 398 厘米，重 5000 斤。铜柱上刻有《复溪州铜柱记》，记的是后晋天福五年（940 年），楚王马希范与溪州刺史彭士愁发生争战，彭战败盟誓，立柱为铭。它真实地记载了湘西土家族苗族人民反抗封建统治者马希范的斗争历史。溪州铜柱是研究湘西少数民族历史的宝贵文物，为全国第一批重点文物保护单位之一。铜柱原立于野鸡坨下，后因建凤滩电站迁移至此。这距今 1000 多年的珍贵历史文物移到王村镇，更给古镇增添了不少古色。"想见土酋环柱泣，铙歌鼓吹满西风"（清朝唐仁汇诗）。它自然会激励湘西土家族苗族人民更加奋进不息！

　　徜徉在这边城古镇，我一边寻觅，一边沉思：在努力为王村镇换新颜的同时，千万不可忽视我国少数民族的历史文化特色。古老的王村镇会因此而风韵长存。

　　〔原载《散文世界》，入选《中国新文学大系》（1976—2000年）散文卷〕

美丽的德夯矮寨

湘西吉首西郊的德夯，是一个闻名的美丽峡谷，也许是苗语"德夯"的原意。周围的自然风景天造地设，鬼斧神工似的雄奇秀丽，胜似画，美如诗。峡谷深处的矮寨，山脚下居住着100多户苗族人家，绿树掩映，炊烟袅袅，溪水淙淙，石板小路砰砰有声。历史上，瑶族住山顶；侗族住山脚；苗族住山腰。而这里的苗族却住在山脚下，这是不是称作"矮寨"的缘由呢？听说，矮寨除几户人家之外，全都姓石，可见石姓是苗族的一个大姓。

走进德夯，夯峡溪位于寨子的北面，谷深且长，小溪两边悬崖峭壁，竹林青青，溪水清亮，淙淙潺潺；寨子西角是九龙溪，遥看瀑布飞泉，似飘飘流纱，如柔柔水帘，因高达200多米，溪水跌入深潭，声若雷鸣，震撼山谷；玉泉溪位于西南角，奇花异石遍布，上游的玉带瀑布，宛如仙女从天上抖落的一条银链，晶莹发光，秀丽之极。

站立矮寨前的坪地，举目环顾，奇峰险岩，尽入眼帘。那东边的四座奇峰，酷似烈马昂首奋蹄，栩栩如生，俗称"驷马峰"；那北边的山峰形似"孔雀开屏"，惟妙惟肖；那朝东的一座大山，似一块巨型屏障，阳光下五彩缤纷，故名"彩云壁"；与"孔雀开屏"相对的是"盘古峰"，孤峰拔地，耸入云天，四周皆绝壁也，何等奇特！倘若登上险峰，可饱览苗寨

无限风光。

　　不远处,"矮寨大桥"凌空飞架,像一道彩虹闪耀在美丽的峡谷中,把天然之美与人工的艺术之美融合在一起,雄奇于崇山峻岭之中,亮丽在幽深峡谷之上,我仰望那垂直330余米的高度,大桥宛如飞架在蓝天之上,穿越在白云之中,好似悬挂在湘西的一幅最大最美的横幅,光彩夺目之极。大桥连通了国家高速公路重点规划的八条西部通道之一的长沙至重庆的通道,堪称湘渝高速公路的大动脉。我伫立桥头,放眼那长长的桥身,桥尾却掩于飘来飘去的云雾中;凝目注视那1176米的悬索桥主跨,跨越矮寨附近的山谷,德夯河静静地流经谷底。作为湘西的儿女,此刻是多么激动啊!

　　矮寨大桥的设计结合两岸地形及地质条件,采用塔梁分离式悬索桥结构体系,减小了主梁长度,最大限度减少了对山体的开挖,既节省了投资,又实现了桁架结构与自然景观的完美融合。2007年10月动工,2012年3月31日建成通车。在设计技术方面创四项世界第一。我虽不懂技术上的创新,但对科学发展观的自豪之情油然而生。

　　在返回矮寨的宽阔公路上,我回忆起当年步行到矮寨的情景,一边行走,一边望着对面崇山峻岭中的弯弯山路,一个"之"字连着一个"之"字,数不清有多少个;汽车盘旋而上,危乎高哉、险哉!车速之慢,不是蜗牛爬行,胜似蜗牛爬行,凸显出中国公路史上的天下奇观。可是奇观后面,隐藏着多少人间之艰苦,生命之沉重。昔日的这一张一张的"老照片",而今应当永远珍藏在我们的心底。

　　德夯矮寨不仅自然风光秀美、大桥雄伟壮观,而且苗寨风情浓郁。那女人浑身上下的银饰,格外出彩,耀人眼睛,美上加美,耳听叮叮当当的美妙之音,更令人神往。多情的苗歌苗舞火辣辣的甜蜜醉人,倘若你被邀请上场,同她们手牵手自由地舞蹈起来,那潇洒浪漫之情真够你心里甜蜜蜜的,如梦似幻;苗家招待贵客的"妙米茶",由热情大方的女子用纤手端给你,你轻轻一啜,香喷喷地入嘴,甜蜜蜜地沁心,别具一番风味。当我听她说"苗家甜蜜的生活,由世代的酸苦变化而来"的时候,便久久地让人品味不尽、遐思悠长……

(原载《三峡晚报》)

云端的花瑶梯田

去龙潭、山背是我的一个夙愿。车过溆水大桥,经统溪河、黄茅园,约两小时就到了龙潭古镇。这是14年抗日战争最后一战的地方,是"湘西会战"中打得最惨烈的一仗,也是打败日寇的胜利收官之战。70年前的烽火硝烟已经散去,渐行渐远。但花瑶梯田的泥土芬芳却愈来愈浓,香气扑鼻。

花瑶梯田,位于溆浦县龙潭镇(古称"龙潭司")与山背周边地区。据老区长、镇党委谭书记介绍,花瑶梯田始建于先秦,发展于宋、元、明、清,历史悠久。自古以来,瑶族中的一个支系花瑶(现全国有七八千人)与汉族黎民百姓,隐藏在雪峰山北麓这片封闭的土地上,繁衍生息,用辛勤的劳动,以智慧的创造,把一个个山包、一条条山湾、一片片山坡开垦成大大小小、长长短短、弯弯曲曲的农田,坡与坡相接,丘与丘相连,由山脚至山顶层层叠叠,错落有致,千姿百态,形成诗意的美丽梯田,有如高等画家绘出的一幅幅国画。由此,村庄叫"山背村",田名俗称"山背梯田"。因为这是花瑶人民首先开垦,故又叫"花瑶梯田"。

我们站立山顶极目眺望或俯瞰,那气势磅礴,那雄奇壮丽,那鬼斧神工的自然景观,令人啧啧惊叹,叹为观止!我的一声惊赞,千山回应不绝:美——美——美啊,奇——奇——奇啊……

我自愧不是摄影家。可溆浦知名摄影家魏荣光就在我的身旁。他20年如一日，坚守在花瑶梯田，一年至少三分之一的时间离开县城的家，深入生活，扎根人民，服务群众，寄住在这山村里，行走于梯田中，爬坡登山，不怕风吹雨打，不怕烈日暴晒，不惧大雪封山的严寒，和禾苗一起吸收、生长，满身粘着汗水味儿和庄稼的草腥味儿，用自己的慧眼抢抓最美的镜头，用心中的真情捕捉最佳的画面，用绚烂多彩的作品与大山对话、与瑶族民众对话、与心灵对话。他时而手指给我们看，前面那一坡坡层叠的梯田，从左边到右边纵横15里；从下至上，海拔由400米上升到1400多米，其分布之广，落差之大，在国内非常罕见。他越说越自豪。时而，他又手指远方的一个小山头，那缠绕的梯田状如一只大田螺；而那座大山上的层层梯田好似一座古塔，凌空飞升，奇妙之极，有着无穷的魅力。这是花瑶人民历经千百年所创造的经典杰作。如果不是我亲眼所见，一定会以为是艺术家的虚构。

魏荣光翻开他出版的摄影画册《中国溆浦花瑶梯田》，一边指点梯田，一边对照摄影作品。我越看越激动。眼下正值金秋时节，放眼望去，上万亩梯田的稻谷，如金带盘绕，似金龙腾飞，像金蛇狂舞，整个山背金黄遍野，山风吹拂，如海似潮，一派浓浓的山背秋韵。离几栋木楼不远处，有十个左右花瑶妇女，头戴圆圆的火红太阳帽，身穿翡翠色的衣服，脚上裹着绑腿，光彩照人，妩媚而潇洒，正在稻田中抬头拭汗，向着我们挥舞镰刀，那满脸的笑容展现的正是她们丰收的喜悦！这一幅色彩斑斓的丰收图，正洋溢出花瑶族独特的风情画。老魏告诉我们，这是一个至今依旧保持原始生态的少数民族，比如"打泥巴订婚""蹾屁股"等婚礼习俗，新奇、圣洁、浪漫和疯狂，既淳朴又奇异……

今日龙潭、葛竹坪仍流传一首花瑶民谣：

> 春看银波似明镜，
> 夏时翠玉绿茵茵，
> 秋观金塔澄澄黄，
> 冬雪遍地莹晶晶。

老魏翻开他拍摄的花瑶梯田春景之作，那一幅幅翠绿的田园，堆绿叠翠，一丘丘水田，似一面面银色的镜子，绿绿的秧苗沐浴着春风春雨，绿意盎然，生机蓬勃。尤其是花瑶人民在梯田犁田、耙田时，传来犁耙水响的声音，宛如一支支大地迎春的交响曲，瑶山春韵回荡在山背云天，别具风情，如诗如画。我们站在春天的山背，可尽享视觉艺术的盛宴。

冬天的花瑶梯田，那山舞银蛇，苍龙横空，那白雪皑皑，银光闪闪，真是壮观之极，这是千百年来花瑶人民勤劳和智慧的结晶，带给人多少艺术的魅力与心灵的震撼！

翻过一片山坡，山道弯弯，坎坷不平。可是老魏兴致勃勃，连说那边有一块神奇的"变形石"。我们从背后观看，呈现大象、类人猿和眼镜蛇的头形；从左侧观看，呈现一个鸟头在张望等多种动物之形，的确罕见。谭书记老到地说：三分形似，七分想象，越看越像。可也有美中不足，所在的地势更显眼一些就好了。但这确是老魏近两年踏遍山背的旮旮角角的新发现，在他的心目中，是决不错过不寻常的精彩的。

阳光灿烂，走在温暖的花瑶梯田上，常常伴有清清山泉在小溪沟流淌，潺潺淙淙，叮叮咚咚。真正应验了"山有多高，水有多高"这句老话。在山背还可添加一句：水有多高，梯田就有多高。山高水长的天然条件，既自流灌溉层层梯田，又装扮梯田之秀美，山因水而生动而妩媚。

车过葛竹坪山背村与邻村交界处的公路旁边，望群山环抱，听泉水叮咚，环境十分优美，梯田风光迷人。老魏叫停车，带我们去闻一块"香地"的神奇味道。他说，这块土地竟散发出奇特的香味来，一年四季如此。我们驻足深呼吸一下，果真闻到一股香味；但走出 100 多米，香味随即消失。究竟是怎么产生香味的呢？当地百姓众说纷纭。有的说是岩石中散发出来的，有的说是泥土里散发出来的，等等。据有关专家分析，这种香味可能是岩石或泥土中放射出的一种微量元素，也可能是跟这种微量元素受气候、温度影响有关……花瑶梯田中的这块"香地"，正等待人们前去揭开谜底，使其成为让世界惊叹的神奇嗅觉景观。

花瑶梯田，是人类最伟大的古老工程之一，足可与国内知名景点云南哈尼梯田相媲美。花瑶，是一个洋溢诗情画意的民族；云端上的花瑶梯田，则是展示在湘西溆浦人民、中华儿女面前的一幅雄奇、壮丽、秀美的画卷！

（原载《三峡文化》2018 年 9 月）

吊脚楼赋

久住城市的人,偶尔到湘西、鄂西、黔东南等少数民族地区,看见那一栋栋的吊脚楼,在视觉和心理上,都会油然生出非常新奇的感觉,流连忘返,赞叹不已。

不知在中国建筑史上吊脚楼占着什么地位,可它那独特古朴的建筑风格,是不会被人遗忘的。它将与高山共存,与长河同在。

湘西的吊脚楼是古老的、历史的、文化的,是苗族、土家族、侗族、瑶族人民所独有的生活建筑样式。它越过人类树上筑巢、蜗居山洞的进程,从悠悠的远古走来,而闪烁着民族发展的智慧光芒!

吊脚楼,竖立在山林悬崖上,是人与野兽斗争的艺术;
吊脚楼,罗列在江河柳岸边,是人与洪魔较量的机智;
吊脚楼的古朴外形,是主人心灵的一种写照;
吊脚楼的精巧架构,是主人审美的一种流露。

在阳光灿烂的日子,吊脚楼的红辣椒、烟草叶、玉米包、土豆片、红薯干……琳琅满目,高高挂起,好像一条条五彩缤纷的农业丰收、生活富足的画廊,远远看去或走近瞧瞧,无不引人注目,闻着清香,驻足不前。

在花香四季的温柔月色下,甜蜜的山歌萦绕着吊脚楼,那卿卿我我、缠缠绵绵的情话,那永不变心的山盟海誓,好似一个个风情浓郁的人生舞台，远远听到或亲眼看见，无不感到甜美和幸福。

湘西，我的故乡，祖祖辈辈居住在吊脚楼。吊脚楼里装着老一代人多少悲欢离合；装着年青一代多少青春美梦……

中华人民共和国成立了。70个春夏秋冬，70年风霜雨雪。每一扇洞开的窗，映照着明朗的天；每一扇油漆的门，迎送着豆绿色的波浪，江山如此多娇啊！

改革开放后，山乡巨变，古朴的吊脚楼变得洋气了：红瓦代替了茅草和树皮，青砖代替了竹篱和木板，增添了不少现代气息。可是依旧保留着吊脚楼的架构和灵魂，依旧显示出吊脚楼的美景和风情。

我重回湘西吊脚楼，感受历史，感受人生，禁不住思绪纷飞，心潮起伏……

（原载《西湖》）

湘西年俗

　　每逢春节的时候，我在他乡的梦里，好像从湘西神奇的土地、从灵秀的溆水河边飘拂而来的年味儿。回想起腊月的最后几天，雪花鹅毛似的飘飘洒洒、飞飞扬扬，家家忙年的景象热热闹闹、红红火火。"二十三，送灶神；二十四，扫房子；二十五，磨豆腐；二十六，杀年猪；二十七，买东西；二十八，打糍粑；二十九，蒸米酒；年三十，团年饭。"这首民谣凸显出浓浓的春节氛围。

　　孩提时代，我最盼的就是过年。可以穿新衣，吃得"味"，玩得欢。二十八是打糍粑的好日子。在中堂正中摆放一个大石钵，外方内圆，打糍粑多是两个硬劳力，用两把"丁"字形的木杵，你一棰我一棰地轮番捣打蒸熟的糯米，也可再掺杂高粱、绿豆，打得越烂就越黏，最后，由两人同时用杵把打烂的糯米挑起放在案板上，由妇女、半大小孩捏成圆圆的米糍粑坨，有说有笑手不停。案板是一副厚厚的木板，一块抹一层食油放米糍粑坨；另一块盖压着米糍粑坨，小伢子可在板上跳动，以增加压力，待冷却后，才揭开盖板，把圆圆的糍粑摊在底板上，有的像一块块白花花的大银圆，有的闪耀着红绿颜色，既好看又喜气。三十夜里，上半夜，一家人围着火塘烤火，焦干透了的甘蔗皮燃得旺旺的，不时地爆出毕毕剥剥的响声，映得堂屋通亮，烤得脸通红。闲话去年与今年的年成，向家与李家的趣事，近亲与远戚的喜庆，家长里短，说个没完没了，仿佛外婆"讲古"那样娓娓动听。下半夜，爸爸、妈妈到灶屋忙团年饭，我们被赶上床去睡觉。当我们被爸妈从睡梦中喊起来时，只见堂屋多添了几支红蜡烛，嘱咐声一遍又一遍："吃团年饭，小伢子不许讲话。"怕我们讲错话犯了忌、不吉利。那一碗又一碗的腊肉、腊肝、腊鸡、腊鱼、腊肠子、腊血巴、腊豆腐，热气腾腾端上八仙桌来，我们心在痒、嘴在吞口水，这是一年到头的向往。妈妈百忙中还不忘唠叨："小伢子先不忙动筷子！"神秘极了。一直要等到爸爸在中堂神龛前祭过祖宗、烧过香纸之后，方才开始吃团年饭。几兄妹中间，只要谁一抬手举筷子，爸妈就像猜出我们想吃什么菜似的，马上夹过菜来。

"我要吃鱼。"小妹轻轻一声。爸爸赶忙夹起一块鱼："乖。这里有鱼，年年有鱼（余）。"这充满期盼的话语，让人回味终生。

二弟啃着大鸡腿，一脸的笑容。妈妈抢火候似的说："满屋都是喜，年年吃大米。"现在想来，爸妈说的吉利话，的确饱含着多少渴望，寄托着多少心愿！我到三峡宜昌工作后，就听说过去五峰农民的苦日子："辣椒当盐，豆腐过年。"而今，家家户户的日子已红红火火了。

吃完团年饭之后，天色已麻麻亮了。爸爸拿出两挂爆仗，一颗一颗地拆开来，平均分发给大家。我们拿到了爆仗，欢天喜地跑出堂屋门，迎着风雪到地场上去放爆仗。这难忘的情景，至今还留给我想象，留给我回味，留给我甜甜的梦……

正月初一，依然落着鹅毛大雪。堂屋里再暖和的火塘也留不住人，我们的心早就飞了。落雪天不冷。在漫天雪花里，大家忙着堆雪人，打雪仗，滑雪坡，踩高跷，看龙灯，玩滚

推……过年真精彩!

很多年后,有一次我千里迢迢地奔回湘西老家过年。又见家家户户都贴上红对联("文革"时期"破四旧",不准贴对联),喜庆的氛围热烈极了。我读着红红的对联,喜在心里。有的贴四字联:"春回大地　日暖神州","吉星高照　幸福常来";有的贴五字联:"千门庆丰收　万户乐新春";也有的贴六字联:"爆竹一声除旧　桃符万象更新";而以七字联最多见:"百年天地回元气　万里风云起壮图","龙飞凤舞升平世　燕语莺歌锦绣春";等等。横批大都是"春回大地""恭贺新春""年丰人寿""招财进宝"等。中堂神龛下贴的是:"童叟之言　百无禁忌"。粮仓上贴的是小条幅:"五谷丰登"。牛栏、猪圈、鸡笼贴的是:"六畜兴旺"。每副对联写的都是吉祥如意的话,寄托着千家万户对新一年的祈望和祝福,表达出广大农民的心声。等到除夕那天,每家还把"福"字倒贴在堂屋门上,故意叫孩子去认。小孩走过来一看,惊讶地说:"福"字倒了。爸妈喜上眉梢,连说"福到了,福到了"。全家高高兴兴,真是春满乾坤福满门。让人迎面看着饱了眼福,坐下想想暖了人心。人活一生,老百姓心想的就是爱"福"、避"祸",古今皆然。这传统的年俗饱含着无尽的年味儿。过年的气氛也因此而浓得化不开了。此情此景,总在我的内心流淌奔腾……

(原载《人民日报》副刊)

"稻都"安江散记

湘西多水,从怀化市所辖县、区的地名看,就知其大概情形。溆水之滨的溆浦县,沅水绕城而过的辰溪县,沅江、巫水、舞水交汇的洪江市,沅水流域的大码头沅陵县(原湘西行署所在地),原黔阳地区政治文化中心的安江(今安江镇),舞水河边的芷江县,舞水河穿城而过的怀化市中心城区,等等,名字的偏旁都带有三点水。一一读下去,洋溢出绿色生命的浓浓气味。过去是洪涝灾害的多发地,如今成了生态环保的一道道"护城河"。

青年时代,我两次经过安江,都是艰险地翻越湖南的"屋脊"雪峰山,汽车盘旋上下,拖着一串串"之"字,长达两三个小时,夜晚疲倦地抵达,清晨匆匆地离开,连距离汽车站咫尺之遥的沅水河边都顾不上流连。这次重访安江,我乘坐大巴走高速,穿隧洞,一路风光,轻松愉悦。汽车站虽是原址,但现代化的气派,远非昔比。私下为它打抱不平:安江怎么就变成了一个镇呢?连降了行政区划两格。

徜徉在大街上,马路宽阔,人来车往,川流不息,商铺鳞次栉比。忽然眼前一亮,发现一块招牌上写有"稻都"两个字。顿时,想起安江农校曾是"杂交水稻之父"袁隆平教书的地方,他在这里度过了整整37年。1930年出生于北京,1953年毕业于西南农学院,分配在安江农校任教。1964年开始研究杂交水稻，尽管当时权威教科书宣布水稻没有杂交优势，但袁隆平坚信实践出真知。在学校不少同事的帮助和鼓励下，坚持不懈地进行研究，反复试验，不断求索，终于在1981年荣获中国第一个特等发明奖。安江农校是袁隆平研究杂交水稻起步和取得成功的一片热土，所以这里也被视作杂交水稻的发源地和故乡。据记载，安江历史悠久，文化厚重。古有7400年前的"高庙稻作文化"遗址；今有国家级"安江农校杂交水稻纪念园"，老百姓称它为"稻都"毫不为过。安江虽名为镇，实则成为"稻都"。正如袁隆平的题词所写："神奇、美丽、希望的安江"。民以食为天。我走进安江，便油然涌出膜拜之情。

我对安江的神往与牵挂，还在于从这里流过的千里沅江。走出大街的尽头，就来到沅水河边。江边的一座小亭，四面通风，坐着八九位老人，正在随意闲聊。我过去打听：亭子叫什么名字？几句乡音后，我看到他们热情、慈祥的眼神。其中一位微笑着说：没有名字，原计划修建三座亭子，还剩下两座未修，故未取名儿。亭子下面的码头，虽已破败不成样子，可名字仍在：烂石坡码头。原来是用大坨大坨的鹅卵石堆砌成的台阶，码头停的船只多，过渡的人也多，上下装卸的货物更多，多少年苦了搬运工人与老百姓。烂石坡码头就像一个沉默不语的老者，孤寂成了最真实的写照和影像。如今，没有了渡船，几十米外修建了一座沅水大桥，凌空飞架；上游与下游都修建了水电站，船只航行受其影响。昔日的水码头已派不上什么用场，显得寂寞、冷清，令人生出莫名的惆怅。有位老人诙谐地说，这叫作废旧立新！

漫步防洪大堤，堤高、堤宽、坚固，石栏杆延伸很远。沅水悠悠，漫江碧透，可难见船影、木排，缺少了沈从文笔下沅水的浓郁味道。兴许是万事有利也有弊，焦点是看利多弊少呢，还是弊多利少。重返小亭时，我又打探袁隆平安江旧居在何处。他们迟疑地摇摇头后说，只听说过，他当年特别喜欢在沅水的安江洲背港下河洗澡，几乎天天洗，连寒冬腊月也这样。我心想，难怪袁隆平80多岁了，身体还那么精干、健康，神采依旧，仍在带领他的科研团队在科研道路上迈步向前，大胆创新，为实现他的"超级杂交水稻梦"而努力。袁隆平院士的安江情结，深深地感动了我们湘西儿女。

在靠江边的街头，铺子连铺子地开着渔网店。店里挂着一张张织好的大小渔网，大渔网的网格一两寸宽，专网沅水中的大鱼；小渔网的网格似黄豆子大小，专网小鱼虾米。各家的渔网不是从外地进货，而是各家老板、老板娘自己动手织成的，自产自销，祖传的手艺，双手麻利，工艺精湛，似穿针引线，轻巧灵便，手指飞动，我越看越入迷，也勾起我遥远的儿时记忆。拐进小街小巷，进城的农民大叔大娘，摆起地摊儿，篮子挨篮子，筛子连筛子，那烘干的小鱼儿，香气扑鼻，烘烤出油汪汪的模样，像油炸似的，当场可吃，引得顾客吞咽口水。但我尤其喜欢那略带苦味儿、名叫"塘比屎"（方言）的猫鱼儿，苦得别具风味，用酸辣子小炒，是助食的极佳菜肴。每次回故乡，必买无疑，心满意足。雪峰山麓的安江是湘西丰饶的鱼米之乡。我相信，它的更优美的文字就在前方、就在未来，等着人们去书写！

（原载《雪峰文化》《三峡日报》）

湘西情缘

牛啊牛

我对牛怀有一种深厚的感激之情。因为我出生于一座名叫"牛屁股山"下的村子里,那一年又恰好是农历牛年。于是我对"十二生肖"中的牛情有独钟。四方八村若有人问我属什么,我回答:属牛。

在我们家乡,中农成分的人家都养有一头牛或半头牛,半头牛即两家合养,各占两条腿。农民与牛情同手足,农忙时节须臾也离不得,起早摸黑耕耘于田地,与主人一起抢农时;秋收后的日子,各家也自有用场,或在磨坊拖石碾、碾谷子,或在榨坊榨甘蔗、制片糖(红糖),等等。牛是闲不下来的,一生劳碌的命。放牛是我读初中前的农活,清早牵牛出去吃一顿露水草,然后上学;下午放学后,再牵牛出去吃一顿草。牛吃进去的是草,奉献出的是五谷杂粮、棉花、甘蔗等农作物。我从小看在眼里,感恩在心里,终生难忘!

清早放牛时间紧促,我牵着牛找草长得茂盛的地方去放牧,让它多吃草、吃嫩草,哪怕走在一条窄窄的田埂上,哪怕走在弯弯曲曲的小路上,我也不畏难,不怕苦。看到牛伸出舌头风卷残云似的吃相,便乐滋滋地喜在心里。下午放牛多在长潭河边,草坪既宽且大,但草长得稀疏,让牛慢慢地去啃吧。我们趁机玩耍:春天放风筝;夏天摸虾捉鱼;秋天玩"滚推";冬天爬树掏鸟窝。有的自由自在,有的热热闹闹,各自放飞天性……夕阳落山后,大家赶牛回家,其方式堪称多样化,有人坐在牛背上吹笛子;有人骑着牛跑步比赛;而我好清静,便在牛嘴上套个竹笼子,以防它偷吃路边庄稼,我跟在牛屁股后,自由散步,悠然自得,也别有一番滋味……

  农忙时节,人辛苦,牛更辛劳。父亲把干稻草铡短成寸后,再拌些碎黄豆和淘米水,给牛增加点营养,像人打个"牙祭"一样。我家的偏厦左侧是厨房、仓库;右侧是牛栏、猪栏与厕所。我的床紧靠牛栏,比"牛棚"舒适。每当睡不着觉的时候,耳听牛的"反刍"声,总有一种亲近感。有时便起床给牛另加一把稻草。联想起古代的三峡神话传说来,大禹到长江三峡治水,为疏通河道来到峡中一座大山前,派神牛去开凿大山,牛奋不顾身地把牛角都抵弯曲了,悬崖上留下了人与牛的印痕。黄牛岩因此得名。牛为了给黎民百姓造福祉,曾不惜一切代价,其高尚品格感人肺腑。牛的生命与"反刍"相连。那么,人的成长也须有"反刍"精神。

  放牛的时候,偶尔看牛打起架来,真是惊心动魄。两头水牛从不同方向猛冲而上,四只角冲撞得啪啪作响,埋着头,拼全力,你进我退,我进你退,牛气冲天,坚韧顽强,当牛头一扭,四角相纠缠,响声不断,难分难解,倘若谁的角抽出得快,再用角尖刺去,不是划破对方的脸,就是刺伤对方的脖子,一下子光亮的皮毛上流出鲜红的血。一个回合不分胜负,第二个回合再战,直斗得两败俱伤方休。而每个主人莫不喜欢自家牛的这种犟劲。若有两头脾性相投的牛,往往聚拢一起,相互摩擦,互相嬉戏,那几声"哞哞"的叫声,悠扬地飞向远方,给人留下了不是诗情,胜似诗情的美感。

  秋高气爽,艳阳满天,是牛发情的季节。牛站在江边的草坪上,江风在张开的牛水门上吹出轻轻的啸声,呜呜咽

咽……公牛鼻子对着江风,老远就能闻见母牛的气息,听见风吹过母牛的呜咽声,便直奔过来,这时候公牛的生殖器在奔跑中飘荡起来,左右摇摆,动感十足,急急忙忙地爬到母牛的屁股上……"非礼勿视",我们害羞地闭上眼睛。这是牛一年一次的幸福时刻。

牛从出生,到长大,到老去,不过十几年光景,没有长生不老的。一头牛老死的时候,我未曾见过。但一头牛被屠宰的情景,我曾在花桥赶场时亲眼看见。多少年过去了,仍然历历在目。那次在花桥石头滩上,只见三个屠夫牵来一头水牛,他们各穿一件皮围腰,油光闪亮,一人握刀,一人端盆,一人拿绳,开始把绳子捆在牛腿上,两人用力拉紧后,牛倒在地上,只见牛的双眼流出了眼泪,那种乞求的目光和悲伤,谁见到心里都会难过、伤心和同情,然后一个屠夫割开牛脖子,白刀子进红刀子出,热血直飙……那一刻,我眼里也落下了泪水。

牛的一生,是勤劳的一生,是高尚的一生,是有益于老百姓的一生,堪称"鞠躬尽瘁"。牛啊牛……但我依然愿做一头牛,一头拓荒的牛!

(原载《三峡晚报》2021年1月20日)

长潭河

　　每次想念家乡的时候,村前的那条河总是活泼地流动在我的心上,那粼粼的碧波,白白的船帆,长长的板桥,欢歌的碾坊,都历历如在目前。

　　故乡的这条长河,流经的乡村、城镇很多,弯弯曲曲,跌跌宕宕,直走得浑身精疲力竭,才扑进沅水。它的大名没有人知道,却熟悉它的许多小名。流经低庄镇的那一段叫低庄河;流经花桥乡的那一段叫"花桥河";流经桥江镇的那一段叫"桥江河";流经我老家长潭村的这一段叫"长潭河";等等。河以地名,或地以河名,世世代代,约定俗成。但反映出沿岸老百姓喜欢江河、热爱家乡的共同情感。在他们的心目中,这条河仿佛就是他们自己的。

　　长潭河,长七八里,宽二三百米,涨洪水时宽达上千米。河堤宽而高,堤上是苍翠的杨柳林带,从头望不见尾;堤内是阡陌纵横的农田,绿油油的一片连一片;堤外是青绿绿的草坪和蓬勃的芭茅地。放牛在草坪上,严禁上堤。湘西溆浦水域野性,常发洪灾,长堤成了父老乡亲的生命线,童叟妇幼皆知,仿佛从娘胎里萌生的环保意识。

　　我读完长潭小学,就上花桥高小读书。一江之隔,遥遥相望。冬、春季上学,走木板桥过河,高高的几十根桥架,一溜儿延伸,呈"八"字形,桥板狭窄,映在水中似一条长线,风雪中过桥，正是孩提时代的一种胆识锻炼。我曾在大风中从桥上掉下河一次，至今后脑壳上留有一块疤痕。记得有一年涨洪水，冲垮了板桥；过河上学，必划渡船而过。几个同学约在一起，除艄公外，还有九叔护送，他站立船头，一身血性，手握竹篙，威武雄健，只见一篙离岸似箭，渡船在波涛汹涌中劈波斩浪，他一边招呼我们"坐稳当、心莫慌"，一边用尽全力撑篙，直到竹篙弯成弓一样，汗流浃背，手臂肌肉鼓鼓，脚肚筋脉暴暴，一篙得力，船飙出一二丈；若一篙打漂，船就下流二三丈。我从小就体验了"惊涛骇浪"的滋味，也从小钦佩九叔"壮如牛"的力气。几年前，年过古稀的九叔离我远去了，但他那勇闯洪波的英姿，依旧活在我的心里！

长潭河，的确是一条长长的潭，澄澈见底。兴许是地势的原因，河水自上而下，从右侧直冲过来，天长日久，大浪淘尽左岸的泥沙而形成了长潭，水深二三米。我小时候钻猛子，不憋足气还潜不到底。那时候，我最喜欢别人放"泻药"，潭中的鱼，浮在水面上直打旋，似喝醉了酒一样，迷迷糊糊，手到擒来。那捡鱼的热闹景象，极开心快活，至今难忘。前年回家，我站在河边观鱼，神情发呆，思绪又回到很久以前……一位堂兄弟走拢来，风趣地问道：华佬儿（乳名），你是不是在想当年用"泻药毒鱼"的情景？我微笑着点点头。堂兄弟哈哈大笑：那早成了"老皇历"，生态环保，已严禁"泻药毒鱼"了。若是你还想过一把"震鱼"的瘾，现在还允许。顿时，我想起小时候一边放牛，一边玩"震鱼"的味事（趣事）来。在河对岸的江边上，碧水清浅，河底彩石，清晰可见，我们常用一块大石头，选准河里的一块石头，用力朝它猛地一砸，然后搬开石头，往往有一二尾小鱼儿被震晕，轻轻地一捉可得。没带鱼篓，临时用一根芭茅穿着鱼，芭茅含在嘴里，心里美滋滋的，洋溢着多少童趣！

家乡多养水牛耕田。水牛是从贵州赶（买）来的。"赶牛"，是由两三个牛贩子赶着一群牛，翻山越岭，千里迢迢，从贵州赶回溆浦，然后到各乡镇的牛市上贩卖。富裕人家，一户养一头或两头。中农人家，一户养一头。贫下中农，两户合养一头，各占两只腿，平常，轮流放养；农忙，合理使用。放牛是小孩子的活儿。牵着牛出门；骑着牛回家。水牛生性喜水。夕阳落山前，牛吃饱了草，便到水中洗澡，人也跟着游。我们双手攀住牛尾巴，牛向东游，人亦向东游；牛向西游，人也向西游，自由自在，灵活自如，魅力十足，等到夕阳的最后一缕红霞沐浴在牛背上，才尽兴地匆匆回家。

有一年农忙时节，老牛累病了。睡在牛栏隔壁的父亲，半夜给牛添夜草，它也无力张嘴。兽医看了，也不见好转。于是，就把牛卖给了屠夫。屠夫在我家地场上宰牛，当四条牛腿被捆绑倒地时，它两眼含着眼泪哀鸣。我一看，便掉头跑开了，情不自禁黯然落泪。多少年来，我们牧养着这头老水牛，老水牛却供养着我们全家八口。牛吃进去的是草，吐出来的却是金黄的粮……而今回味起来，那头老水牛才堪称"鞠躬尽瘁，死而后已"哩！

故乡的长潭河啊，我的母亲河！我是属于这条河的。它将永远流动在我的梦里！

（原载《长江文艺》）

牛屁股山

一座山的名字,有的壮丽辉煌,有的平凡普通,有的高雅,有的低俗,有的阔气万年,一山占了几个名字,有的贫寒之极,挤在万山丛中世代没有名字,甘做无名氏。比如泰山、黄山、华山、峨眉山等,闻名中外;而庐山,又名"匡山""匡庐";又比如香山、韶山、五指山、羞女山、奶头山……我家乡的那座山,不高也不大,名字叫"牛屁股山",一听,俗气、老土。比起湘西雪峰山、鄂西神农架来,完全不在同一水平线上。但它很美丽。在我的心目中,它像一座鬼斧神工的雕像,是引父老乡亲瞩目的地标。我每次回故乡,远远地就望见它,一见便如故,一想就心动。

长潭村,一个绿色的村庄。前临一条悠悠的碧绿的小河,从北往南入溆水,溆水又注入沅水,沅水又汇入长江;后倚一座美丽的牛屁股山,东接燕子岩,南连地堖山。一年四季树木茂盛、芳草萋萋,清一色的枞树(松树)。唯有山的东头露出褐黄色的巨岩,赤裸裸的硕壮圆润,酷似一头牛的肥臀。人的手虽摸不着,却给人一种温柔的手感,别具魅力。它的美丽至今留在我的想象里。

绿水青山的长潭村,曾是一个生产大队,村的上头名叫"一家堖小队",中间名叫"坎上小队",下头名叫"向家小队",上下一两千户,迤逦四五里长,其中李姓是大姓,向姓、谢姓是小姓。祠堂修在坎上，小学设在祠堂。早先，旁边是乡长李汉章的住宅，高墙深院。直到人民公社时大队部设在里面后，我才头一回目睹它的真面貌。

  孩童时代，大清早，我乐意去山上放牛，日出东方，可观日出，沐浴在万道霞光中，我便拼命地赞美、幻想……放学后，我喜欢牵牛去河边，牛在河中洗澡，游来游去；人在江边"震鱼"，即用石头往水中的某块石头砸去，然后搬开石头，小鱼被震晕了，手到擒来！黄昏时候，日头落山，便骑着牛赶回家。农民祖祖辈辈过着"日出而作，日落而息"的日子，小伢子们也不例外。难怪从农村出来的小伢子，吃得苦，又会玩，连湘西大文豪沈从文也爱称自己是个"乡巴佬"。在长潭村，我最惬意的是在枞树林中"扒枞毛（松针）"。手握一把竹笆子，把落在树下的枞毛扒成一堆，再用树枝把枞毛捆成一包一包的，堆头大，不压秤，或用竹笆子挑回家，或用藤子拖回家。父母交代等引火柴烧的，扒枞毛者就要手脚麻利、攒一点劲；没有硬任务的人，就边玩边扒，好像玩游戏似的。两三个、三四个人手握竹笆子，由上而下，一溜儿扒到山下，比赛谁快，长长一段距离一笆而已，扒的枞毛自不会多；然后又爬坡上山，再扒枞毛下山，周而复始，扒枞毛是名，比赛玩是真，来回几趟，虽满身大汗，但乐在其中。一条"野路"也因此形成。如今，老百姓生活水平提高了，国家封山育林，保护生态环境，扒枞毛几乎绝迹了，都以烧煤块、液化气代替。可作为乡下伢子的美好家园，仍旧点燃起我的向往之情。人总是难以忘记乡愁的。

  等到农历五六月间，只要下雨之后，我情有独钟的是，披上棕蓑衣，悄悄地到牛屁股山的枞树林去"捡枞菌"。捡枞菌是单独活儿，满山旮里钻，各守秘密，各显神通，各碰运气，都盼望一场奇遇。在大枞树脚下，枞毛厚的地方，往往长出几朵枞菌，容易被人采摘；若在树林的坑坑窝窝与刺蓬里，用棍子扒开坑窝与刺蓬，那里会长出大朵儿小朵儿一大片一大窝来，分外蓬勃，大朵儿像小伞，小朵儿似围棋子，鲜活活的，黄桑桑的，娇柔浪漫，一两寸高，可爱极了。论吃，小朵儿嫩，味道鲜美；大朵儿粗糙，味道略差。倘遇到颜色奇异的，不可捡回，切不能吃，容易中毒。故捡枞菌既有窍门，又有学问，要有一双发现的眼睛，要有一双辨识的眼睛。同做任何事一样，讲里手，讲内行。小时候吃枞菌的味道，像打牙祭，一直留在我的舌尖上。如今，新鲜枞菌上市，哪怕价格昂贵，我也毫不吝啬地去选购。因为，它使我拾回那遥远的童年梦。

　　牛屁股山既是一座美丽的山，也是一座沧桑的山。有的苦难它感同身受，有切肤之痛。记得20世纪50年代后期，全国搞"大跃进"，全民"炼钢铁"。山上茂密葱郁的森林被乱砍滥伐，牛屁股山被剃成"癞子脑壳"，几十年、上百年的老枞树所剩无几。枞树一年才长一个树杈，约莫两尺多高，十年树木。一棵棵古松的年轮，就被无情的锯子和斧头所扼杀。俗话说，"善有善报，恶有恶报"。听说，自那以后，山脚下的池塘，蓄水越来越少，那成百成千亩水田，干旱时有发生；而引长潭河的水来灌溉，需要车三级水，即架起三辆水车，一级一级地往上车水，才能把水车进田里。好贵的水哟，得不偿失！

　　好多好多年后，牛屁股山的头部，俗称"灿脑顶"，慢慢地成了坟场，遍地布满坟墓，不见树林。这也是牛屁股山的隐痛。去年回家挂青（扫墓），因为父母葬在山顶上，沿途要穿越许多座坟墓。途中遇见正在替人"打坟圈"的堂兄弟湘浦（八叔的儿子），他以此为业，承包打坟圈。谈起许多旧闻新事，他手指远处："阿哥，你还记得当年的保长李延长吗？老百姓背后叫他'长牙齿'的。他的坟也埋在那边。"这让我回忆起中华人民共和国成立前"长牙齿"保长的作恶多端来。"长牙齿"的诨名是指他贪得无厌，吮吸民脂民膏，欺压百姓。一把手枪别在腰间，在乡里耀武扬威，到处抓壮丁。有一年，寒冬腊月，将近半夜，保长带了两条走狗来我家抓壮丁。壮丁是谁？壮丁是我家的长工谢叔。我和谢叔一直睡在牛栏门口的一张床上。大门在地场坪外面，门被擂得砰砰作响，我妈去开大门。我爸站在中堂门口观望，见是保长汹汹而来，来者不善，料到是来抓壮丁的。他急忙关了中堂门，赶急叫醒谢叔，要他从厕所后门翻菜园墙逃走。保长扑了个空，气急败坏地吼我爸爸。爸爸急中生智，回答说："谢立树已回家过年去了……"这一幕惊心动魄，至今记忆犹新。牛屁股山啊，以它真诚的眼睛见证着一个村庄的历史，只是默默无言！

　　放眼牛屁股山，那"肥臀"周围，绿树参天，遮天盖地，有的枞树合抱之粗，枝干挺拔，有的枞树高达二三十米，一片苍翠，一片蓊郁，蔚为壮观，山风吹拂，松涛阵阵，引出我许多感慨，显得更加心动……

2020 年 6 月 25 日于三峡荷屋

油鞋之忆

实际的童年过去好多好多年了。心灵的童年却永远记在我的心里。

乡下的伢子也有美梦。在我12岁的时候,八叔和八叔母送我到县城去考初中。路程30多里,需步行大半天。那天正下着潇潇春雨,早春二月打赤脚很冷,穿布鞋又容易打湿,我穿着一双油鞋,即儿时之雨鞋,走长路是艰难的。八叔和八叔母高中毕业回家正谋事,他们走在前面,各穿一双胶鞋,黑色的发光,绿色的耀眼,不仅好看,走起路来又轻便,不时地掉头等我。因为八叔母穿一件旗袍,爬坡、跨沟不方便,有时候需八叔牵手慢慢而过,耽误一些时间,如此一来,我们的速度大致相当,没有拖后腿。但他们的摩登留给我深刻的印象。梦想将来也有穿一双漂亮胶鞋的那一天。

在湘西(不只是湘西)农村,上山下地劳动不是打赤脚就是穿草鞋,"打草鞋"几乎是家家户户的农闲活儿,花样也多,有的在稻草里夹些麻皮或布条,耐穿,穿着舒服一点儿;家境稍好的人家,就做油鞋。做油鞋工序蛮多:先剪鞋样,比普通布鞋略大一码,因为是双层布;鞋底要厚几层布,针脚更密,手指上非戴铜顶针不可,格外费力气;鞋面、鞋底要涂满桐油;桐油阴干之后,鞋底要钉铁钉子,铁钉子形状很奇特,其具象好似稍稍撑开的雨伞顶部,用铁皮制作而成,空心,一般来说，除鞋尖、鞋跟各钉两颗外，其他每排三颗或四颗，七八排，间距二三厘米，疏密匀称，铁钉高约一厘米，若太高，穿上不舒服，若太矮，防水功能差。因为鞋底笨重，就在后跟上加一根鞋带，老人鞋做成烘鞋样式，可以保暖。因此，制作一双油鞋费力、费时、费料，既考验女人们的耐心，也凸显女人们的针线功夫。落雨天气穿上一双油鞋，倍感温暖与温馨。

穿油鞋走在沙土路上，不沾泥沙，还留下井然有序的铁钉印痕，如诗如画一般，俯拾即是，好像走在沙滩上留下一行行美丽的足迹……

倘若穿油鞋走在红泥巴路上，鞋底沾满泥巴，越走越沉重。我每次去枞鸡垅外婆家，逢落雨天就要做好吃苦的心理准备。最恼火的是清洗油鞋，先要用稻草在池塘将油鞋洗刷一遍，然后再用小木棍或竹片把每颗铁钉周围的残留泥巴一一刷干净，实在麻烦。这件小事也可慢慢地涵养出人的性子。联想起沈从文先生所说的，湘西人"耐得烦"，兴许与此也有关系吧！

我穿油鞋的时间比较长，约莫到初中二年级止。进城之后，再穿油鞋比打赤脚更引人注目，感觉不自在，行走也不方便，减少了"恰同学少年"时的"书生意气"，落雨天干脆打赤脚痛快。那时候，一个月回家一次，30多里路，逢落雨天就赤脚来来回回，倒也是平常之事。人总是锻炼出来的嘛！

穿油鞋的时间越长，做穿胶鞋的梦也就越多。读大学四年没有圆这个梦，因为我想尽一切可能减轻家里的负担，能不买的日用品就不买，四年里我未要爸妈寄过一元钱。学校每月10.5元助学金，省出一元，用来理发、看电影、买廉价旧书。武昌民主路、胭脂路的旧书店成了我常去淘书的地方，乐而忘

返。四年的大学生活,风风雨雨,所经历之事大大小小不计其数,唯同乡同学老奠(抗美援朝转业军人)请我吃过一碗水饺,韭菜馅儿(汉口"北方水饺馆");高中同班同学向理龙(武汉军区政治部干部)送我一床凉席。至今记忆犹新,念念不忘……

直到大学毕业后,分配在宜昌师专任教时,每月有55.5元的工资,手头宽裕,又恰好碰上"三年困难时期",物资供应奇缺,三年中我仅得了两张供应票:1961年发了一张手表票;1962年发了一张胶鞋票。当我从"满意百货楼"买回一双胶鞋时,手捧黑亮亮的胶鞋看了又看,抚摸了又抚摸,往昔如梦,情不自禁地浮想联翩,10多年前八叔、八叔母脚穿胶鞋送我赶考的情景又浮现于眼前……如今,物资供应丰富,应有尽有,变化翻天覆地。穿油鞋之事,恍如隔世,天方夜谭。

中国共产党100年的艰难历程,100年的艰苦奋斗,初心不改,终于带领今天13亿多中国人民全部摆脱贫困,过上了小康生活。中国式的幸福,是真正彻底、完全的幸福。那更加美好的未来犹如大江大河的航船,人们已望见高高的桅杆了……

(原载《三峡晚报》2020年12月16日)

女大三，抱金砖

中国式婚姻有着几千年的悠久文化传统与审美习俗，从封建的包办婚姻"父母之命，媒妁之言"发展到自由恋爱；从婚姻自主发展为电视征婚，越来越开放，越来越公开，标准多样化，更具人性味。并且打破了讲究"门当户对"、男女年龄差距、合对"生辰八字"、送财礼等陈规、仪式与礼数。但其中的"德""貌""品"仍是择偶的重要标准。

联想起我爸妈半个多世纪的婚姻史，从我记事起，他们的恩爱、有时的分歧、偶尔的争吵……依然历历在目。

我妈是枞鸡垅山里人，生于红泥巴地，长在红泥巴地，有大山的稳重，有红泥巴的黏性，性格上的优点成就了她质朴的人生和命运；我爸是长潭河边的人，生于白沙地，长在白沙地，天生就有洪水般的汹涌奔腾之势。长潭与枞鸡垅相隔十几里；妈妈比爸爸年龄足足大3岁半；我妈认不得字，我爸认识字，小时候读过私塾，能把自己的名字用毛笔写在箩筐、禾桶、风车和水车上。不知他俩怎么就合上了"生辰八字"，且不嫌弃女方年龄比男方大。想必爷爷和奶奶信奉了那句老话："女大三，抱金砖。"

人生易老，此话不错。但也是悠悠几十年，谁不经历过几个大沟大坎、几个关键节点，乃至生死关头，需要总结经验教训才能继续前行。我爸妈几十年如一日，恩爱有加，和睦相处,极少听到争吵,从未见过动粗,可他们的性格却迥然不同。妈妈温和贤惠,遇事三思,对人忍让,怎一个"忍"字了得。邻里们议论她,六嫂是个善人,是个大好人,几十年来连一只狗都没有得罪过。因爸爸排行老六,故同辈人叫妈妈六姐或六嫂,辈分低的人喊她六伯娘或六叔母,久而久之,连她姓舒名喜音都忘记了。爸爸性格刚强,自负,傲气,也好显摆。比方在"老大门"举石磙(举重),重量不超过别人不离场,大有老子全村第一之傲气;又比方秋收时节背禾桶(打谷桶),那么大的禾桶,方方正正一米半见方,一般人是背在背上走的,俗称"驮乌龟";血气方刚的后生把禾桶的一方扛在肩上走,俗称"打排风";而我爸爸人到中年还别出心裁,把禾桶的一角竖立肩上走,俗称"扯旗角",全靠耐力,考验平衡力,非把风头出足不可!但在人生的节骨眼儿上,爸爸是靠妈妈帮助度过的,一个好主意等于一个金点子。据八叔说,在轰轰烈烈的土改运动中,不是我妈听政府的话,按土改政策办,那是要出大怪(大事)的。原来,我家只有七亩田地,六口人一人一亩多一点儿,按土改政策规定,人均分配一亩田。而我妈出嫁时,外婆家给四亩田做陪嫁,户主是爸妈,土地出租给三舅种。爸爸异想天开,企图瞒天过海,隐瞒不报。第一次土改时,我家成分划为上中农(富裕中农);而我妈思前想后,认为万万不可隐瞒,力劝我爸如实上报,这可不是儿戏,别因小失大。听了我妈的话之后,我爸如实上报了那四亩田,故土改复查时,我家成分改划为富农。成分虽高了一个等级,但没有触犯国家法律。田地是农民的根。根就像人的思想,根正才站得住,行得稳,走得远。我爸后来反思,我妈年长3岁多不是吃干饭的。"文革"中,"造反派"常常批斗"地、富、反、坏、右",妈妈总是提醒爸爸态度要端正,老实接受群众的批斗。好比发洪水时，容易翻船。结果，平安过了"这一关"……

我们那个年代，农村读书人极少。主要的原因是广大农民太穷，无钱读书，上不起学。我从小学习用功，成绩优良。爸妈一致同意把我"盘出来"（供出来），将来当个小学教师。我也为爸妈争气，不负期望，从长潭小学考上了花桥高小，高小毕业后又考取了溆浦县立初级中学。每学期缴6担谷学费，每月缴6元伙食费。一般农家是难以承受的。但我爸妈千方百计想办法，我妈每天纺线织布到半夜，纺车发出的嗡嗡呀呀的声音，至今犹在耳边回响，织布机的吱吱呀呀，古声古气，似冰凉冰凉，动人心魄，依稀还记得，就是为了多攒些钱；几个鸡蛋也舍不得吃，拿到花桥场上卖掉；另外靠外婆资助一个白蜡饼（一个值6元钱），这样勉强供我上学。初中毕业，我原本报考中师，结果又被溆浦一中录取。爸妈犹豫了一周之后，我才去报到。高中毕业后，我考取了华中师范学院（今华中师范大学），靠助学金读完四年大学……我考取大学那年，恰好二弟初中毕业，爸爸再无力供他上学读书，就此辍学。但妈妈从长远着想，平时对孩子可骂可打，只有读书不能对不起孩子。她下狠心还是想让二弟读书，只有把书读出来了，才有一只"铁饭碗"。

随着国家经济建设高潮的到来，长沙机床厂来县城招工。妈妈抓住这个机遇，让二弟只身背一床棉被去城里报考。他凭着一点小聪明，终于被录用做练习生。工厂在长沙猴子石，岳麓山下，远离市区。他认真地做工，工余刻苦地学习。两年后，二弟遵照妈妈的叮嘱，考取了汉口机器制造学校，圆了继续上学的梦。临毕业前，母校升级了，改名"汉口机械学院"。二弟又被录取了，由一个工厂练习生成长为一名大学

生。消息像春风一样迅速传到家乡,全家与亲戚都很高兴,静静的长潭河翻起了绿色的波浪,好像在歌唱……妈妈后来告诉我:那次,我爸边喝酒边望着她说,自己一辈子好强,脾气犟,个性倔,多亏我妈包容他,帮衬他,走过了人生一个又一个的沟沟坎坎,还帮李氏家族盘出了两个大学生,在全长潭数第一,光宗耀祖!真应了那句老话:"女大三,抱金砖。"

爸妈离开我们已经很多年了,坟旁边的松树也已参天。去年挂青时,我在坟堆上拍了一下,又拍了一下,我哭了……

2020 年 10 月 4 日于三峡荷屋
2021 年 1 月 26 日修改

花桥啊，花桥

湘西是富有特色的一个地域，汉族与苗族、土家族、侗族、瑶族等十几个少数民族杂居，和谐相处，民风民俗同中有异，异中有同。行走于湘西大地，几乎随处可见吊脚楼、鼓楼和风雨桥，建筑风格别具魅力，一言以蔽之，有诗的韵致和风味，像浓茶酽得化不开，被美誉为"湘西三宝"。

距离县城30里的花桥（今双井），是一座美丽的小镇，方圆二三里，东连长潭村、胡家村、彭家村，西接向家垅村、何家垅村，南连项家村，北连白田村、沈家村等，似众星拱月，晶莹亮眼。过去，花桥五日赶一回场，后来三日赶一回场，现在为每日赶场。赶场日子吸引来四面八方的农民，箩筐连成线，架子车排成队，自行车响成串，电动车、摩托车震天响，人山人海，热热闹闹，一派欣欣向荣的新景象……

花桥兴许因桥而得名，靠东南方向修有一座桥，为木结构桥，长约100米，宽7米许，桥头平接地面，桥尾有6级石阶连接两条蜿蜒的土街，同湘西闻名的风雨桥相比，比如"芷江龙津桥""通道普济桥"，则属装饰简陋、浑厚大方的风雨桥，清一色的木桥板，结实坚固，人走起来砰砰有声；桥两边竖立8根圆木柱，用桐油油得锃亮，由木栏杆串联，栏杆连接木板凳子，凳面都被人的屁股磨得光溜溜的；上盖青瓦，可遮风挡雨；差就差在屋顶上未修筑三四座小亭子，远远望去，欠了些大气派，大概是财力不富裕吧。但桥上人来人往，或歇歇脚，或躲躲雨，或听人"讲古"，或闲来坐坐，看看风景，怡然自得，欢声笑语不断；我上高小也要从桥上过；桥上也有挑担子卖小吃的，尤其是米豆腐，风味鲜美，辣呵呵的诱人，不说为天下之冠，也可在一方名列前茅，常引动我的一片乡情……靠西北方向修有另一座桥，长50多米，宽约6米，有柱、有檐、有栏杆、有木板凳，上盖青瓦，下铺木板，桥两头无石阶，方便"牛市"与行车，故名"牛儿桥"。这个名字通俗实在。花桥啊，花桥，你是联系老百姓的纽带，被他们称作"连心桥""幸福桥"。

我家住在长潭村，与花桥一江之隔，相距不过二里路。花桥好似戏台子，我们则是台下的看戏人。这台上与台下天壤之别，一个细妹子要能出嫁到花桥，那是她心中的向往，是家人前世修来的福分，是几辈人积下的公德。我有四个妹妹，一般齐的中学毕业就辍学，只有二妹松菊命好，出嫁到了花桥。都说她的相貌像我妈妈，圆圆的一张和善脸，一辈子连一只狗都未得罪过。俗话说得好，善人有善报，憨人有憨福。

花桥的风光，既有两座风雨桥，又有两口并联的双井，一条溪河绕镇而流，水深不过膝，水清如碧玉，把一块偌大的坪地分成两个农贸市场：左边是片小树林子，生长歪七歪八的柳树，枝叶却青翠欲滴，成了买卖水牛、黄牯的"牛市"，牛拴在树上，悠然、凉快；右边的鹅卵石滩大小石子五颜六色，与街巷相连接，云集四面八方的老百姓，进行自产自销，公平交易，市场兴旺，摊子连摊子，箩筐挨箩筐，板车靠板车，人流如潮，吆喝声、讨价还价声响彻云霄。每村的出产各有特色，比如长潭村的柑橘，向家垅村的红枣，项家村、白田村的甘蔗与花生，何家垅村的仙稻、米豆腐，胡家村、彭家村的小干鱼儿……其丰富多彩，几乎与怀化市"洪江古商城"也差不太远，"生意兴隆通四海，财源茂盛达三江"。据说，"三年困难时期"（1959—1962年），百姓吃不饱肚子，日子苦，哪有东西来交易，场上一片冷冷清清、死气沉沉。党的十一届三中全会后改革开放，农村政策变了，科学种田结硕果，农民积极性空前高涨。而今的花桥热闹繁华，管理人性化，气象更新！

松菊妹子凭着花桥得天独厚的地利，妹夫仁求耕种附近的三四亩农田，粮油自给自足有余，吃饭不愁，日出而作，日落而息，抽空赶一赶场，背着手逛一逛街，了解点信息给松菊参考。松菊白手起家，先买卖鸡蛋，除去破损，赚点小钱；后来贩卖布匹，一架板车做布摊，平时摆在街口路边，赶场日早早地到石头滩占个好位置，搭一个篷子。量布，尺子松，末尾还要多留一点寸头；撕布，干净利落，不用剪子开口，两手的两个指头夹着，借一点巧劲，"嗤"的一声，布就撕到头了；若遇零头布，就打折扣。对新老顾客一脸笑容，靠和气生财，生意越做越好。但顾客反映花色、品种单调。她便想到大城市去进货。可往返路费贵，怎么办？她壮着胆子，试着爬火车逃路费，花桥火车站离家近在咫尺，夜里爬上车，早晨到湘潭下车，白天采货，晚上又爬车返回，一路风险，担惊受怕，险象环生。虽多赚了一些钱，但损害了公家利益，她于心不安，良心有愧。一年半载之后，便正大光明地买票坐车来回，货多时办托运手续，人身安全也有了保障。在市场里租赁固定摊位，名气越做越大，信誉越来越好。借着改革开放的春风，搭上国家加快城镇化步伐的快车，松菊一家在镇中心位置修建一幢三层楼房，提前过上了"小康"生活。好日子是苦干出来的，幸福是奋斗出来的。

从花桥走出去的儿子，先在深圳打工送快递，后创办了一

家快递公司。通过几年的艰苦奋斗，终于在花桥修建了一幢四层的大楼房，为家乡增添了一块新砖、一片新瓦，实现了他的青春梦想和人生价值！

绿水青山的溆浦啊，世界文化名人屈原第一次描绘过你的山与水；花桥啊，花桥，你不愧为溆浦奇山秀水的一朵奇葩！

（原载《西陵文艺》）

堂姐白菊

我出生在一个大家族中，大有大的复杂，大有大的难处。公公（祖父）李佑高在当地声望高，结过两次婚，第一个娘娘（祖母）生了五个儿子后病逝了；第二个娘娘生了四个儿女，我爸排行老六，姑妈排行老七，老八、老九是叔叔。前五位按排行喊大伯爷（伯父）、二伯爷、三伯爷……堂兄弟二三十个，堂姐妹也是二三十个；男孩取名德章、福章、和章、雄章、文章、恒章、华章、义章……女孩取名黄菊、白菊、紫菊、秋菊、松菊、芳菊、赛菊……叔伯中只有八叔文化最高，毕业于辰溪楚屏中学，教过小学，兴许公公有先见之明，取名文成；其他人都是斗大的字认不得一箩筐。堂兄弟姐妹中最多读过中学，只有恒章和我考上大学，名字似取得不错，"落花时节读华章"。

20世纪50年代初，我在城里读初中时，有一次，突然被叫回家，参加娘娘舒氏逝世悼念仪式。在老屋场，人头攒动，川流不息，个个披麻戴孝，缕缕香烟袅袅，阵阵哭声动地，也杂有窃窃私语，怨声哄哄，各想心事。娘娘抬上山入土后，尸骨未寒，因为遗产分配不均，就闹起了轩然大波，叔伯之间大动干戈。父亲被四伯爷用锄头挖伤，鲜血淋漓。这一幕，至今印象犹存。

往事悠悠，并非如烟。在众多堂姐妹中，我记忆最深的要数堂姐白菊。平时不喊她堂姐姐，而叫她白菊姐，以示与其他姐妹的区别，也显得亲切些。她是我大伯爷的二女儿。她的哥哥，自小有点儿"苕气"（傻子），因此连他的名字也不记得了。在我的眼中，白菊姐天生是个美女，是个味人。在溆浦称为"味人"的，即相貌俊俏，模样标致，姿色出众，并有点儿韵味。那"味"字的含义似很宽泛，也很深远，只能意会，难以言传，但人人心里都明白，像明镜似的。什么是美？连俄国大美学家车尔尼雪夫斯基都只能说："美就是生活。"宽泛无边，令人想破脑壳，可叫评论家诠释成一部大书来。中国古代四大美女之一的王昭君，人们也只称赞："王嫱有艳色，天下花不如。"蔡文姬赞之曰："昭君，端正闲丽……有异于人。"……未有具体描绘。我的堂姐白菊，人如其名，活像一朵绽放的白菊花。白菊是菊花品种之一。在往年的乡村，农民种菊人罕见，每逢9月间，我只在长潭河堤上，看见零零星星地生长着几丛菊花，有黄色、红色、紫色和白色等品种，而我情有独钟的是白菊。那种白，比棉花剔透，比梨花丰盈，比雪花皎洁；那种白，很纯洁，特透明，酷似玉，如凝脂。白菊姐长得就像白菊花一样纯洁如玉、婀娜多姿、美丽动人。

说到白菊姐的相貌有"异于人"之处。整体观之，以家乡土话说，长得很"时定"，意即适当、适中、匀称、恰好，天生的一个美女胚子。论高矮，个头不高不矮，对她而言，高五厘米，嫌高了一点儿；矮五厘米，又嫌矮了一点儿。中国古典作品里描写男人，可用五尺汉子、七尺男儿形容；而描写美女则不从身高着笔，古代四大美女中不知谁高一米几，或谁矮一米几；论胖瘦，她身材胖瘦适当，既不显胖也不显瘦，"苗条"两字恰好不过；论五官，她的眼睛不大不小，大一点儿，显得圆鼓，小一点儿，显得眯细；眼球黑白比例，不多不少，灵动自如，明亮有神；眉毛不粗不细，不用眉笔修饰；尤其是左眉与右眉的间距，不宽不挤，若生得挤拢了，人说脾气大，若生得隔开了，又似猫眼一般，影响美观；鼻子不高不塌，鼻孔眼不大不小；嘴巴也适当，倘是樱桃小口，虽被古典作家称赞，可在常人眼中仍感美中不足，尤其对圆脸型的人来说，便略嫌比例失调。照我如此描绘堂姐白菊，她岂不成了一位"天仙"？其实，她仍是一个纯朴的乡村女子，过着普通农民的真实生活。

我大伯爷家土改时划的成分是"下中农"，一口人一亩田，靠勤劳过紧巴日子，靠风调雨顺吃碗饱饭。没有余钱送子女读书，更没有望子女成龙成凤的梦想。白菊姐10岁就开始力所能及地劳动，牛屁股山"扒枞毛"有她的身影，江边上放牛有她的欢笑，同别家合养一头牛，各占两条腿。她身上穿的是家机布衣服，脚上穿的是妈做的布鞋。风里来，雨里去，日头晒，可就是晒不黑她，皮肤白白净净，柔柔嫩嫩，别具丝滑。像一朵鲜活的白菊花绽放，可爱极了。她不仅人长得"味"，做事也"味"。上山扒枞毛时，有的人来迟了，扒的枞毛少，她会主动帮助别人，分一两堆枞毛给人家。在江边放牛时，有的人玩心大，泡在江中不上来，她善解人意，把他们跑远了的牛赶回来，以免偷吃地里的庄稼……

长潭河是一条很长的河，弯弯拐拐，散散漫漫，碧绿碧绿，清亮亮的照人，流入灵秀的溆水，连屈原流放时都喝了9年的溆水。河的两岸土地肥沃，系白沙地，有的栽柑橘；有的种水稻；有的种甘蔗。许多村庄坐落在河的两岸，有的修长堤防洪水；有的江边冲积成坪地，布满鹅卵石，生长有芭茅、绿草，蓬蓬勃勃，成了放牛的好地方。在石头上、芭茅丛中踩出一条弯弯曲曲的土路，通往花桥场，通往低庄场，通往庄稼

地。冬春季节架起木板桥；夏秋季节发洪水、冲毁了板桥，就划船过渡。在茂密的芭茅丛中，也曾闹出过风流韵事，即天作被子，地作床，唱"被窝戏"。我的堂姐姐也险遭一劫。此事，我一直羞于向人说出口。

记得我在花桥读高小时，每天早出晚归，江边小路是必经之途。有一次，碰巧同九叔同行，走在江边土路上，忽听到芭茅丛中有叫喊声。九叔年轻，血气方刚，为人仗义，爱管闲事，便快步如飞地往喊声处冲去，我紧跟其后。果然有"情况"。只见五六个小伢子围着看"西洋镜"，一个健壮的男生脱了裤子，似老虎扑食一般，正向白菊姐扑去，拥抱着不放，白菊姐吓得半死，眼泪汪汪，又哭又喊……九叔大声一吼，怒不可遏，举手啪啪啪地扇他几个耳光，之后又用几根芦苇刷向他的下体，霎时蔫了下来。原来，那男生是出了"五服"的兄弟，一向流里流气。

……

去年清明节回家，听说白菊姐后来的人生坎坷不顺，命苦遭罪，丈夫懒散，生活并不美好……好生活，靠勤劳。

往事不堪回首。我久久地站立长潭河边，思绪翻滚，眼泪盈眶，多少乡愁啊，恰似一江春水向东流……

（原载《西陵文艺》）

欢喜佛

兴许是一种机缘吧，上次回家路过怀化，意外地遇见了一位亲戚，按辈分她是我的表侄女儿，名叫屈萍。女大十八变，几年不见，她已出落成大姑娘了，苗条身材，一头秀发，乌黑蓬松，不长不短地刚好披在肩上，好一个标致妹子。

我们同去大妹夫家中，在那里过细地瞧瞧她，便发现她稚嫩的脸上隐隐约约地藏着几丝忧愁，同她的年龄似不相称。我心想，这是不是"穷人的孩子早当家"的缘故！于是便关切地询问了好多事情：我姑妈还健不健旺？她爸爸、妈妈在山里的日子过得舒不舒心？她只是淡淡地回答：好个什么！年纪大了，身板骨虚弱，完全靠山上的那些个梨果换钱，人手多，田地少，全村出门打工的占了多半，难得碰上几个年轻人。接着，我问她：出来多久了，打什么工？她一时语塞，半天没有作声。还是我大妹子替她作答：萍儿是在"乐园"当服务员。我凝视她一会儿之后，轻轻地"呵"了一声。屋里的气氛顿时变得像铅一般的沉重……

我们走在大街上，进出于商店商场，那花花绿绿的世界眼花缭乱，也调节了彼此的心境，由一时的拘谨而变得随便；由彼此的客气而倾吐真言，她重又满面春风了。

"大伯，说真的，我现在真有点后悔了。"她突然对我说。

"是工作不开心呢，还是想家？"我问。

她叹息了一声,轻轻地说:"讲得好听是服务员,其实是做招待小姐,当按摩女郎。"

我马上说:"这工作不适合你。"

"不适合是不适合,但还得做下去,签订了两年的合同。说起来钱不算少,开头我不收小费。后来众姐妹都说,不收白不收。我们为他服务,他满意,理当付酬。有时碰到一些刁钻的客人或是不三不四的老板,我为他按摩,他却要求为我按摩,真恶心!倘不答应,就大为不满,向经埋告状。结果,反倒是我们挨骂受训,越想越气人!"

听了表侄女儿的这一番倾诉,我不禁愤愤不平起来,深为她抱屈。

在商店商场里,我提议为她选购礼物,她都只看了看,摸了摸,问这,她说不好看;问那,她说已经有了,结果一件衣物都没有买成,我猜这是在讲客气。经过一个地摊,这是卖小玩意儿、小摆设的。其中有许多瓷器人头像、生肖动物等工艺品。她走拢去,左选右挑,选中了一尊瓷器烧制的"欢喜佛",矮矮的半身像,胖胖的模样儿,眯眯的笑眼,憨憨的笑容,一副无忧无虑的神态,栩栩如生。尤其是制造者别出心裁,在大肚子里安装了机关,轻轻一按,立即发出"哈哈哈"的笑声,笑得很有节奏,一个哈哈连着一个哈哈,仿佛有满肚子的喜悦抒发不完。屈萍天真地把欢喜佛捧在手里,她似乎被欢喜佛的一串串哈哈所感染,也沾了一身喜气,笑容满面,开心极了。面对此情此景,我打心眼里高兴。

她一边走,一边不停地按响机关,让欢喜佛一路哈哈声不断,有时还调皮地把欢喜佛递到我手里,或是把它送到我耳边,以便我分享欢喜佛的欢喜。

我笑着问她:"为何这么喜欢这尊欢喜佛?"她不假思索

地回答:"平时,在我们中间很难得听到这么开心快意、轻松愉快的笑声。我要把欢喜佛放在集体宿舍里,让这哈哈的笑声陪伴我们,回荡在姐妹们的心中!"在我听来,她的话有一股苦涩的味道。

她要回"乐园"去了。我久久地目送她远去的背影,暗暗地为她祝福:清清白白地做人,好人一生平安!

(原载《散文》)

二舅妈

  二舅妈是在枞鸡垅这个山村走完她的人生的,是值得呢,还是不值得?

  她出生于低庄的枣园村,旮旮旯旯都长着枣子树,大红枣养人,年轻时就出落得容颜红润,身材丰腴,十分标致。但囿于旧习俗旧观念,父母没有给她读书的机会。之所以嫁到枞鸡垅来,一是因为我的二舅是读书人,正在常德中央陆军学校学习;二是我外婆名声在外,年轻守寡,养大了四个儿女,一女三男,而且眼光远大,辛辛苦苦地盘出了老二舒承麟,考取了军事学校,可望实现"光宗耀祖"的梦。

  从枣园村到枞鸡垅约20里,一路坎坎坷坷,崎崎岖岖,翻山越岭,出嫁的良辰吉日,恰逢炎炎夏季,新娘坐在花轿里,后面伴随着亲戚与陪嫁的两个衣柜,一架抬盒,六铺六盖,吹打乐器时起时落,在山林松风中回响,山势逶迤而上。上山不久,轿夫已汗流浃背。新娘也是山里生山里长,目睹此情此景,心里不是滋味,几次欲落轿行走,经再三劝阻,说是不合传统习俗。因为不逢低庄赶场,路上行人稀少,新娘还是毅然决然地落轿,以减轻轿夫的负担,走了几段艰险的山路。花轿过了半山亭后,一路下坡,烂岩磴子陡峭滑溜,俗话说:上山容易下山难。轿夫每下一级石磴,小腿肚筋暴暴、抖抖神,气喘吁吁……新娘看在眼里痛在心里。而此刻枞鸡垅已尽收眼底,上百双眼睛都在遥望着抬花轿的一行人,她心里很矛盾,再没有勇气落轿行走了。

喜看热闹的父老乡亲,挤满了新房,争看新娘的俊俏,品评嫁妆的质量,而我像是"人来疯"似的,在衣柜的新棉被上打滚儿……

新娘嫁到枞鸡垅之后,左邻右舍的人喊她黄氏,家里人叫她杏英。新婚没过多久,二舅就离家去了被分配的青岛某警备司令部。千里迢迢,天南地北,音信杳杳。二舅妈受尽了相思之苦,"人比黄花瘦"。每逢寒暑假时,我到外婆家去,二舅妈总是带着我睡在她的房里。我亲眼看见,她有过多少不眠之夜;我亲身感受,她那颗孤独的心跳。我问道,你怎么流眼泪了?她说,我揩灰尘弄的。我又问,你怎么睡不着觉?她直摇头否认。有时候,她看到我真诚稚气的眼睛,轻声耳语,想你二舅了。长大后我才知道,难受不过人想人啊!

二舅妈做事麻利能干。大舅、三舅已分家过日子了。二舅妈同外婆一起生活,她孝顺老人,尽心服侍,和睦相处,似亲生母女一样。在灶屋她是一个好厨子,山里菜做出好味道来;上山收枣子、摘棉花,她样样里手。收枣子时,她用竹竿扑打枣树,枣子哗啦啦地落下,犹如"大珠小珠落玉盘";摘棉花时,她十指飞动,背篓装成一座山,然后用衣服罩着背回家。而我一直忘记不了的是,因我好读书,在她眼里金贵,隔三岔五给我煮一个咸鸭蛋吃。直到我大学毕业工作后,二舅妈还总是夸我小时候乖巧,吃东西很细法(土话,即节省),一个咸鸭蛋都分作两餐吃。

记得有年夏天,我10岁左右,二舅回家探亲,穿一身军装,已是连级军衔了。二舅听说我会读书,心里喜欢;而二舅妈一直都喜欢我,在"久别胜新婚"的日子里,也不把我当外人，依旧留我三人同睡一张床。并嘱咐我，今后要多代二舅妈写信。我点头答应了。每一次写信，由二舅妈口述，我一句句记录。信都不长，顶多三四百个字，但字字都是心里话，句句都是真心话。纸短情长，一封家书抵万金。这次探亲假后，二舅妈怀了孕，生下了一个儿子。儿子就是希望，儿子就是未来！在她心目中，金子、银子都不如有一个好孩子。可最痛心的是，小孩不满周岁，连名字都还未取，就因病无处治而不幸夭折。二舅妈的眼睛哭肿了，后来欲哭也无泪，心里万分悲痛。一个乡下女人的这一点点儿人生的希望就这样破灭了。

临近中华人民共和国成立前，二舅晋升营级，可以随军带家属了。但国民党军队节节败退，"徐州之战"失败后，国民党反动派欲向南逃往海南岛。二舅写信给大舅承麒，预计部队经过"江东"时，他在那里等候，请大舅护送二舅妈前去会合。由于收信迟了，二舅等待的日子已过，没法再等候了；大舅这边掐指一算，也来不及护送前去。就这样阴错阳差，错过了夫妻相会、团聚的机遇。从此，音讯全无，二舅生死不明、下落不知，这一错就是42年之久。人生世事难料啊！在这漫长的生死别离中，年轻标致的二舅妈，本来可以有别的人生选择，但她心底保有那一点儿渺茫的希望，重情重义，不肯另做选择，坚守贞节，活活地守寡40多年。三舅把三儿子爱章过继给她，以养老送终。二舅妈的人生悲悲切切凄凄……她的人生，枞鸡垅的烂岩窝被打动了，枞鸡垅的橘树被打动了，整个枞鸡垅村庄也被打动了……

直到海峡两岸"三通"之后，一个同村的"台湾老兵"，先回来探亲。1988年秋天，满天落叶纷飞，山上柑橘金黄，田垅稻谷飘香。二舅只身一人从台湾转道香港回归溆浦探亲。事先没有联系，也没有预告信息，突然地回到枞鸡垅来了。这喜讯从天而降，二舅妈如在梦里，哭了又笑了，笑了又哭了。当年过古稀的二舅站在头发花白的二舅妈面前，两双眼睛对望、凝视良久，他俩泪流满面，泣不成声……爱章一家扑过来了，一声声哭喊，字字都饱含着深情；大舅走过来了，嘴里的"江东"两字刚出口，便潸然泪下，老泪纵横；三舅一家人丁兴旺，生下五男二女，老四国章过继给大舅，老三过继给二舅妈，大家都拥簇在一起，欢天喜地！

　　那悲欢离合的九天九夜，任凭我再握几支诗笔，也难以抒发那浓浓的情怀与乡愁！

（原载《柴埠溪》）

三 舅

弯弯的山路，斜斜的石磴，在雨中寂寞地延伸。三舅的家就住在山那边。小时候，我无数次地走过这条山路。令人感慨的是，这么多年了，竟没有什么大的变化。但我依旧对它充满了迷恋，有着深刻的感觉。

这次我是专程去拜望三舅的，公路只通了一半，剩下的路仍要步行。那泥泞的红泥巴路，走得我很狼狈，那步步高的石磴，累得我热汗淋漓。

前年腊月三十，大舅已经过世；二舅远在台湾；只有三舅是外婆家唯一的长辈了。我坐在三舅的对面，发现他的身子骨佝偻着，平头上的白发稀稀拉拉，耳朵几乎全聋了。顽皮的孙子辈，都喊他"聋子公公"。想不到在他沧桑的脸上和青筋隆起的大手上未见老年斑，牙齿也没有掉几颗。牙好，有口福。也算是晚年幸福的一个标志，叫人欣慰。

三舅的脸上堆满了笑意。"外甥还挂念着三舅，我心里高兴。"他重复了好几遍。我连连说："千里之外，再忙再累，总也忘不掉亲情，割不断乡恋，记得住乡愁……"在一旁的表兄弟姊妹们说："大哥你讲的话，他听不到的。"我深情地看着三舅，他的笑意始终没有消失……

记忆里的三舅是活得最精神的。山里人的庄稼田好像满天星，东山上一片柑橘地，北山上一片苞谷林，这个山坳里几十棵枣子树，那个岩窝窝十几棵桃子树，见缝插针，离家有远有近。为了管理和侍奉好这些农作物与果木，一年四季，长年累月，三舅全凭脚勤和手勤，汗水流得多，庄稼收成好。"谁知盘中餐，粒粒皆辛苦"，正是一位老农的写照与心声。

三舅的中壮年时期，虽不能说"挑山担海"，但一二百斤的担子挑在肩上，爬磴子岩快步如飞，炎炎夏天，汗珠子落地啪啪响，一颗甩成一瓣花；寒冬腊月，头顶上的蒸气能立刻融化鹅毛雪。那时候，湘黔铁路还没有修建，他常常挑着一担柑橘或枣子赶到资水河畔的安化县烟溪镇去卖，足足80里，当天还要摸黑赶回家。磴子岩，坎坎坷坷，山上树林茂密苍茫，只在山顶修有一座凉亭，走廊式的木柱建筑，上盖黑瓦，遮风挡雨，供行人过客歇脚休息。有一次，三舅卖掉柑橘回家，刚走到凉亭，还没有坐稳当，便被几条蒙面大汉痛打，几乎是边走边爬着回到家里的，身子骨受到了重创，舍财保命……

从此，这座孤独的半山凉亭，留给我强烈的震撼。我每次过凉亭，都是事先蓄足了力气，接近亭子时，便像百米赛跑一样，飞跑而过，连回头看都不敢。有些事，回忆让人惊心和心痛。如今，凉亭仍在，住了一户人家，备有大碗茶，还有炉火可以烤糍粑"打尖"（土语，加餐）。爬山走累了，在凉亭上一坐，山风悠悠，凉爽爽的。风一停，嘴上吹出口哨来，呼唤山风快点回来，真有说不出的山里韵味！

年过八旬的三舅，还坚持劳动，每天都扛着锄头、带把枝剪，到自己的坡里、田头除草或修剪树枝。老农种地就像工匠一样，精益求精。有一次，三舅上树剪枝，脚踩在枯枝上，枯枝一断，他从树上失足掉了下来，伤了腰椎骨，原本硬朗的身板再也挺不直了。岁月无情，年龄不饶人。

我劝三舅："年纪大了，该甩手休息了，应享受晚年的生

活。"

　　他仍然微笑地看着我。估计他未必听见了。我俯身在他耳边又大声地说了一遍，表兄弟姊妹们又用手势比画着。三舅还是那句话："几十年了，习惯啦！人活着，就是要多劳动。不干活，心里痒，手里慌。"我心想，沧桑岁月，练就了三舅的高山一样的筋骨，江河一般的心胸。中国广大农民的脊梁骨是最硬的，吃苦耐劳的实干精神是高尚的。中华民族这座巍巍大厦不就是依靠这一代又一代的普通劳动者支撑着的吗？！尽管他们的头上没有戴着灿烂的光环，但他们心里明白，一家人的幸福生活是艰苦奋斗出来的。

　　我约好天气晴了为三舅照张相片留念。第二天清晨，太阳从东山顶喷薄而出，放射出万道霞光。远远地见三舅佝偻着身子，向我住的地方（三儿子家）走上来，步伐依然坚定，变了一个人似的，精精神神。他还特意换了一件新的对襟布衫。我选择屋场前一株苍老的柑橘树作背景，为三舅照了相。假如老天爷帮忙，愿镜头完美地摄下那满树的、一朵朵白白的柑橘花，连同它那淡淡的清香……

（原载《长江文艺》《鸭绿江》）

枞鸡垅记事

中国人乡土情深，一旦远离家乡，总忘不了。我故乡的枞鸡垅，是我外婆家的山村。每年的寒暑假我都是在这里度过的。

枞鸡垅这个深山里的村子，地名有点怪。村西边的一座大山，名叫烂岩窝，不长树木，只见岩石，一窝一窝，一堆一堆，重重叠叠地堆积起来，零乱而自然，千姿而浪漫，好像现代派画家的一幅幅油画。造物主真是一个伟大的艺术家啊！往北，在两山之间逶迤一条山路，十几里，通往低庄镇，路名叫岩路坡，弯弯曲曲，坎坎坷坷而上，又名磴子岩；一级级一磴磴全是用长长短短的大烂岩摆放而成的，年久踩出了坑坑洼洼，黝黑发光，滴下的汗水霎时滑走；山腰上有座半山亭，风雨飘摇，生怕倾圮，是行人喝水歇脚的地方，而这条路却是全村人的"生命路"。

烂岩窝下，是一坡一坡的山地，种着各种果木，比如枣子树、梨子树、桃子树、茶子树、柑橘树……没有砌成层层梯田，而是满天星似的生长着。土地贫瘠呈红色，清一色的红泥巴地，下地干活穿不得浅颜色的衣裤，要不，衣裤上全溅上红泥点。山外的姑娘一般是不愿意出嫁到这里来的。

山坡底下，拥挤着一栋栋平房或吊脚楼，万瓦鳞次，屋檐连屋檐，前门对后门，一户人家难找一块窄场坪，几户或十几户人家共挖一口池塘，大大小小不一，用于洗涮、养鱼和灌

溅。从池塘大小可大略推断出主人的贫富与气派来。一条小溪从村的上头弯弯拐拐地贯穿到村的下头,名副其实的小,宽不过两三米,小溪两边杂草、野花、蒺藜和灌木丛生,涓涓流水,潺潺有声,低吟浅唱着岁月的沧桑……

枞鸡垅生长着太多的泥巴腿子。中华人民共和国成立后的头几年,据我儿时的记忆,全村几百户人家中,只有两三户人家出过读书人。大塘边的老八家,我喊八公公。他有三个儿子,老大名叫舒承亮,县立初师(又叫"乡师")毕业后,在外乡当小学教师,有读书人的派头,走路昂首挺胸,每每站立池塘边上,或背着双手,俯瞰池塘水中的倒影,心里美滋滋的;或遥望远处的烂岩窝出神,意气风发,流露出一股不凡之气;但美中不足的是嗓音有些嘶哑。我和小玩伴偷偷地说俏皮话,这和亮舅的名字不相符合。老二名叫舒承瑞,他考取长沙的一所大学,读的是土木工程系。因为远在省城求学,回家极少,我同他不过几面之缘。但佩服他是村里的第一个大学生,他真有本事,亲自设计,在家修建了一栋"洋楼",青砖砌墙,两层楼高,曾扬名方圆几十里,在枞鸡垅鹤立鸡群,独一无二。我过年到婆婆家拜年时,总要带礼物给八公公,他家也请我们上过宴席,但我从不敢造次,欲上"洋楼"去玩。后来听说,瑞舅回到溆浦枣子坡湖南省立九中教书。传出,他每月薪水 12 担白米,父老乡亲们听后,惊赞不绝:老八家的二儿子承瑞,为他们家光宗耀祖!古话讲得好,瑞气东来。

住在山坡上的另一家亲戚,在果树林中修了一栋四封三间的大木屋,绿荫掩映,紧挨着,成直角又修筑一栋大偏厦,三兄弟各立门户住着,地场坪宽敞共用,唯池塘小一点儿。老大叫舒承庭,老二叫舒承培,老三叫舒承逢。这三个舅舅中,只有庭舅是县立乡师毕业,在外乡教小学。他个子虽矮,却长得敦实，蓄分式头，讲话声音洪亮，秉承祖先的蛮性，从不服输，常表现出一种孤芳自赏的气势。比如说，"在三弟兄中，唯我文化最高"；又比如说，"舒承亮同我一样，乡师毕业，同等学力，不分高下，平日摆什么臭架子！舒承瑞虽然大学毕业，但讨的堂客（老婆）是结过婚的西北女人，未免不体面"，等等。土改后，他家划的成分是中农，而八公公家的成分是地主。庭舅常以此为骄傲的资本，"我家是依靠力量；他家是斗争的对象"。我暗自思忖，枞鸡垅的地势呈长冲子形状，好似一只巨大的鸡笼子。一只鸡笼关不下两只叫鸡公，犹如一山不容二虎一样。但在我心里敬重的还是瑞舅舅。听说，他后来在陕西某城市当了总工程师……

去年清明，我携家人回故乡挂青，又重上枞鸡垅。而今，枞鸡垅改名"松溪垅"。其实，松树俗称"枞树"。烂岩窝还是那座烂岩窝，但物是人非，气象万千。我站立高高的山坡上，上下左右打望，全村的"洋楼"处处耸立，约莫上百栋，且多半是三四层楼，不是八公公的"洋楼"，胜似八公公的"洋楼"。山上的果木变成以柑橘为主，经过嫁接后，品质提高，还引进了黔城的"冰糖柑"。满山橘林成片，青枝绿叶，郁郁葱葱，细小的白色橘花散发出芬芳，春意盎然。

我问起村里出了多少个大学生。三妹夫爱章笑着说：一时说不出准确数字，至少有百把人。亮舅的儿子舒友刚在溆浦一中教书；舒坤泉医科大学毕业后，在哈尔滨成了一名军医，大校军衔；还有李远再也当了火车司机，每次回乡探亲，还常问及你哩……往事历历在目。我情不自禁地慨叹，在农村，一家只要读出一个大学生，就可前途光明了。春意浓浓今又是，换了人间！

爱章兴奋地告诉我：你过去爬过不知多少回的岩路坡、磴

子岩,现在已铲除了烂岩堆成的岩磴子,修筑了一条宽敞的公路,直通低庄镇,与低庄火车站相连接。再不用肩挑100多斤的重担去赶场卖柑橘了。我心想,柑橘红了,卡车装运,风驰电掣而去,普通老百姓也可走向全国。从前的岩路坡变成了幸福路!

(原载《三峡日报》)

一封未读到的信

前几年去厦门鼓浪屿时,我曾久久地徘徊在大海岸边,凝海听涛,那动人的涛声带走了遥远的思念,心潮澎湃,多么想拜托海鸥、嘱咐浪涛,捎去我的问候、我的歉意……

海峡两岸可以自由通信之后,收到了二舅好几封来信,40年来的游子思乡之情,洋溢在字里行间。

二舅是信奉基督教的,常常祈圣灵感动,求"主"保佑。他把海峡两岸"邮路"通了,找到了亲人,都归之于神恩,虔诚地感谢神的恩赐。二舅晚年儿孙满堂,大儿子当军医,小女儿在南非某地做会计。他从军队退役之后,在一个天主教堂做义工,信仰自由,开口闭口一个"主"。可每读他的来信,常免不了会心地一笑。

21世纪初的一个冬至节前,我的母亲病了,卧床不起。我遵从三舅之嘱,给远在台北的二舅写信。不久,即收到了一封回信。

二舅的回信,情系大姐,写他做了一个"梦"。这自然是"日有所思,夜有所梦"之故。他说,接到信后,知悉大姐身患重病,心里万分着急。"那一夜冥冥中梦到自己10岁左右,为大姐夜以继日所织之布,去祖市殿赶场卖布,每次她赶早便去,日头落山而归,换回自己的辛苦钱。那情景宛如眼前……后来,大姐出嫁花桥长潭村,自己坐在花轿里陪嫁,出枞鸡垅,翻岩磴子,轿子外边,树林葱郁,遮天蔽日,松涛一阵阵响,山路弯弯曲曲,崎崎岖岖,花轿随着轿夫的脚步悠悠地晃动;花轿里面,大姐轻声哭泣,喜中有忧,忧中有喜,那神情耐人寻味。一切好新奇。我一路分享着大姐的幸福……现在,一晃已60年了,天各一方,远隔海峡。回忆昔日情景,历历在目,真想插上翅膀飞到大姐身边畅叙亲情与安慰她。可身不由己,无可奈何!希望将此信带回老家,一字一句地读给大姐听。"二舅信末尾还这么写道:"我写到此处,流泪不止。"并附言:"此信我已影印一份,留作纪念。"那字字句句无不饱含着深挚的骨肉真情。

我把二舅的回信连读了几遍,也情不自禁地流了眼泪。心想,人世间的亲情往往是会刻骨铭心的,哪怕远在天涯海角,哪怕千山万水阻隔,哪怕岁月悠悠流逝,丝丝缕缕、一枝一叶总关情。一个人远离故乡做异乡游子,岂能不生归思,岂能不抒发乡愁呢?!台湾诗人余光中先生曾写道,乡愁是一枚小小的邮票……唐代大诗人李白的诗句:"举头望明月,低头思故乡。"至今仍铭刻在中华儿女的心中,永远扣人心弦!

可万万没有料到的是,我的母亲没能读到她二弟的这封感人至深的信。她离开人世太快了。据妹妹和喜嫂介绍,母亲头天晚上入睡后,第二天清早便再没有醒过来,安安静静地走了。享年八十有四。俗话说,"七十三、八十四,阎王不叫自己去"。

在老家还有一句俗话:"老人冬至关。"不幸,母亲没有闯过那年的冬至这个关节。倘若她老人家读到这封由我转交的家信,兴许会睁开眼睛,露出微笑,沉浸在甜美的回忆中,体味姐弟俩那骨肉亲情的温馨。精神的力量往往会创造奇迹!但是,太遗憾了,太令人伤心了!我失声地痛哭起来。我没来得及把海峡彼岸亲人的梦传递给母亲,把那封信念给她听。我内心万分愧疚。时间呀,为什么这么无情?!

5000年中华文明古国,世世代代呼唤与传承人间真情。真情含有一种神秘的力量,别具一种纯洁的永恒的魅力。

(原载《中国三峡工程报》副刊)

大地风雨

他们的名字叫"红"

我迤逦西行又来到重庆,不仅是为领一次征文奖,也是为重新抚摸一回"红岩魂"。

10月20日那天,我们坐在一辆大巴车上,远远地看见了蓊蓊郁郁的歌乐山,国民党"军统"设立的白公馆和渣滓洞,依旧掩映在绿色丛中。这里曾是国民党反动派一处关押共产党人与进步人士的集中营,周围是重重暗哨,高高的墙上电网密布,阴森可怖。真乃一座人间最恐怖的"魔窟"。

以描写重庆解放前夕残酷的地下斗争,特别是白公馆、渣滓洞狱中斗争为主要内容的长篇小说《红岩》(罗广斌、杨益言著),从1961年12月出版至2019年3月,重印了168次,印数约计1000万册,并译成英、法、俄、日等19种文字,其影响何等广泛而深远啊!

一走进白公馆巨大的铁门,给人以极其沉重的压迫感。敌人怕囚禁的人从监牢里逃跑,把楼房漆成白色,把周围的岩石涂成白色,连树木也刷成白色。被关押的人嵌在脚上的铁镣重十几斤,真正的一片白色恐怖。楼下是关押共产党人的地方,许多人都牺牲在松林坡上,或淹在附近的镪水池里,不少革命者连姓名也没有留下。出乎意外的是,一个才出世的乳婴竟然随着杨虎城将军被关押在顶楼上,6岁时学会了俄文。大家叫他"小萝卜头"。一次,小萝卜头捉了一只虫子,放在空火柴盒里,正要关上盒子时,突然瞥见那只虫子在盒子里不安地爬动。他若有所思地停住了手,把盒子重新打开,轻声地说:"飞吧,你飞呀!"终于虫子飞出了栏杆,一会儿就看不见了。小萝卜头高兴地拍着手叫:"飞了,飞了,它坐飞机回家去了!"他回过头来,把火柴盒还给了铁窗里的一位叔叔,说道:"解放了,我们也坐飞机回去!"

　　此时此刻,我站在铁窗前思绪万千,小萝卜头的话代表了多少被囚禁的共产党人渴望自由和解放的心声……而牢狱里的共产党人却把自己的希望、理想机警地灌注在孩子的心灵里,永远培养着一个人珍贵的灵魂。军统头目戴笠曾对他的爪牙训诫:"活着进来,死了出去。"在被关押的共产党人心里,它永远只能是可悲的叫嚣!历史证明,伟大的共产党人是杀不绝的。"杀了夏明翰,还有后来人。"

　　在渣滓洞里,我寻觅着江姐的身影,据说,她被捕时穿的是一件蓝布旗袍和一件红绒线衣。我遍寻每个旮旮旯旯,想要发现那件似烈火一样鲜艳的红绒线衣,可是没有,没有。因为,当她明白特务叫她收拾行李,马上转移时,她异常平静,没有恐惧与悲戚。黎明就在眼前,而她却看不见了。江姐带着永恒的笑容,站了起来,拿起梳子,在微光中,对着墙上的破镜子,从容地梳理她的头发。同时,分外从容和认真地换上了蓝色的旗袍,又披起那件红色的绒线衣,对同志微微一笑,"不要用泪眼告别……""胜利属于我们,属于我们的党!"她和一位战友在走廊上迈步向前,再也没有回头……我沉浸在历史的回忆中,江姐那激情的声音:"为保卫红旗而战,为保卫红旗而贡献了问心无愧的一生。"仿佛又在监狱中震响……

　　走出白公馆、渣滓洞之后,嘉陵江吹拂着一阵阵清凉的金风,我们舒了一口沉沉的闷气。眼前是磁器口繁华热闹的街

景，商铺一爿连着一爿，狭窄的街道纵横交错，洋溢出古色古香的浓浓风味，极大地满足了我们看热闹、赏古风的兴致。

嘉陵江边的磁器口古镇，历史悠久，古风十足。我随着人流挤着撞着，来到了一条横街，脚踩在青石板路上，发出砰砰的声音，似唱着一首古典乐曲……忽然，传来游客的阵阵喧哗，欢声突起，我抬头一望，前面石阶下的左侧，矗立着一尊塑像，是《红岩》中的华子良。我站立在旁边"鑫记杂货店"的门前，过细地端详、久久地凝视，越看越像小说里华子良的形象。华子良原是华蓥山根据地党委书记，在集中营关押了 15 年，在一次陪杀场时，枪声一响，他被"吓疯"了，从此便伪装疯疯癫癫。他满头白发，满脸刺猬一样的胡须，双手神经质地颤抖，从不开口说话。每天放风时，他在院坝里一声不响地练跑步，天晴下雨是这样，刮风下雪也是这样。长期隐蔽，欺骗敌人。后来，他在狱中代厨工送饭；再后来跟特务人员外出到磁器口采买油盐酱醋、挑菜挑煤，悄悄地乘机到鑫记杂货店传送情报和意见；继之又承担磁器口联络站的联系工作……我默默地望着塑像，这位多年来伪装疯癫的华子良，最后同部分战友越狱逃生。中华人民共和国成立后担任领导工作。他坚定信念，怀抱理想，深谋远虑，卧薪尝胆，不愧是善于长期坚持斗争的老同志、老共产党员啊！

从白公馆、渣滓洞活着出来的共产党员毕竟是少数，许多同志以鲜血和生命凝成的"红岩精神"值得发扬光大，那永远鲜红的"红岩魂"千古流芳！那无数牺牲的共产党人，他们的名字叫"红"！在我的心里，他们永远活着！

2020 年 11 月

高高的"解放碑"

过去溯长江而上,心中神往的是壮丽的长江三峡:西陵峡滩多流急,巫峡幽深秀美,瞿塘峡雄奇壮丽,被誉为"三峡画廊"。

因为爱写三峡的缘故,好多年来,我先后几十趟风涛里上,雨雾中下,重庆成了我行走的一个终点站。每次我都从朝天门码头蹬着上千级石阶,穿越坎坷崎岖的路去"人民解放纪念碑"瞻仰,肃然起敬,流连忘返。解放碑地处民权路、民族路、邹容路三条路的交会处,是重庆热闹的商业中心。尽管占地不宽,但在一寸土地一寸金的重庆山城,却成为西南地区的一个聚焦点。

抗日战争时期重庆成为国民政府的"陪都",一切反动势力都盘踞在这里,歌乐山中的白公馆、渣滓洞是关押、囚禁共产党人和革命者的牢笼和魔窟,即使在国民政府灭亡前夕仍在垂死挣扎,负隅顽抗,疯狂破坏,集中屠杀共产党员和进步人士,令人发指,罪恶滔天!

1949年11月30日,重庆解放。为纪念重庆解放,1950年10月1日,重庆人民欢度第一个国庆节时,"人民解放纪念碑"在这里诞生了。当时担任中共中央西南局第二书记、西南军政委员会主席的刘伯承同志亲笔题写了"人民解放纪念碑"七个大字,重庆人习称"解放碑",除底座与碑顶外,中间五层，通高35米，它坚挺地矗立在山城大地上，也高高地耸立在重庆人民的心中！

古人云：山不在高，有仙则名。我曾肃立碑前，被深深地震撼了。人民翻身得解放，是中国共产党从1921年成立之日起为之艰苦奋斗与流血牺牲的结果。这是盘古开天地的历史创举，是亿万中国人民翻天覆地的伟大胜利，是神州大地的巍巍丰碑。怪不得长城内外、大江南北唱响了"没有共产党就没有新中国"的赞歌。这首歌我们唱了一遍又一遍，唱了一年又一年……

解放了的重庆有明朗的天。在党的英明领导下，他们用"棒棒军精神"，以"挑山担海跟党走"（三峡宜昌工人诗人黄声笑诗句）的气魄建设和开发新重庆，重庆旧貌换新颜。从此，朝天门前千轮万船飞驶在长江的浪涛中；蔡园坝、九龙坡的火车轰轰隆隆地奔驰在祖国的东西南北中；琵琶山顶的红星闪耀着灿烂的光芒，一片灯山灯海；洪崖洞的夜景争艳夺目；长江与嘉陵江上飞出一道又一道彩虹；解放碑周围的高楼大厦伸出森林般的摩天巨手；重庆由四川的省辖市跃升为全国的直辖市……这一切的一切，无不令世人欢呼与惊赞。啊，重庆变大了，变美了，变新了，地位也变高了！

前不久，去重庆参加一个会，报到之后，我就迫不急待、兴致勃勃地前去瞻仰解放碑。当我伫立在解放碑前，心潮澎湃，思绪飞扬，诗情涌动。环顾四周，那几十层的金融机构、房地产公司、宾馆、影剧院和时代广场等高楼大厦，如雨后春笋般疯长，似森林一般耸入云霄。唯有解放碑淹没在四周的高大建筑中，但它依旧雄伟苍劲，依旧坚如磐石，依旧谦虚地平视老百姓，仍然以沸腾不息的地火温暖着千千万万人民的心，牵动着我们景仰的目光。我情不自禁地环绕解放碑转了三圈，也用心轻轻地抚摸了三遍，当再回到碑的正面时，在鲜花丛中，我久久地凝视着"人民解放纪念碑"那金光灿灿的大字，亮人眼睛，雄踞其上，饱含着老一辈无产阶级革命家的满腔心血。瞬间，我的眼眶湿润了……我微笑着请一个女中学生为我拍照留念，她连拍了几张。我问她：照得如何？她笑着回答：解放碑这么壮美，照下来自然也美丽。我又问：站在这里，你喜欢看高楼呢，还是爱看解放碑？她头一仰，那还用说，自然是更爱看解放碑啊。它是我们西南地区的一座历史丰碑，没有重庆的解放，哪有今天重庆的美丽啊。它将永垂不朽，万古流芳！

"人民解放纪念碑"，虽不像四周那一座座高楼大厦高耸入云，但它就像一位伟大的母亲，没有母亲哪有儿女？！它以沧桑的挺拔，昭示着"人民解放"的美感，引起人们情感上源远流长的广泛共鸣。它是一种精神标志，其深厚的内涵和挺拔的风骨是难以超越的思想的力量。

"人民解放纪念碑"啊，凝结着成千上万革命烈士的功绩和英名，您是重庆人民解放的历史见证，将永远铭刻在中华民族的史册上，高高地耸立在我们的心间！

2020 年 11 月

金沙江畔皎平渡

我常常神往于长江上游金沙江。这不仅因为金沙江下游已建成了向家坝水电站和溪洛渡水电站,以及正在建设中的白鹤滩和乌东德水电站,其总装机规模多达 4646 万千瓦,相当于两个三峡水电工程,成为长江上又一颗璀璨的明珠;更因为红军长征巧渡金沙江皎平渡的英雄故事深深地打动着我。

有一次,我们从乌东德水电站出发,驱车约 60 千米,就到了红军长征遗址皎平渡。我久久地站立江边,金沙江宛如秋水似的平静,而我的心却怎么也不能平静……

往事并不如烟。中国工农红军从江西革命根据地瑞金出发,进行伟大的二万五千里长征。一路上,红军 3 万多指战员翻千山、涉万水,却遭到了国民党蒋介石军队的围追堵截。1935 年 4 月 28 日,蒋介石如梦初醒,断定红军"必渡金沙江无疑",便下令控制渡口,封江毁船。4 月 29 日,中央军委发出速渡金沙江,在川西建立苏区的指示。红一军团接到命令后,立即派红四团向云南的禄劝、武定、元谋三县急速前进。当他们赶到龙街渡口,眼前的金沙江江面宽阔、水流湍急,而蒋介石经常派飞机轰炸,或进行低空袭扰,红军战士欲架浮桥过江未能成功。按照中央军委命令,毛泽东、周恩来、朱德和刘伯承等直接指挥,采用声东击西的战术,留下少量部队继续架桥,以迷惑敌军,其余大部队在红军参谋长刘伯承率领下,翻山越岭，一昼夜急行军180多里，于5月3日晚抢占了皎平渡。国民党将领龙云、薛岳果然上当，他们仍断定红军会在龙街渡江。

红军指战员抢占皎平渡后，幸运地找到了两条木船。原来，一条船是送探子来南岸打探消息的；另一条船是从江里捞上来的。探子玩耍、逍遥去了，船却靠在江边。红军化装后，借这两条木船渡到北岸，敌人哨兵误以为是探子回来了，未引起注意。船上的红军指战员突然袭击哨兵，并一举消灭了江防敌军一个连，迅速控制了皎平渡两岸的渡口，表现出他们的机智与勇敢。

后来，在当地老百姓的帮助下，又找到了5条船。一条大船可渡30人，小船可渡11人。红军一方面大力宣传共产党的政策，晓之以理；一方面关心百姓的切身利益，让船工吃饱吃好，一天发5块银圆，动之以情。不久，即请到36位艄公。他们冒着大风大浪的风险，连续七天七夜，帮助两三万红军胜利渡过波涛汹涌的金沙江。正如毛泽东同志在《七律·长征》中所吟："金沙水拍云崖暖。"好一个"暖"字，抒发出红军长征时巧渡金沙江后的愉悦心情。

我们走过皎平渡大桥，桥已成一座危桥，两头均已设有障碍。上游200米开外处，新桥的桥墩已经高高地竖立。往下游走一二里，就到了当年指挥渡江的毛泽东、周恩来、朱德、刘伯承等中央领导同志住过的山洞。山洞紧挨金沙江边，有10多个，大小深浅不一，系天然崖洞，洞壁由砂和岩构成，牢固坚硬，不是防空洞，胜似防空洞。蒋介石的飞机是奈何不得它的。得道者，天助矣！

山洞直面金沙江的波涛，正好便于直接指挥，每条木船好似穿梭于眼前，任何动向，尽在掌控之中。可惜，没有标出周

恩来、朱德和刘伯承等同志所住的山洞名字，而留给我们以想象的空间……

唯有毛泽东同志住过的山洞，在那一排山洞的转角处（最靠边上的一处），斜对着金沙江，坐在山洞里，可以看见一条大江滚滚奔流向远方，远方如诗。我低头沉思，回味无穷。

2021年2月22日修改于荷屋

大地风雨

一碧万顷向家坝

西陵峡在长江的下头,金沙江在长江的上头,同为我们的母亲河。长江下头有一座葛洲坝,金沙江有一座向家坝。葛洲坝上游另有一座世界十大水电站排名榜首的三峡大坝;向家坝上游还有溪洛渡、白鹤滩、乌东德等梯级水电站,在世界十大水电站中分别排名为第二名、第四名和第七名。三峡集团在金沙江下游已建和在建的这四座水电站,相当于两个三峡工程,是实施"西电东送"战略的骨干电源,为实现发展大西南经济,保护长江生态,减少环境污染,保持国民经济持续稳定增长的"中国梦",具有十分重要的意义。于是,我们自然而然地情系美丽的金沙江。

我们行走在梦中的金沙江畔,心情非常激动,如海似潮。常常会情不自禁地发出惊赞:伟哉!震撼啊!

向家坝水电站坝址,位于云南省昭通市水富市与四川省宜宾市叙州区的交界处。上距溪洛渡坝址157千米,下邻水富市区1.5千米,距宜宾市区33千米,为中国已建成的第三大水电站,在世界十大水电站中排名第九。2012年10月10日,正式下闸蓄水,后陆续发电,共安装八台机组,左岸坝后电站四台,右岸地下电站四台。我们站立在左岸的坝顶上,办公室王主任手指上游的碧水,热情洋溢地介绍说,这汪洋似的碧水约有100千米长,"一碧万顷"。秋风吹拂,江面波光粼粼,轻

轻荡漾。远看，一望无际，水天相连，衔远山，吞江水，平如镜，绿如蓝，气象万千，江畔翡翠，风景这里独好。顿时，我脑海里浮现出范仲淹《岳阳楼记》中描写的洞庭湖的壮丽景象来。不过，范仲淹未到过洞庭湖的现场。而我们却真真实实地站立在大坝之上。王主任又说，据载，这是金沙江一亿年来首现的"高峡出平湖"之壮观！

原来，金沙江位于长江上游，早在2000多年前战国时期的《禹贡》里将其称为"黑水"。随后，《山海经》里称之为"绳水"。百姓习惯称为"金沙江"，乃因江中沙土呈黄色而得名。亦有人说，因为沿河盛产沙金而得名。尽管众说纷纭，金沙江水毕竟没有呈现出碧绿之美丽。中原民间曾流传："圣人出，黄河清。"而今，三峡集团及其水电建设者，用他们的超常智慧和艰苦奋斗的精神，在金沙江兴建起一座座水电站，让金沙江水由浊黄变清亮了、变碧绿了。这一天终于盼来了！

他们虽不是什么"圣人"，却干出了圣人一样的惊天伟业，还神州大地一个绿水青山之崭新面貌。遥看那岁月的沧海桑田，变化万端，放眼那金沙江诗意般的创造，美如图画，我们由衷地为它放声歌唱！

向家坝右岸，飞峙一座大山，虽无高峰，却迤逦而去，为大坝平添了多少气势。我问此山名叫什么。年轻同志回答不出来。张总告诉我：这座山叫"马延坡"。我一听，兴味陡添。马延，三国人物，东汉末年武将。相传，有一次他率兵三千保护太祖败逃，经过此处，故名"马延坡"。一座大坝与历史古迹连在一起，自有一种文化底蕴在其中。

入夜，近在咫尺的水富市区，灯火辉煌，把向家坝照得一片灿烂，金沙江的流水波光粼粼，光彩耀眼，小城荡漾在水中，如诗如画。"水富县"1981年成立，2018年撤县设市，称得上是年轻的城市。水富市是富有水的地方。兴许近水楼台先得月,靠水吃水,靠电吃电,因水而富裕,因电而繁华。一个仅三四万人的小城,因此而安居乐业,因此而风生水起,也因此成为昭通市唯一一个非贫困市,被美誉为"浪漫水富""温泉之都""万里长江第一港""七彩云南北大门"。先后荣获"国家卫生城市""全国文明城市"的称号,一跃成为金沙江上一颗闪闪发光的明珠。有句话说得好:"绿水青山就是金山银山。"

王主任,名法,这个名字引出一阵笑声。系水电世家,是从葛洲坝电厂走出来的年轻中层干部,严于律己。从电厂驱车去水富城,过一座金沙江大桥,仅几分钟就到了餐馆,灯火通明,亮堂堂的。桌上的一只土火锅里,煮的是"黄辣丁鱼",老板介绍,这是水富城的名牌特色菜,土生土长在金沙江里,遍体通黄,无鳞,光滑晶亮,约10厘米长,味道极鲜美。我因不吃无鳞鱼,就没有这个口福了。主食之一为"燃面",原名"叙府燃面",俗称"油条面"。它选用水富市优质面条为主料,以宜宾黄芽菜、小磨麻油、八角、芝麻、核桃、花生、花椒、全条辣椒、豌豆尖等为辅料,将面条煮熟,捞起甩干,除去碱味,再按传统工艺加油作料即成,凸显出浓浓的味道。我们无不称赞水富城这独有的味道……

华灯璀璨,车过金沙江大桥,耳听向家坝电站的涛声,我回望水富城,好一座不夜之城!水富港口,雄伟气派,灯火明亮,疑是天上银河飞落,不愧为"七彩云南北大门",不愧为"万里长江第一港"!

(原载《中国三峡工程报》副刊)

宜昌，飘出一道道彩虹

第一次看见长江大桥是在武汉，这是"万里长江第一桥"。1957年，武汉长江大桥通车剪彩那天，我站在蛇山一端遥遥地眺望着，急切地寻找高地，踮起脚，久久地凝视，"一桥飞架南北，天堑变通途"。我眼前仿佛飞出一道亮丽的彩虹，那兴奋激动，那骄傲自豪，至今还记忆犹新。

在武汉读大学，也开始读长江。每次行走在雄伟的长江大桥上，感受那"风樯动，龟蛇静"，车水马龙的情景，我便情不自禁地做起了大桥的梦。1959年9月分配到三峡宜昌之后，10年过去了，浪涛滚滚东去，竟未见崛起一座长江大桥，于是对大桥的梦越做越多。

在我的心目中，长江大桥是中华文明发展和飞跃的一个长足脚印。中国古代的"九大古都"，大都建在长江以北的长安、洛阳、开封、郑州、安阳、大同、燕京（北平）等地，长江以南只有杭州与建邺（南唐偏安于南京），那是走投无路的无奈。其原因就在于浩浩长江横隔在中间，好像一道自然的天堑，令人望江兴叹！多少代多少载，长江以北交通便利，经济繁荣，孔子乘坐一辆马车，也能周游列国，华夏文化呈现出灿烂辉煌；而长江以南竟成了僻远落后蛮荒之地。一江之隔，天壤之别。在长江中上游，从重庆至宜昌的沿江一带，比如长寿、丰都、万州、忠州、丰都、云阳、奉节、巫山、巴东、秭归、宜昌，其县城也都建在长江北岸，只有涪陵建于长江南岸。论地理自然条件，江南优于江北。江北的城镇，前临长江天险，后倚连绵大山高峰，空间狭窄，土地贫瘠，居住拥挤。为何取短而弃长呢？只因没有降龙锁蛟的跨江大桥。

长期以来，江南广大老百姓要进城办事，孩子要去江北读高中，两岸青年男女结婚迎娶的终身大事等等，因为没有架桥，只有靠一只只舟船往来。久远年代，过江只有一叶扁舟，尤其在滩多流急的三峡，江水滔滔，惊涛骇浪，翻船人亡的悲剧是瞬间的事，随时都可能发生。后来，才有了机动船、轮渡船，安全系数虽大了一些，但难于抵御意外的事故与灾难。而今，根据城市发展的需要，优选大桥地址，做好科学论证，采用先进的架桥技术，考虑环境保护、注重生态发展等条件，修建长江大桥，对一个沿江城市来说，既可促进大江南北城乡之间、城市与城市之间的交流，拓宽城市骨架，又可开发宽阔的江南城镇，共荣共富，以加快实现"城乡一体化"的发展步伐。

地处长江中上游接合部的宜昌市，辖13个县、市、区，分布在大江南北。长江流经宜昌长达237千米。在漫长的历史长河中，宜昌迎来的第一座长江大桥是"枝城长江大桥"，1971年9月竣工，全长1742米，火车、汽车两用。这是焦柳铁路上的一座大桥，已经安全地运行了40多年。20世纪70年代初，我回阔别10年的湘西家乡，就是从枝城长江大桥通过的，车过长江，好像飞一样……

因为兴建三峡水电工程的需要，在大坝下游不远处，修建了"西陵长江大桥"，长1118米，宽21米，单跨900米，为当时国内大桥的单跨之最。1996年8月通车，系悬索连续钢桁梁桥。屈原故里秭归县城整体搬迁至江南岸的茅坪镇后，西陵长江大桥是秭归县城的交通要道。过去，县境内南北岸靠舟船过江，交通不便，一年四季，险象环生，因水上事故而发生悲剧的事，不计其数。由于交通闭塞，经济落后，百姓生活贫穷。一顶"贫穷县帽子"压得30多万人民抬不起头、挺不直腰杆来，愧对伟大诗人屈原。从前，传说秭归城像一只葫芦，底部临江的城门叫"顶心门"。因此，金银财宝便从"顶心门"流走了，故秭归贫穷。其实是，秭归交通闭塞，江南江北没有一座大桥。西陵长江大桥通车后，我多次行走在大桥上，目睹火热的建设工地，远望高高的坛子岭，凝视长长的泄洪闸，豪情油然而生。从县城到宜昌市区不用一小时即到。去年，又建成了"秭归长江大桥"，一桥跨二江，从江南郭家坝跨长江至屈原镇，接着又跨香溪河，连接归州镇，促进了大发展，终于摘掉了贫困县的帽子。今日屈原故里正万象更新⋯⋯

"宜昌长江大桥"，长1187米，宽30米，双塔单跨钢箱悬索桥，净跨960米，居国内第三位。1998年开工，2001年9月通车。它把江南的五峰土家族自治县、长阳土家族自治县、宜都市、恩施自治州与江北连在一起。过去，猇亭渡口江面宽阔，过江的汽车，经常排成长龙，逢高峰时，需要等待一两个小时，再温和的人也会着急，出口大骂。我去五峰、长阳体验生活，每次出发前，都要做好充分的思想准备，带上干粮与茶水，以备等车时需用，连心情也要事先放平和一些。如今，车过宜昌长江大桥，一溜烟就驶过了。五峰、长阳、恩施山清水秀，风光如画，四季游客不断。江南好，能不忆江南。没有长江大桥的日子，真是难以想象啊！这是改革开放的硕果！

宜昌城区地形狭长，像一块手表，市中区似表壳，两端如表带。进入21世纪后，从市区北山坡修建一座长江大桥，名称"夷陵长江大桥"。全长3246米，主桥长936米，宽23米，三塔单索面斜拉桥型，126米高，于2001年12月建成，荣获鲁班奖。大桥通车后，好像宜昌挺起了坚强的脊梁，又似伸出一双钢铁般的巨手，紧紧地握住江南点军区10万老百姓的双手。清晨，农民挑着筲箕，或骑着摩托车，或推着三轮车，装满新鲜的蔬菜，抢早赶集；晚归，无须害怕等轮渡，也不受轮渡收班时间的限制，披星戴月也可自由回家。江南的农民方便了，城市居民也方便了。尤其是节假日，城里人郊游或登磨基山晨练，更是惬意。尤其是"至喜长江大桥"通车后，点军区发展迅猛，兴建了市一中、市委党校、市老年大学，设计十分新颖美观的"奥体中心"，似一朵百合花绽放在美丽江南的桥头，新建的湖北航空学院正在大兴土木，宜昌火车南站亦在加快兴建……长江大桥好像宜昌这座城市的灵魂，连接着江北与江南的血脉，直接关系着国计民生。它是一座连心桥、友谊桥和广福桥，也代表着一个城市的经济发展与精神高度。

我家住在两座长江大桥中间，上有"夷陵长江大桥"，下有"宜万铁路大桥"。推开窗户，可望见宜万铁路大桥横卧长江，长2446米，系预应力混凝土连续钢构与钢管混凝土拱桥组合结构，于2007年建成。那两道凌空的拱桥酷似彩虹，美丽极了。这是通向祖国大西南的一条大动脉，一刀割掉了宜昌铁路交通的"盲肠"。而今，到重庆旅游，坐上西去的动车，风驰电掣一般，仅4个小时就到达了。在没有修建宜万铁路大桥的悠悠岁月里，乘船溯江而上，行程约需40个小时。清晨，我站在长江边上，看见从重庆或成都方向开来的列车飞驰而过，仿佛一条巨龙腾空飞跃，带去了我梦想成真的无限喜悦！

万里长江滚滚来。在流经宜昌的江域内,又相继在修建第9座、第10座长江大桥——"伍家岗长江大桥"(今年通车);由江北宜昌高新区白洋到江南的陆城,名叫"宜都长江大桥",已于2021年2月9日正式通车。我们兴奋地在大桥下合影留念……一座城市拥有10座长江大桥,铭刻着党的十一届三中全会之后,改革开放40多年的光辉历程。我细数宜昌的10座长江大桥,想象那一道道彩虹,心潮澎湃。明天,宜昌将乘着新征程的强劲春风,腾空而飞!让天更蓝,让水更碧!更加美丽!

(原载《三峡文学》)

王昭君的故乡

昭君故里，留在我心中的兴味和感慨，总是鲜活如初。记得20世纪70年代末到兴山县，须搭船溯西陵峡而上，一路滩多流急，触目惊心；下船后在香溪镇住宿，通宵峡风呼啸不停，难以入睡；次日，再沿香溪河走旱路，蜿蜒曲折、坎坎坷坷、风尘仆仆地行走一天，才赶到城关高阳镇。招待所招待我们的第一餐饭就是"金包银"（苞谷拌大米），名字好听，但南方人咽下去颇不顺溜。我站立香溪河的木板桥上，望着皎洁的明月，为兴山县多山且山高雄奇而惊讶；大清早，我爬上昭君台，俯视那碧绿清亮的香溪河，为它养育出中国古代四大美人之一的王昭君而赞叹不已。

兴山县城虽小，但高阳镇的名字古老而闻名。2300年前，伟大诗人屈原诞生在秭归乐平里，与此地相比邻，他在长诗《离骚》的首句即吟道："帝高阳之苗裔兮。"高阳，传说中"五帝"之一，是楚人的远祖。以"逸响伟辞"作为这座小城的名字，也自会"卓绝一世"。宏伟的三峡大坝建成之后，兴山县高阳镇淹没于香溪河水之中。一座新的县城崛起在古夫镇。古夫镇也是一座千年古镇，冷落了多少年之后，因此而时来运转，成了新县城，重新焕发出青春之光。同人一个样，青春是最美丽的，好像早晨八九点钟的太阳。那香溪河流香，那鸽子花绽放，那桃花鱼绚丽多姿，那黄粮飘香，那高岚缭绕，那朝天吼漂流的涛声,那水上公路的腾飞……啊,我心中的兴山县,一座多么美丽的山城,一座有生动故事的山城!

行走在"七百里三峡"库区,新建的十几座县城中,数兴山县新县城最漂亮,这正同王昭君的美名相匹配。我登上县政府大楼顶上鸟瞰:处处新楼林立,或白墙红顶,或粉墙黛瓦,一片连着一片;每幢楼房设计精巧,仿古建筑有之,欧式风格亦有之,五颜六色,灿然入目;一条条街道宽敞整洁,纵横交错;一座座公园,一块块草地,绿意盎然,如诗如画,堪称昭君故里新创作的一部"杰作",兴许得伟大诗人屈原之灵感所致。

搬迁县城,兴师动众,牵动人心,3万多人马行动,绝非小事。县委、县政府领导抓住兴建三峡工程的机遇,为百姓办实事。要不,古夫镇还会被冷落多少年。据主人介绍,在兴山县境内,面积超过1平方千米的坪地,只有古夫镇、黄粮镇和榛子乡,而黄粮镇、榛子乡缺水,唯古夫镇水源充足,一条古夫河穿城而过,汇入香溪河;上游不远处,修有一座古洞口水库,直通汉水,那千顷碧波,清流涟漪,野鸭悠游,水鸟盘旋,小船往来,衬托出电站巍巍。枯水季节,县前河段筑有橡皮坝,依然碧波荡漾,垂柳倒映。我漫步河边,环顾四望,青山巍峨,郁郁葱葱,山风阵阵;山腰层层橘林,累累红果,挂满枝头;山麓茶园逶迤,似绿色长城。我轻轻呼吸,空气太清新了,忍不住多吸几口。

有一次,一位文友陪我去古夫镇"寻古"。那时的古夫镇,仅一条窄小的街贯穿,类似绍兴"咸亨酒店"那种老式柜台,只在深巷里剩下几家,代之而起的是两三层的小楼房,气氛冷寂;我们在古夫河滩捡石子,小石子五颜六色。他说,这条小河已流了好多好多年了,上游有一个古洞口,传说洞中藏了一条龙，龙是东海龙王派遣来的"特使"，是为王昭君离乡出塞来送行的。父老乡亲为昭君送行时，依依不舍，热泪盈眶，情景感人。那条龙也深受感动，流下了眼泪，每行泪化作了一颗颗彩石，闪闪发光。因此，这条溪河又名"彩石溪"。如今，古夫河犹如南京夫子庙前的"秦淮河"，为昭君故里增添了许多韵味！

改革开放以后，昭君故里也发生了很大变化。我徜徉在新修的昭君广场，绿树环绕，青草如茵，白石路面照人，不由得神采飞扬。凝视王昭君塑像，美丽动人。如同古诗所吟："端正闲丽，有异于人。"（东汉文学家蔡邕）"蛾眉绝世不可寻……"（北宋文学家曾巩）心想，大山深处的兴山县，倘没有王昭君这个品貌绝佳的女子，会是什么样的情景呢？自古以来，地以人胜。兴山县因昭君而美丽，兴山县因昭君更闻名。

忽从白石路上走过来一个女子，她叫我一声："老师好！"踌躇中猜出，可能是参加笔会的陌生文友。她微笑着自我介绍，想不到她热情大方，话语亲热。

我们在昭君广场漫步，谈散文，谈书法，随意聊天。我羡慕她出生在昭君故里；她说，王昭君的"光"，兴山人谁都可以沾，但重要的是要学习她胸怀民族大义的精神，热爱和平，热爱家乡的情怀。

人说兴山是个出美女的地方，可恕我直言，很难遇到昭君似的美女。我话音刚落，她哈哈大笑，哪有那么多的王昭君。从古到今，不就只出了一个王昭君嘛！但话又说回来，兴山的确水土养人，有青山绿水的滋润，女人的颜容肤色就是好看。

我暗自思忖：这位陌生的文友，真够直率的。那一股子敢于亮出自己灵魂的自信劲儿，令人羡慕。一个人没有自信，就不敢直面现实，追求理想，憧憬光明，又怎能成就一番事业

呢?!

我说,当然还要有机遇。比如王昭君流芳百世,除了她天生丽质、心地纯洁、品格高尚之外,还在于她抓住了机遇。倘不是她抓住"出塞和亲"的机遇,自愿请行,挺身出塞,迎风冒雪,不怕艰难,说不定王昭君会是另一种人生……

过去,囿于地理环境所限,大山阻隔,交通闭塞,兴山县戴了多年的贫困县帽子。但兴山人民在党中央的领导下,在打好精准脱贫的攻坚战中,团结奋斗,人心齐,泰山移。终于,在中华人民共和国成立70周年之际,在宜昌市带头甩掉了贫困县的帽子。仅交通一项,现已开通了宜昌—兴山城际公交车,两个多钟头可到古夫镇,不久还要通高铁,与郑万高铁相连接。同过去相比,真是翻天覆地的变化!昭君故里正向着山美、水美、人更美的"三美"高标准继续努力奋斗!

明朝地理学家徐霞客曾说过一句话:"信乎,买山而居,无过此者!"他说的虽是云南某地的"石城",但现在不知湮没到哪里去了。而兴山县却是刚崛起于世人面前,往后将建设得越来越美丽。正所谓:"绿水青山就是金山银山。"

(原载《文学教育》2020年3月上旬刊)

大地风雨

菊韵花香

一座城市少不得有花作陪衬。洛阳靠牡丹吸引中外游人；桂林因桂花而誉满天下；陕北高原以山丹丹花红遍歌坛；"彩云之南"云南因缅桂花儿柔情绵绵，似柔柔的丽江之水……

寒露节气刚过，深秋已来。宜昌市新一届菊展在"求索广场"举办，参展菊花达20余万盆，创历史之最，确实令人炫耀。伍家岗新区啊，不是"花城"，胜似花城！

刚刚建成的求索广场，好大一个广场。正与求索空间的广阔性相对称，意味深长。难得的天高云淡天气，徜徉在求索广场的菊展中，几乎是一步一花种，一步一花色，一步一花味，千姿百态，目不暇接，暗香浮动，令人沉醉于秋风之中。红花耀眼似火；白花皎洁如雪；绿色的花像翡翠碧玉；粉色的花像云霞；黄花似金光闪亮，墨菊之色稀有而珍奇……我伫立在名叫"求索"的一座花丛中，据伍家岗区园林局局长介绍，这是本届菊展的主题花型。那别致的造型，生机勃勃，那傲骨奇崛，昂然挺立，那异彩绽放，散发幽微的芬芳，一股浓郁的时代气息扑面而来。

眼看参观者一个个好心情，兴味盎然，啧啧赞叹，令人情不自禁地联想起古人颂菊的名句来：唐朝诗人白居易吟咏"耐寒唯有东篱菊"；东晋诗人陶渊明写有诗句"采菊东篱下，悠然见南山"，"菊"与"篱"似乎天然连在了一起。后来，把菊花摆在公园或广场集中展览，一来吸引更多群众观赏，二来扩大老百姓的精神家园。北宋文学家苏轼歌吟"荷花已无擎雨盖，菊残犹有傲霜枝"，以花品寓人格，令人受益匪浅。唐朝诗人元稹感叹"不是花中偏爱菊，此花开尽更无花"，爱菊之深情洋溢于字里行间。

　　我发现，在观看菊展的人流中，老年人与中小学学生占大多数。于是从美国作家海明威的名作《老人与海》想起"老人与菊"来，从中国民歌《花儿与少年》想起"少年与菊"这些题目来。大凡老年人历经了人生沧桑，阅尽人间春色过后，尽管有许多美好的事物值得去体验、去品味、去总结，但进入人生之秋以后，更需要以积极的人生态度，乐观、从容、淡定，保持晚节，要学那菊花的品格，撑住残秋，独占秋光，悄然独放，兴许这是老人爱菊、种菊、采菊与颂菊之缘由。对于学生们来说，他们的心原本就像花儿一样美丽纯洁，多引导他们参观各种花展，从小学习菊花、梅花等花的高尚品格，让开花的心更加美丽！

　　我徜徉在异彩纷呈的菊展中，流连忘返，思绪万千。倘若每个人心里多一分对生活的热爱，无论在残秋或是在寒冬，都能生发出十分明媚的春天气息来。

（原载《三峡晚报》《伍家文艺》）

做"候鸟"记

中国土地辽阔,气候多元,北有皑皑白雪的"冰城"哈尔滨;南有滚滚热浪的"火炉城"重庆、武汉。不少人在寒冬季节或炎炎夏日,为寻找舒适的生活环境,或南下,或北往,小居半月一月。连鸟类也会随季节变化而长途迁徙,冬天来临,雁鹅南飞,令人"望断南飞雁";等到春暖花开,雁鹅北归,那"一字形""人字形"的飞行队列,留给人多少欣喜,多少心醉。老百姓称之为"候鸟"。

居住在重庆、武汉两座"火炉城"的人,以及夹在中间的万州、宜昌和荆州人,每逢酷暑季节几乎成了难受之时。自打开发鄂西利川山水,打造出苏马荡避暑度假区后,做"候鸟"的人越来越多。一个区区苏马荡由平时常住的几千人,到了七八月份,竟有一二十万人,乃至30万"候鸟"飞来。由此也想到中华人民共和国成立70年后人民生活水平和幸福指数的提高。

"苏马荡"是鄂西土家族语,意即"老虎喝水的地方"。其海拔约1500米,比巍巍泰山极顶只矮45米。记得我过去登上泰山,"一览众山小",便平添几分崇仰之感。

苏马荡是一个绿色世界。到处生长着茂盛的松树、杉树和柏树,一年四季苍翠葱茏。"山径每回折,幽深别有天","青山不墨千秋画,流水无弦万古琴"。"林海云天""瀚林云海""清云山庄""云中花都""翠湖林""夏都生态城""罗马假日""月半湾"等小区名字达100多个，楼在崖边，枕在云上，洋溢出浓郁的绿色生态气息。

在一次武汉、荆州、宜昌文友聚会上，土生土长的作家覃太祥（长篇小说《龙船寨》作者）告诉我们：苏马荡地理位置得天独厚。对面的齐岳山，绵延起伏，逶迤而去，山高约1900米，形似一道天然屏障，凌空矗立，一头与武陵山脉接壤，一头与秦巴山脉相连。夏天，从南方吹来的强劲热风，吹到齐岳山前就难于穿越过来；冬天，北方大如席的雪花也被挡在齐岳山脚。故苏马荡夏天凉爽，成了天然的避暑山庄；冬天也并非人们猜想的那么天寒地冻，结冰凌子的时候很少。这是一片神奇的土地。大自然的神奇造化，常常超出了我们的丰富想象。

我栖居的"林海云天"小区，拥有2000亩森林面积，地势跌宕起伏，历经千年的风雨吹拂与浇灌，树林高大挺拔，遮天蔽日，林中荆棘丛生，灌木茂密，绿叶滴翠，山花烂漫，鸟鸣婉丽，"林深无人鸟相呼"，空气清新，美如天籁，好像一首美得不能一口气读完的抒情长诗。穿行在森林中，往往"空山不见人，但闻人语响"。给人留下的感觉更是一种幽美的境界，无穷的意蕴，舒心的融化。在这里，人世间的喧嚣远了，人与人的烦恼远了，生命与生命的纠缠远了，好似"天地与我并生，万物与我为一"。

在林中步道散步，有时遇到一只只大尾巴的松鼠自由地蹿过，生机勃勃，历历在目；那一丛丛山花，一片片小草，是林中永远不会消失的微笑；那淙淙山泉，细声细气，流淌在山谷，欢快地漂向远方；那缠绵的藤蔓，无忧无虑地沉醉，饶有风韵；那微微的清风，似唱着甜蜜的恩施山歌……

大地风雨

无论站立哪一个"邻里情长廊",抬头望蓝天,天空是那样的湛蓝,那样的纯净;云是那样的洁白,那样的明亮。白云飘飘,变幻无穷,仿佛欣赏一幅幅徐徐展开的写意画。有的像雄伟的山峰,有的像澎湃的海涛,更有的似海市蜃楼,似真似幻,那浪漫的情调,浓郁的诗意,令人神清气爽,心旷神怡。这是在别处难以看到的迷人风景。忽然间,天空有一只飞鸟掠过,矫健的影子投在眼前的石板上。此刻,我在看那只飞鸟,那只飞鸟兴许在看一片白云,那片白云兴许正在追风。于是,我心想,人羡慕飞鸟的自由飞行,飞鸟羡慕白云的自由飘动,白云又羡慕风的无影无踪。可真正的自由还是我们的人心,人心连着党心才能永远幸福。

放眼齐岳山,那依山栉比而建的风电设施,一溜儿排开,望不见头,看不到尾,似一株株挺立的大树,举起森林般的手,气势磅礴,现代化的独异气象扑面而来。啊,壮丽的利川!大美的利川!

突然,天上落起雨来,而对面的齐岳山一片阳光灿烂。"林海云天"大雨哗哗,十几分钟后,骤雨遂停,天空放晴。这种"太阳雨"有时一天落几场。我油然想起儿时的民谣:"东边日头西边雨,皇帝佬儿嫁满女。"瞬间,陡添喜庆之情趣。

山风是森林的一种禀性。徜徉在"林海云天",那悠悠的柔软的风不停地吹拂,好像把炎热一点点收去,或者一丝丝带走,增添了无限的凉意。但有时候也会发点脾气,使点性子。在夜晚忽然刮起大风,呼啸阵阵,怒吼声声,怪吓人的。有一次,邻居初来乍到,清晨问我:昨晚的狂风真有点叫人害怕!我笑着回答:听惯了就无所谓了。好像大森林在打鼾,鼾声如雷吧了……

一夜狂风之后,次日清晨,我打开窗户,发现对面山崖上

有一株高大的杉树被刮倒。这是我心目中的"风景树",触景生情,长叹一声。在湘西老家,几乎每个村寨都有一棵"风景树",或高大,或古拙,或有传说。由此可辨认出某某村寨的名字来。然而,正如古人所云:"木秀于林,风必摧之","峣峣者易折",亦是个理儿。

当我伫立在苏马荡磨刀溪的"古杉王"前,那主干高30多米,伟岸高大,龙骨虬枝,被誉为"天下第一杉",至今已有600多年历史。我围绕"古杉王"仔细察看,它深深地扎根在土壤里,沐浴着阳光雨露,根深叶茂,不像有的树炫奇于峭壁绝崖上,土层贫瘠,底蕴不深,经受不起天有不测风云的打击。岁月无敌,崇高无敌!由树及人,颇耐人寻味。

在利川苏马荡做"候鸟"的日子,清早,徜徉于农贸市场,东看看西瞧瞧,买点含硒丰富的土豆、苞谷、红苕回家,有益养生。日子虽过得平平常常,但却有滋有味。白天,陪伴着清风读书或写作,无论读多少,写多少,都让人感受着亲近自然的快乐、怡然,体验着充满传奇的愉悦。有美丽、有和谐、有快乐、有浪漫、有诗意,这就是人生的幸福,中国老百姓的梦。利川的"绿水青山就是金山银山"!

2020 年 5 月 17 日于三峡荷屋

(原载《中国三峡工程报》副刊)

牵　挂

腊月"团年"的日子越来越近了，家乡忙年的气氛与兴味也越来越浓。我给在南方打工的外甥发短信，问他回家了没有。自让回复说：刚刚到家，一路上堵车厉害，我开了15个小时的车才赶回来。我心想，那一顿阖家团圆的"年夜饭"，真是凝结亿万人民亲情的纽带，是人生中最动人的想念。

没想到，鼠年春节引起老百姓非常的紧张，空前的翻腾。一场突如其来的新冠肺炎疫情发生了，来势之凶猛，传染之迅速，患者之众多，大大地出乎人们的意料。而武汉是全国的重灾区，湖北也成了重灾区。短短10天，武汉就新建了"火神山医院"，"雷神山医院"也相继建立，收治数千名重症患者，紧接着又改建了十几座"方舱医院"，接收疑似病例与轻症患者。

党中央高度重视，疫情牵动了习近平总书记的心，他迅速地做出英明决策，"坚定信心、同舟共济、科学防治、精准施策"，亲自指挥这一场新冠肺炎疫情的总体战、阻击战。党中央成立了应对疫情工作领导小组，并派出了中央赴湖北指导组，举全国之力，从大江南北调集数千名国内权威专家和成千上万名医务工作者驰援湖北，奔赴抗击疫情的第一线……

就在这万分危急、生命攸关的严峻时刻，我看到了老家亲戚发来的消息："多多保重，注意防护。"语短情长，亲情无价。各地文朋诗友也发来短信，互相安慰，情真意切。

几天之后，溆浦文友发来一组照片，标题为"城里从未见过的风景"。溆浦，因溆水而得名。历史上曾是伟大爱国诗人屈原的流放地，长达9年；现当代，人杰地灵，物产丰富，人口100余万，一座县城既有堂堂之貌，又有灵秀之容，引百万人瞩目，老百姓不称呼它为"溆浦城"，而只称呼为"城里"。"城里"就是溆浦县城，溆浦县城就是老百姓口中的"城里"。全城修筑有屈原大道、向警予大道、舒新城大道等主干道，街道纵横交错，商铺鳞次栉比，人群川流不息。如今面对照片，疫情下的"城里"变成了一座"空城"，空空荡荡，冷冷清清，家家放下窗子、关起房门，只有树枝在寒风里颠摇；昔日车水马龙的溆水一桥、二桥、浮桥等地标，也听不见小船桨声，唯见那一片片乌云在天上飘飞。生活在城里30年或半个世纪的居民都说，从未见过这般情景，连中华人民共和国成立前夕的"湘西事变"时，也没有过这样的景象。"封城"一词很陌生，拙作中也不曾用过。政府采取"封城"措施来阻隔疫情蔓延，这需要多大的决心，多大的勇气，多大的魄力啊！更需要克服多么大的困难啊！但"封城"只是暂时的，为的是尽最大的努力保护人民群众的生命安全与身体健康，尽可能地降低病亡率。生命只有一次，对每一个人来说太宝贵了，重如泰山，长过江河，坚似长城。中国人民的兴旺发达，是中华民族屹立于东方之林、崛起在世界之峰的坚强脊梁！

来自家乡的小辈们也牵挂我俩的生命安全，殷切嘱咐：据说，这次感染的人大多是上年纪的人，你们年老了，千万大意不得，千万要安全渡过这个难关！隔山隔水不隔音。他们那质朴的话语像冬天里的一把火温暖着我俩的心。我立即回复他们：只要有信心，按照党和政府的防治方针和规定去落实，不出门,不聚会,戴口罩,勤洗手,就一定能平平安安。前两天,武汉就有一位 96 岁高龄的患者治愈出院了。

在这场没有硝烟的战争中,涌现出一个又一个英雄战士,他们那可歌可泣的感人事迹,惊天动地,催人泪下。我情不自禁地向亲戚们讲述:一位 29 岁的医生,原定于春节举行婚礼,因为新冠肺炎疫情的发生,他毅然决然地推迟婚期,自愿报名,奔赴一线,置生命安危于不顾,夜以继日,连续作战,为抢救危重患者而战斗。结果,自己不幸被感染而病逝。他年轻的生命就永远定格在 29 岁。他美丽的青春在抗击新冠肺炎疫情中绽放!

还有,支援武汉的一对夫妇,是医生与护士,为了抗击新冠肺炎疫情,夫妇双双上前线。一个月都顾不上与留守家中的儿子联系,牵挂儿子的那颗心有时发痛。有一次,她下班后,艰难地脱下防护服,满身汗水,来不及擦拭,连忙给儿子发一个短信,以了解千里之外儿子的近况。可欣喜的是,她看到儿子的一条短信:……妈妈,我好想好想你。但当外婆告诉我,爸爸、妈妈是去抗击疫情的,共产党员、白衣战士就应冲锋在前,一不怕苦,二不怕死。我听后一想,心里一声感叹,就不想你们了。妈妈,这只是暂时的不想呀!等着爸爸、妈妈平平安安回家……当我从电视上看到后,霎时眼泪止不住了。类似的例子,感人的事迹,举不胜举。心有灵犀。党中央又及时地精准施策,要求各级领导进一步加强对一线医务工作者、社区工作者健康安全的关心爱护,安排轮流休息,改善工作条件,提高待遇,落实专项补贴,等等。党中央与人民群众心连心,与白衣战士心连心。

我们坚信,有党中央的英明领导,凭着中国特色社会主义制度的优越性,全国人民团结一心,众志成城,我们完全有把

握打赢这场抗击新冠肺炎疫情的战争。明天的中国将更加美好，更加光辉灿烂！

（原载《伍家文艺》）

岁月影

在酷暑炎热的天气里，常见外婆躺在她房间的地上休憩或是看书。这多么奇怪？母亲告诉我，这是外婆年轻时"蔽汗"落下的老毛病，在大热天，身上的汗流不出来，内热烧心，极其难受，只好躺在地上靠湿气来缓解。于是，我们便常给外婆扇扇子。待她心里稍微凉爽一点后，外婆会对我们感慨地说，实在忍受不了时，就向老天爷祈祷：来个痛快的"天翻地覆"！

20世纪50年代中后期，我在武汉读大学，武汉这座全国闻名的三大"火炉城市"之一，炎夏的气温居高不下，三十七八摄氏度，身上汗爬水流是常态。何以解暑？我住在华中师范学院武昌昙华林分部，学生宿舍小院里有一口水井，掩映在高大的绿树丛中，井水清凉。每逢夜晚，同学们大多是要搬出寝室睡觉的。而我却不随大流，等到熄灯后，我悄悄地去到井边，从井里打一桶水，从头到脚浇一身凉水，张开手臂站立几分钟，用嘴轻轻地"嘘——嘘——吆嗬嗬……"唤一阵风，湘西老家称作"喊风"。然后回到寝室倒头就入睡了。因此，曾得了个"耐温将军"的绰号。

整个60年代，政治上风云变幻不断，但炎热气候始终未变。我后来分配到三峡宜昌工作，宜昌夹在两座"火炉城市"之间，算是"次火炉"城市。那时我住在民主路的"天官牌坊"里。不到10平方米，一住10多年。最难过的是7月、8月，每天夜晚，几乎家家户户搬出竹床，周围洒一地冷水，鳞次栉比地露宿在马路上，不停地扇扇子，颇有点生活在"水深火热"中的味道。院子内里是市财贸幼儿园，在小朋友的教室里，为了避暑解凉，老师们想方设法把十多把芭蕉扇串联在一根竹竿上，用一根绳子拴住竹竿，老师用手拉绳，让扇子摆动而生风……可怜天下老师心！后来，才有了电扇。我们回忆这段艰苦岁月，调侃这是"土电扇"……

1978年党的十一届三中全会之后，改革开放的春风席卷神州大地，吹绿大江南北、长城内外。国家思变，民心思安；党中央绘宏图，老百姓"挑山担海跟党走"（工人诗人黄声笑诗句）。电扇有了，家家户户先后用上了吊扇、台扇、宏运扇等，难得"蔽汗"，再炎热的天气，老百姓的心里也是凉爽的。此时，我常常告慰九泉之下的外婆。

改革开放后，国家逐渐富强，人民开始脱贫、奔起小康来了。连中国周边国家的有识之士，都记忆起中国古代的"丝绸之路"，他们的眼睛在瞄准中国这个大市场，公平、互惠、互利、共赢，何乐而不为。宜昌的老百姓家里开始装上了空调，在各式各样的空调中，"格力"中国造，名扬海内外。中国傲骄地说：我们已掌握了它的核心技术。回忆我家住西陵峡口的情景，也历历在目。过去，家里只安装了一台窗式空调，在解放路文化宿舍楼中要算安装最迟，排名倒数几位；三室两厅的房子，只有一台搁在窗台上的空调，一家人挤在一室共享。改革开放40年，我家安装了三台壁挂式空调，都是中国造的"格力"牌。岁月如歌。近两年，恩施利川市的苏马荡兴建了几千栋避暑楼房，吸引了重庆、万州、武汉、荆州、宜昌等地的人，纷纷前去购房，以享受炎夏中23摄氏度的清凉世界，感受那满山满坡、翻滚绿波碧浪、天然氧吧的愉悦，妙不可言。"苏马荡"，土家族语，即"老虎喝水的地方"。我的家也忝列其中，又增添了幸福的新指数。饮水不忘挖井人，党的恩情记在心。

远在湘西的故乡，四十几个叔伯兄弟姐妹捎来了一个个喜讯。他们沐浴改革开放的春风，靠勤劳致富，靠智慧发财，外出打工归来，每家都盖了一栋新楼，三层或四层，楼梯安装不锈钢的扶手，上下楼梯轻轻抚摸，感觉格外舒心。据统计，长潭河畔约莫修建了上千栋新楼，气象蒸蒸日上。亲戚中有的在花桥、低庄镇上开一爿铺子；有的置一辆汽车跑运输；有的承包田地搞大农业种植；有的……八仙过海，各显神通，各尽其能，纷纷在自家门前挣大钱，在乡村公路上奔小康！家家共享改革开放的幸福，故乡的小河流淌着一首首欢快甜蜜的歌……

中国改革开放40年，宜昌大地发生了翻天覆地的变化。城市骨架拓宽了，高楼像伸出森林般的手，规划整齐有序，市容整洁干净；滨江公园树木葱茏，花卉鲜艳，绿韵盎然，被誉为"万里长江第一园"；城市中心的"欧阳修公园"，面积不大，但洋溢出灿烂的文化古迹，透露出宜昌西陵历史的厚重感；宏伟的葛洲坝、三峡大坝似长龙卧波，与日月争光；9座长江大桥凌空飞架，好似一道道彩虹闪耀在西陵峡口。"萧瑟秋风今又是，换了人间。"此刻，我又情不自禁地忆念起我的外婆来，她当年的那个"天翻地覆"之梦，如今长梦成真。人民心灵深处已经涌出平和、静美的诗意！

（原载《三峡晚报》）

月潭河怀想

我曾在当阳陈院小住过，几年过去了，总忘不了这个诗意的栖居地。陈院是乡政府所在地，后有月潭湾的绿树缠绕，前有月潭河的碧水依偎，月潭河是漳河的河中河，原本是有形有影的，因形状似一轮圆月而得名。1962年，兴修漳河水库工程，月潭河淹埋在深深的水库里；但月潭河的位置，陈院人永远铭刻在心里。我站在河畔，老乡用手轻轻地在我面前画一个圆圈，月潭河便神秘地在水库之中，也神秘地在人的心里了……

这次重返陈院，发现它已撤乡并入育溪镇了。小街还是那条小街，房屋比从前旧了一些，但眼前的漳河依然像美女一样亮丽，山水相连，碧波荡漾，粼粼泛着银光，看不见头，也望不见尾，那清澈的月潭河，依旧绿在我的心中。兴许是赶时髦吧，已把名字改为月亮河。其实，这哪有月潭河之深邃呢？19世纪一位美国著名作家亨利·戴维·梭罗，他崇尚大自然，对瓦尔登湖有着很深的情结。这似乎也影响着我对月潭河的情结。

走进漳河，走进月潭河，就好似进入诗意的澄明之境，千顷碧波在轻轻地歌唱，在翩翩地起舞，小船劈波斩浪，突破一层一层浪的环抱。长江的波浪，后浪推前浪；漳河的波浪，层层包围着小船，一圈又一圈，更多了几分缠绵的味道。因此，在大自然的湖光山色中，我更喜欢湖光。

有人说，女人是水做的。水的清亮，水的柔软，水的灵气，一切水的风格无不洋溢在女人的身上。用眼看，女人是妩媚的；用手抚摸，肌肤是柔嫩的。大凡世上的美女，总是同水紧密地连在一起的。西施常在江南水边浣纱，王昭君少女时代常在悠悠香溪河洗帕巾，杨贵妃时常在富丽堂皇的华清池沐浴，连边城的翠翠也时常在悠悠的白河渡船……

我们从码头上船后，漳河的碧波激起了多少女性的赞叹。她们或站在船头凝神地欣赏湖光山色之美；或坐在船尾慢慢地咀嚼；或把双脚泡在水中，屏声静气地体味。倘同别的游船相遇，溅起一朵朵浪花，沾湿时尚的裙衫，盛在深深的酒窝，活脱脱的一幅美人出浴图。

传说，很久很久以前，有一年逢特大干旱，土地裂开了口，百姓断了饮水。观音娘娘大慈大悲，非常同情人间的这一灾难，便挥动长剑猛劈山崖。霎时，云雾翻滚，雷鸣电闪，倾盆大雨，从天而降。等雨过天晴，从南漳的山崖间，飞出一道千丈瀑布，流成一条美丽的河，名字叫漳河。从此，漳河千年万载，长流不断，滋润两岸的儿女，灌溉两岸的田地……

直到20世纪60年代初，修筑漳河大坝，大坝很长很高，把漳河蓄成特大的水库，保证了荆（荆门）、当（当阳）、远（远安）的田地灌溉，渔业丰收，饮水充沛。饮水不忘开河人。为了纪念观音娘娘的大恩大德，人民群众在一座小岛上修建了巨型观音塑像，高达18米，洁白似玉，令人惊奇的是，这座观音塑像是两面的，浑然天成，栩栩如生。观音塑像一面朝着当阳，一面朝着荆门，广场四周的松柏蔚为屏风，这一道美丽的风景吸引着广大游人，前去瞻仰、拜谒。

我久久地伫立在观音塑像前，心潮起伏，浮想联翩：一道真正的风景，将会长存在拜谒者心灵的深处。

岁月如流水，深邃的月潭河啊，常绿在我的心中！

（原载《三峡日报》）

山城妹儿

长年行走长江三峡的船工和旅客，在摆龙门阵的时候，常常会听到一些熟悉的词："万县妹儿""重庆妹儿"，又统称作"川妹儿"；西陵峡也流传着这样一句话："青滩的姐儿泄滩的妹儿。"个中饱含着他们对重庆至宜昌沿江大小码头、城镇美丽女子的钦羡与爱慕之情，也藏着许多风流故事。往日的川江滩多流急，行船艰险，时间漫长，一趟下水一两个月，一趟上水三四个月，甚至半年。过一个险滩便是一两天、三五天。北魏郦道元的《水经注》记载："三朝三暮，黄牛如故。"形容舟船上行黄牛峡，三天三夜，回头看，仍然还看得见黄牛岩。船工停靠码头驻留的时间长，上岸后找个好看的女子，听听小曲儿，讲讲"荤"故事，喝杯小酒，打情骂俏，日久生情，成了"相好"，便弄出许多缠绵的风流韵事来……

岁月长河流逝到20世纪50年代后期，对川江进行了整治，炸掉了主要暗礁，疏浚了航道，轮船代替了木船，航速加快，"千里江陵一日还"。人们渐渐淡忘了往日的风流韵事。但对"川妹儿"水灵漂亮、热情率真的美好印象，至今还留在人们的记忆里。

一方水土养一方人。10多年没有来重庆了。这次重游重庆，城市景象已焕然一新，高楼大厦密布，犹如举起森林般的巨手。可由于山城的独特地势，道路仍曲折逶迤，行人上坡、下坡难免，尤其是年轻妹儿穿着高跟鞋行走自如，真是了得。观山城重庆夜景是一种美的享受。晚上7点左右，我们乘车顺山脚蜿蜒而上，至南山"一棵树观景台"看夜景，眼前灯火灿烂辉煌，朝天门流光溢彩，好像置身于灯海的波涛之上；眺望远方，视野开阔，一座座灯山绵延起伏，壮丽无比；白天绿色的嘉陵江成了五彩的河流，宽阔的条条马路上，车流像展开一匹匹五光十色的美丽织锦，堪与香港的维多利亚港媲美。车至人民广场，导游热情地指点：那是重庆大会堂，你们看，多么雄伟！猜一猜，它像一座什么建筑？微笑之后又说：它像北京的天坛！当年是西南军政区的所在地，邓小平同志、刘伯承同志、贺龙同志就在这里办公。灯光下，我打望一眼女导游，眉目动人，身材似模特，眼前一亮，人说"重庆美女多"，名不虚传。返程车上，听邻座的旅伴悄悄议论：到深圳去，嫌自己的钱太少；到重庆来，嫌自己结婚太早。

次日游大足石窟。原定9点在朝天门三峡游客中心集合出发。因为正在落雨，客人分散，接旅客的车子回来迟了一点。少数性急的旅客在座位上发火，扬言要退票。只见女导游已换了人，她连连表示歉意，态度温和诚恳。趁此机会她向我们介绍：重庆虽是大都会，但又是地道的山城。其一，重庆山多路陡，出门爬坡多，一级一级的石阶如云梯，看起来，人虽受了苦，却锻炼了身体，自然环境造就了重庆妹儿身材好、腿子长；其二，重庆气候特别，雾多阳光少，市民晒太阳的时间短，所以重庆妹儿的皮肤白嫩，这与海南三亚形成鲜明的对照，在海南岛生活，一年四季都晒太阳，而且日头毒热，故海南姑娘皮肤普遍偏黑，"黑妹"多。山城地处长江、嘉陵江的交汇处，长江水是金色的，嘉陵江水是碧绿的，我们是喝着嘉陵江水长大的。所以，重庆妹儿个个细皮嫩肉，天生的。俗话说得好,"一白遮百丑"嘛!游客中有人学着四川话说,妹儿说得是啊,啷个!导游笑了,汽车满载着笑声出发了。

汽车出城上了高速公路后,美女导游接着讲刚才未讲完的话题:其三,重庆人爱吃辣椒。湖南人不怕辣,重庆人辣不怕。吃火锅是我们重庆人的嗜好,往日,哪怕炎热的夏天,背街小巷里,到处是打起赤膊吃火锅的人。重庆是中国三大"火炉城市"之一,生活在"火炉"里的老百姓,心里就像冬天里的一把火。因此,山城人的性格特点火辣辣的,待人热情。朝天门码头上的"棒棒军",条条都是硬汉子;山城妹儿的性格也热情似火,谈起恋爱来都比别的地方的人更炽热。话音刚落不久,她又说,我给大家唱一首民歌吧!

> 打望打望至高无上
> 一天不望心不舒畅
> 两天不望视力下降
> 三天不望要得白内障……

这首《打望》歌,率真地唱出了山城男女之间火热爱恋的心声,抒发出他们炽热的性情之光,令人灵犀相通,情绪盎然!

在大足石窟前,又一位身材苗条、口齿伶俐的文管所专职导游带领我们参观。石窟坐落在青山环抱之中,环境十分幽美静谧,摩崖石刻的人物造型,一笔一画,精致清晰,保存完好,栩栩如生。在中间部分,以伦理道德为主题的摩崖石刻,把父与子、母与女、人与人之间的传统美德,像连环画似的展示在人们面前,引人注目,令人浮想,启迪后辈。前人用爱心、孝心、诚心为后人树立起道德的楷模,以激发我们传承优良传统，树立文明新风。游客们在聚精会神听讲解时，一位老者不小心失足，意外事故即将发生，另一个团队的女导游，手脚麻利地上前救护，可搀扶不住，自己也跌伤了左手腕。老人站起来很感动，大家也钦佩她的助人善举。山城妹儿不仅人美，姿色出众，而且心地善良，心灵美丽。山城妹儿以自尊自信的形象，以谦和包容的心态，为别人做好事，尽爱心。山城妹儿人好！

（原载《三峡文化》）

摇曳的远安杨

我写的这个女孩并非一个想象的寓言。我只知道她名叫远安杨,其实这不是她的本名,说不定有某种象征的寓意。因为牵涉到一个女孩的隐私,便不好追问到底。

她的家乡在远安县洋坪镇。好多年前,洋坪是宜昌市文联的"扶贫点",我被派往洋坪做"扶贫"工作,蜻蜓点水似的长达一年,临时住在一所党校的三楼,开窗入远峰,山色浓淡参差,绿得可爱,窗下临正街,行人稀少,没有什么可观赏的景色,汽车寥寥,黎明静悄悄的……

洋坪镇位于沮河(沮水)上游,距县城20千米,照眼前的模样看只是个山区小镇,街道狭窄,路面坎坷不平,尚未铺柏油路,店铺亦欠气派。但据史料记载,洋坪有过辉煌,有一段值得骄傲的历史。洋坪人自豪地称此地为"小汉口"。汉口大得很,足可想象得出洋坪昔日繁荣热闹的景象。我曾经从一张历史老照片"存仁复药店"上,看出药店风貌带有些欧式的洋味。日本侵略者入侵中国时,洋坪曾做过一段战时的县城。从现有的苟家垭、傅家坪、左家坪、白土坪、荷花、花林寺等乡镇的名字猜想,洋坪就与众不同,只一个"洋"字了得,就给了我驰骋想象的空间。自可想到其中的洋气、洋派和洋味。但洋坪的确占有独特的地利,面临沮河,背倚青山,水陆交叉,四通八达,商贾云集,十分热闹。早先远安县城只有一个码头，而洋坪则有三个码头。沮河的水，是出奇的清亮，可一眼看到底，水底的卵石、卵石上的花纹，清晰可见，连河沙都在熠熠闪光。每当夜晚时灯火通明，附近漫山映红，红彤彤一片，"夜红山"因此得名。明朝时，洋坪还被称之为"市"。可见，洋坪曾在远安县独领"风骚"。

地灵人杰，自古皆然。历史上洋坪出了不少人物。比如南宋的杨大异，清嘉庆年间的谈正品、谈正达，都是鼎鼎大名的资本家；还有王大珍、宋家政这样的书法家等文人雅士……仅这点史实就够引人注目了。

年轻的女孩远安杨，是不是洋坪杨姓人家的后裔不得而知。但洋坪的自然山水哺育了她，洋坪的文化底蕴滋养了她。远安杨是从小喝沮河水长大的，河水清亮碧透，水质优良，一方水土养一方人。远安杨也出落得水灵灵的清秀，皮肤白里透红，天生丽质。兴许也沾了些嫘祖娘娘的光。老家在洋坪的名作家映泉先生，由此获得灵感，创作出了小说《桃花湾的娘儿们》，广为流传，反响热烈。小说是虚构的，桃花湾也是想象出的地名。但小说里那些人见人爱的山里娘儿们，恐怕是有洋坪女人的影子在里面吧？！

高中毕业的远安杨，受时代变革的影响，走出了沮河，走出了洋坪夜红山，来到宜昌城寻找人生的乐园。先在一家旅行社做导游，以她美丽、温柔、善良的天赋和气质，工作出色，无可挑剔，受到好评；又因为喜爱文学，做起了"文学梦"，业余同文化人有所交往。有一次，她到市文联《三峡文学》编辑部投稿，我看过之后，就文论文，谈了一些看法，提了点修改意见。作品内容已记不太清了，意见大约有两点：一是写自己熟悉的人和事、山和水，有内容，有意境，有真情实感，忌矫揉造作；二是语言质朴清新，去掉学生腔，忌堆砌辞藻。她红着脸连连点头，没有骄气，也没有娇气。之后也见过几次面，阅过她的稿子，但遗憾的是，她的文稿终未能刊登。终究是清代学者王国维说得好，"散文易学而难工"。

后来，她去了南方打工。这个选择兴许是不错的，一个人先解决吃饱穿暖再钻研文学。像许多打工妹一样怀着理想和追求，乘着改革开放之春风飞翔。但不知她在那"遍地黄金"的南方拾得了几多"金子"？我思忖，一个人只要为了人生的理想，并为之奋斗，拼命去干一番事业，这个过程是会给人幸福之感的。时间流逝，像沮河那样悠悠流淌，波光粼粼。难能可贵的是，她对家乡的思恋一点未改，她对师友的热情也一点没减。有两件小事始终铭刻在我的心里。

每年逢春节，她总是从南方早早地寄来一张贺年卡，祝福我新年快乐、阖家幸福！落款是：家乡人远安杨。我若在《广州日报》《南方日报》和《深圳特区报》发表了作品，她看到后总会当即买一份报纸寄给我，比报社的样报早到半个月。接到她寄来的报纸，可想见她的欣喜之情，就像自己发表文章一样高兴。有一次，编辑把我名字前的"湖北"错写成了"四川"。她在寄来的报纸上加以更正，并断定那是印错的。这对我好似"知音难觅"一样的沉醉。

上次重访远安县，当汽车驶过公路两边笔直挺拔的白杨树，那一排排高高的白杨树多么翠绿，摇曳多姿，使我又想起远安县那株平凡的小白杨来。我默默地衷心祝福她：在时代的风雨中茁壮成长，人生更加美丽更加精彩！永远不愧为远安县的一株翠绿的白杨树！

（原载《三峡晚报》）

小巷美发女

如今,传统"理发店"的招牌已十分罕见了。走在大街小巷,数不清的是"美发店""美容美发店""发廊""休闲会所"等。世道都在变化中。

到小姑娘家去,要经过童家巷。头一回走进一爿小美发店,仿佛有点踌躇不前。但出人意料,那位美发女孩的洗头技术熟练,手法轻重适当,给人以舒服之感。心想,此非一日之功也。果不出我所料,她是进过专门学校培训出来的。于是这家小店,就成了我常去光顾的地方。

老话说"和气生财"。美发女姓汪,是屈原故里秭归人。她待顾客的态度和蔼,堪称典型的微笑服务。去洗发的次数多了后,我发现她的笑有讲究、有分寸,随不同年纪的顾客而变化。对待年轻人,她是礼貌性淡然的微笑,不失端庄,不显轻佻;对待老年人,她现出热情的悠然的微笑,给人以春天般的温暖;对待小朋友,她的微笑中饱含着亲热,能让小朋友不怕她那白晃晃的剃刀,哄得他们不哭不叫,配合默契,深受家长的称赞:阿姨行,宝宝乖。有的还特别叫孩子感谢美发女。只见她招招手,飞个吻。欣赏这幅美丽的画,我心里很感动。

事后她告诉我,做美发这一行的人也要学好心理学,才能服务到家,让顾客满意,有回头客。

这爿美发店位于小巷深处,店面不过10平方米。但顾客

不断，一张长沙发上，总有一两个顾客在等待。我建议她请个帮手。她说，难碰到合适的，店小，增加人，效益反而差一些。我现在已养成了一个习惯，闲不住。只要双手一停下来，手就发痒，就感到不是滋味。不停地有事做，哪怕持续站多久，也感觉不到累，人累而心里甜。我们山里人有个优点，从小养成了不怕苦不怕累的品性。要不是三峡移民搬迁，我还来不了宜昌城。

我说，你这么勤劳肯干，一年挣三五万元，早就进入"小康"啦！她笑着说，趁年轻多积点钱。一个人不仅要生存，要温饱，还要发展。我梦想将来开一家气派的大理发店。现在，花销也不小，既要订报、买书，又要买电视、电脑。这是现代女性少不了的两大件。人不学习，不充电，生活就不充实，目光就短浅，生命就难以闪耀光彩！

有一次，我在等待一位老人家剪发。只见那一头银白闪亮的头发，在她的剪刀下，似落下的纷纷雪花，好看极了。剪完之后，老人家还轻轻地扭了几下头，看看前，瞧瞧后，然后满意地笑了。离店时，只见小汪细心地搀扶着老人家，送她下了台阶，招呼老人家慢慢地走好！这平常的一幕，意想不到地感动了我，留给人一种浓浓的人情味……

我情不自禁地称赞她。她微微一笑，"尊老爱幼"是中华民族的传统美德。我虽不是老年顾客的儿女，不敢说尽一份孝道，但尽一点晚辈的心意是应该的，要把自己的爱心融入到构建和谐社会中去。她的话仿佛金石之声入耳铿锵。我心里想，要把顾客的头洗好、剪美，还得先有一颗美丽的心！

（原载《三峡晚报》）

大美利川二记

一、雨中佛宝山

利川以百万人口之城市,在鄂西数最大,名气赫赫。利川山水不仅秀美,而且壮美,甚至还有许多说不出的美。作为"候鸟",我栖居苏马荡风景区已有5年,身感这是湖北最美丽的小镇,中国最美丽的小地方。利川是800里清江的发源地,有亚洲最大的腾龙洞,有名副其实的大峡谷,土司皇城遗址古有记载,土家族文化源远流长。说大美利川,并非言过其实。有绿水青山做证,有名胜古迹做证。

向往利川佛宝山已经好久了,直到今天才实现这一夙愿。清晨从苏马荡博云集团公司出发,阳光灿烂,蓝天白云,在公司彭总的带领下,我们一群"候鸟"文化人兴致勃勃地前去佛宝山游览。可老天不作美,先飘起毛毛细雨,继而下起哗哗大雨,如瓢泼,势磅礴。彭总风趣地对我说,雨中游佛宝山风景区,也别有一番风味。

佛宝山,平均海拔1450米。风雨中它像出浴的亭亭仙女。青山苍翠如洗,花香扑面而来,捧出天然的大氧吧迎接四面八方的游客。既养眼,又养心。

山路蜿蜒,曲折通幽,石阶一级连接一级,宽约一米,没有细数,计一两千级,胜似庐山瀑布下山通道的石磴。俗话说，上山容易下山难。何况这里上山有索道，完全不费脚力。冒着风雨，与彭总相伴同行，开始不觉得累，慢慢地我便体验到下山的个中滋味……

忽听到雷鸣般的水响，原来是一道瀑布奔泻飞落，好像一匹抖开的白布，泛着银光，亮人眼睛。虽没有黄果树瀑布宽阔，而力度有过之无不及，飞泻跌宕，气势磅礴，溅起茫茫白雾，吸引游人驻足观赏……彭总遗憾地说，倘若山上的流水向左右延伸，瀑布将更显出气派，为佛宝山更增添光彩！据说，佛宝山有瀑布群落。下山不远，又见一瀑。可此瀑非彼瀑矣！它从云雾中摇曳而下，好像土家族女子甩开的长长的秀发，细细的，柔柔的，妩媚诱人，潇洒至极，瀑布的声音好似琴师弹琴。在此听瀑让人悠然，怡然，如痴如醉。大自然的鬼斧神工奇妙无比。那两山夹持的溪涧名叫"青枫河"，碧水穿越岩石，横冲直撞，滔滔滚滚，以不可阻挡之势奔腾而去，汇入800里清江，向鄂西儿女的母亲河大喊：我来了！

当地文史专家杨正龙介绍，下游的峡谷漂流，惊险迭起，但有惊无险，更令人神往。因下大雨，尚有多处奇景未能观赏，比如登上玻璃栈道眺望，在利川最大的水库泛舟等等，给人留下了遗憾。啊，风光灵秀的佛宝山！让人回味的佛宝山！

二、徜徉北夷城老街

下午，我们来到北夷城。北夷城非城，而是凉雾乡的"60公社"。距利川动车站12千米，318国道近在咫尺。雨停之后，天气放晴，夕阳余晖，炊烟袅袅，阡陌纵横，沃野飘香，自然生态优美，令人心旷神怡。北夷城又名"60公社"，之所以取这个名字,是为了迎合老百姓的"怀旧"心理,不忘历史的教训。这是一个新型土家族人的心境。好一个诗意的心境!他姓张名镐,半辈子舞文弄墨,地道的农民模样,却有一肚子的墨水,书法有个性,诗也有韵味,接地气。他的办公室(也叫"工作室"),字画琳琅满目,蓬荜生辉,陡添土家族乡村文化的浓浓气氛。

我徜徉在一条老街,两边房屋清一色土墙,店面一爿连着一爿,既有手工艺品,又有土家族特色小吃。街道用红岩条石铺就,每块红岩长约一米,宽五六寸,参差不齐,坎坷不平,都是从远近农村搜集而来,成色深浅不一,砌在一起,显得格外古朴沧桑。尤其是走在一段石磨街上,眼前突然一亮。这是用石磨底盘铺成的路,宛如古铜钱撒在地上,一枚一枚地排列,左看是一个圆,右看还是一个圆,颇有艺术韵味,寓意团团圆圆、心心相印。我真不忍心把脚踩上去。张镐介绍,这是历时几年,从方圆十里百里的农家一副一副地搜集起来的,每副老磨盘收购价120元左右,总数为一万副(两万块),真是洋洋大观,堪称露天"石磨博物馆"。老磨盘勾起了人的一片怀旧之情……

石磨曾是我们祖祖辈辈的生活用具,如同犁耙、锄头一样重要。比起"钻木取火"来,石磨是人类进步的象征。老百姓有了它,生活会变得美好,有滋有味。岁末年关,爸妈就会轮流推磨,过年才有鲜嫩的豆腐吃。旧社会,山里人过年日子苦,买不起猪肉,只好用豆腐代替。谚语说:"辣椒当盐,豆腐过年。"石磨可以把大豆磨成豆浆,白色的浆液哗哗地流进木桶里,再用柴火把豆浆打成豆腐,压成豆干。

利川柏杨人以其智慧,经过精细加工出来的"柏杨豆干",堪称中华一绝。相传,古代一位皇帝路过利川时,吃了

"柏杨豆干"后，顿觉口感极佳，美味无穷。皇帝龙颜大悦，欣然御笔题写四个大字："山野奇食"。至今仍传为历史佳话，为"柏杨豆干"挂了一块金字招牌。

我一边徜徉，一边默诵着北夷城老街的一首诗：

> 老街　夕阳　炊烟
> 一道熟悉的风景
> 人潮　花海　星河
> 一场现代的烂漫
> 漫步公社老街
> 小贩的叫卖声此起彼伏
> 土墙石路古朴沧桑
> 柴火豆腐脑儿　现榨菜油香
> 乡村气息带你重归山野记忆

傍晚，在坪地中间烧起一堆熊熊篝火，土家人与游客一起跳起了欢乐的摆手舞……那美妙的舞姿，那动人的情景，永远留在我美丽的思念中！

2020 年 8 月 22 日于苏马荡

在三峡，遇着美丽

一

长江三峡像一座700里的壮丽画廊，似一组别具魅力的交响乐章。瞿塘峡雄奇伟岸，巫峡幽深秀丽，西陵峡滩多流急。从古至今，曾吸引多少文人墨客、过往游客心驰神往，流连忘返。而千姿百态、云雾缭绕的巫峡更叫人梦绕魂牵，"放舟下巫峡，心在十二峰"。

巫山十二峰，"雨雾巫山上，云轻映碧天"，"山以烟云为神采"，"山得烟云而秀媚"。分列在巫峡两岸，江南、江北各六峰。为了目睹它们的风采，我曾在20世纪70年代末至80年代末，几十次风浪里上、江涛中下。有一次，我从重庆乘轮船东下，在三峡，遇着了美丽。轮船离开巫山城之后，最先映入眼帘的是北岸（左岸）的登龙峰，位于横石的西侧，正在箜篌山东首，有六座峰峦攒簇，层叠蜿蜒，跃跃欲飞，若龙腾霄汉，格外壮观，海拔1130米，为巫山十二峰之冠。接着，又看见了圣泉峰，位于横石溪以东的半山腰，悬岩顺势向上伸延，其势如刀削斧砍，好似一头昂首屹立的雄狮，峰下有甘泉，四季喷流不竭，以此得名。又因峰前岩石独呈白色，俗称"狮子挂银牌"，妙趣横生。那朝云峰，清晨，峰前云雾弥漫，朝阳照射，彩云飞舞，山峰似乘云，若隐若现。

然而，观赏巫山十二峰的最佳处要数青石村（今青石镇）。于是，我又一次从巫山县城乘小船，约莫几十分钟就抵达青石村。村子不大，二三十户人家，炊烟袅袅，橘林满坡，青山绿水。当时，引人注目的只有信号台，一座平房，黑瓦粉墙，夫妇俩长年坚守，村子里没有一家客栈。我坐在农家门前的岩石上，迎着朝霞，隔江相望神女峰，它上入云端，下临长江，山峰旁有一块人形石柱，状如健美的女子，亭亭玉立，脉脉含情，妩媚动人，朝迎早霞，暮送晚霞，故名"神女峰"（又名"望霞峰""美人峰"）。加之美丽的神话传说，神女峰给了我一种回味无穷的艺术享受。靠近神女峰之东，另有一峰，峰顶众石排列，嶙峋参差，形似一群仙人相聚，故名"集仙峰"，因为峰顶分岔而立，恰似一把张开的大剪刀，俗称"剪刀峰"。相邻又有一峰峥嵘，形似圆帽盒，故称"帽盒峰"（又名"松峦峰"）。站立青石村环视，还可见江南（右岸）的"飞凤""翠屏""聚鹤"三峰。飞凤峰在青石之西的小溪旁，因形似一只飞翔的凤凰，凤头直插江中，两旁山坡逐渐低下，犹如凤之两翅，栩栩如生，故名"飞凤峰"。相传，山腰有一平台，是神女给大禹授宝书之地，名称"授书台"。站立飞凤峰上，我看到了飞翔的诗韵。青石村背后，有一山峰超然卓立，十分陡峭，形似一扇大屏风，漫山苍翠，名叫"翠屏峰"。此峰之东，峰顶怪石嵯峨，松杉茂盛，四季常青。传说，每天夜晚聚集无数白鹤，或栖于树上，或翔于峰顶，故称"聚鹤峰"。在青石村观赏十二峰，算是大饱了眼福。

江南岸（右岸）的另外三峰，距离长江有三四十里，只有一条弯弯曲曲的青石溪可通，交通极其艰难，故无游客能亲眼一见，给人留下了千古遗憾。怪不得古代文人慨叹："十二巫山见九峰。"

二

三峡大坝建成后，水位抬高，高峡出平湖。前年深秋，我溯江而上，轮船行至巫山城，因天色未亮，停泊江中。船上旅行社组织神女溪之游。我欣然前往。换乘一只小游船，沿长江下行不远，进入江南岸的峡谷，两山夹峙，最窄处有如一线天，两岸青山如画，江水碧绿照人，红叶倒映清流，令人赏心悦目。经过"一户人家一个村"时，"怀抱一江水，背靠一座山"，真不愧为天下之奇景！游船深入而进，就遥遥望见三峰：净坛峰、起云峰和上升峰。一时惊喜若狂，恍如做梦。看！那净坛峰，峰顶平旷如坛，山道极险，去者绝无仅有，望之令人兴叹不止，据介绍，山上尚有碧渊一潭；那起云峰，峰高入云，云气时聚时散，远远望去，"绝壁凌空，云气触石"，气势非凡，云缠雾绕，变幻莫测；那上升峰，山势突兀，呈拔地飞腾之势，飘飘欲仙，充满了攀登者的无限豪气。

在久久地观赏这三峰之时，我心中一闪念，这沉睡千年的三峰因为三峡建设者的拼搏精神已经苏醒了，因为三峡建设者的磅礴力量而复活了！此刻，我惊喜地体验到巫山十二峰的完整感。对于初识的这三座峰，我还来不及阅读它们深藏的丰富文字与精彩，等待人们去发现其中的大美与神秘，去奏响三峡水利枢纽工程的英雄乐章！

啊，在三峡，我遇着了美丽！心里涌出一缕依依不舍之情，联想起古代诗人以巫山十二峰之名字组成的诗句：

曾步净坛访集仙，
朝云深处起云连。
上升峰顶望霞远，

月照翠屏聚鹤还。
才睹登龙腾汉宇,
遥望飞凤弄晴川。
两岸不住松峦啸,
料是呼朋饮圣泉。

幽深秀美的巫山十二峰啊,你们永远美丽,永远铭记在我们的心中!

(原载《中国三峡工程报》副刊、《文学教育》2020年第3期上旬刊)

神女峰，永远美丽

青山寂寂，碧波滚滚，轮船航行在幽深秀丽的长江三峡的巫峡。广播中传出："神女峰快到了。"我心里抑制不住地兴奋，又要见神女峰了。难怪古诗云："放舟下巫峡，心在十二峰。"而十二峰中尤数神女峰更令人神往。神女峰又名"仙女峰""美人峰""望霞峰"。因为与优美的神话传说结缘，便有了特异的风姿、诱人的魅力和永远的情愫。

巫峡窄长，峰回路转，"山塞疑无路，湾回别有天"（郭沫若《过巫峡》）。初过神女峰的旅客，站在甲板上仰望，往往在逶迤的奇峰中还未分辨清楚神女峰时，便与其失之交臂了，失掉了一睹芳容的机会，留下了深深的遗憾。

若是从巫山城坐轻舟至青石村，青石村同神女峰一江之隔。这是观巫山十二峰的最佳处。山村倚山临江，几十户人家，粉墙青瓦掩映于绿树山麓中，怀抱飘逸的彩云，层层梯田，曲径通幽，恬静而秀美。兴许得神女之灵，山村橘黄橙绿，苞谷青翠，辣椒串红，炊烟袅袅。村民们过着日出而作、日落而息的日子，孤寂而温馨，颇有点"世外桃源"之韵味。

从前，青石村山大人稀，没有旅社、饭店。我们到青石村去，住在一户农家。主人是年轻的夫妻，房子不宽敞，却收拾得干干净净。小居一两天，可尽享三峡人的热情好客和淳朴民风。对年纪大的客人，夫妇俩慷慨地让出自己的雕花架子床，送人一个甜美的梦;若是年轻人投宿,便在堂屋打地铺,平整的杉木板,叫人睡得舒舒坦坦。次日早餐,一人一大碗挂面,面里埋一个荷包蛋;中午吃煎土豆果,蘸稀辣酱,辣呵呵的;晚上吃的是"金包银"饭,一盆合渣(又名"懒豆渣"),香喷喷,吃起来有滋有味。直到好多年后的今天,依旧记得神女峰对面的青石村那几餐"农家饭"的风味,蔓延着我浓郁的乡情。

清晨,我推开窗子,半窗阳光,半窗山花,半窗山风,半窗涛声。山色入眼,山风贯耳,江涛动心。我坐在门前的青岩上,凝望江北的神女峰,它亭亭玉立,含情脉脉地似朝我走来,妩媚动人;天上的五彩祥云,好像招之即来;峡中清凉的风,又像是挥之即去。它摘下一片云,当作轻柔的面纱;它追赶一阵风,沉入岁月沧桑的回忆中……

传说很久很久以前,神女原是仙宫王母娘娘的第23个女儿,名叫瑶姬。从小聪明伶俐,性格刚强。因过不惯仙宫寂寞的生活,受不了天庭条律的约束,而异想天开地羡慕人间的生活。有一次,她偷偷地带领姐妹们游览名山大川,来到巫山时见10条孽龙正在峡江兴风作浪,一怒之下,她用神剑击毙了孽龙。孽龙不甘心,以尸骨阻塞峡江。因此,洪水横溢,淹了蜀之大片田地、房屋。大禹闻讯赶来治水,开峡排洪。在最困难的时刻,神女勇敢相助,授"策召鬼神之书"予大禹。今尚留"授书台"遗址。终于,大禹疏通了洪水,解救了黎民百姓。老百姓为感激神女的厚恩,在巫山修庙以祭祀。而瑶姬为百姓的深情所打动,依恋不舍,毅然决然地违背王母之命,不回仙宫,留守巫山,继续为樵夫驱虎豹,为病人采灵芝,为船夫导航。日久天长,这位容貌美与心灵美集于一身的瑶姬便化作秀美的山峰,名叫"神女峰";众姐妹也化作不同名称的山峰，排列于巫峡南北两岸，合称"巫山十二峰"。这个美丽的传说流传了千年万代。

神女峰为何千古流芳？我痴坐在青岩上久久地思忖着：神与人介乎虚实之间，有一条扯不断的长线，这条长线是用真挚的情感编织而成的。它始终贯穿于悠久的岁月里、历史的长河中。而世上最缺的正是这份真情。因此，神女与黎民百姓之间的这种真情厚谊弥足珍贵。从这个意义上说，神女峰既是你的、我的、他的，也是天下所有人的。它以一颗纯洁、善良和悲怆的心，铸造一种崇高不朽的大美大爱，温暖着我们的心房。神女峰啊，它不仅是巫山顶上一块普通的岩石，也不仅是一块独具人形的奇石，还是我们心中相思的真、善、美的女神！

听到主人的招呼声后，我从缕缕思绪中踏着晨光返回小屋。主人见我兴奋的样子，便拿出一卷绘画展示在八仙桌上。顿时，光彩照人，耀人双眼。他自豪地一张一张地介绍：这是上海哈华留给我的一幅画，这是武汉的江城给我留作纪念的画，这是长航画家魏康祥送我的一幅画……一幅画，一则动人的故事；一幅画，一份对神女峰依恋的情意。我惊赞地说：好好地珍藏，这都是无价的艺术瑰宝。他那疑惑不解的神情，流露出山里人纯朴的思想感情。

站立青石村眺望，群峰上入云端，下临大江。其间有一座山峰引人注目，旁立一块奇石，形状似美丽的神女，那亭亭玉立，那低首俯视，极妩媚动人。千载万代，它朝迎早霞，暮送夕阳。巫峡山高谷深，常常云缠雾绕，好像给神女披上轻柔的面纱，影影绰绰，更加令人神往。据说，周总理生前，一次陪同外国某元首过巫山神女峰时，恰巧遇上细雨霏霏，云雾缠山，周总理指着神女峰对外宾说：神女见到陌生人，真还有点

害羞哩……

青石村对江右前方是帽盒峰，背后是翠屏峰，西面是飞凤峰，翠屏峰以东是聚鹤峰；村西边有一条小溪，碧水清亮。沿溪河上溯30里至兰厂，还可观净坛峰、起云峰和上升峰。青石村，这边风景独好。

宏伟的三峡工程建成后，"更立西江石壁，截断巫山云雨，高峡出平湖。神女应无恙，当惊世界殊"。600里三峡水库175米蓄水成功了，水位上升约100米。而神女峰距峡江江面仍有八九百米的高度，真正是"神女应无恙"。神女峰啊，一定会永远美丽下去！

（原载《广州日报》，曾在中央电视台科教频道《子午书简》栏目播映）

流在心上的三峡（二题）

一、风雨飞舟

  人民解放军南下的那一年，雾漫长江三峡，山风呼呼，雨脚匆匆，江涛滚滚，峡江两边的一棵棵高高矮矮的树木，像在狂风中醉倒；一坡坡柑橘林，似在瓢泼大雨中被淋透了树干、树枝和每片绿叶。就在这苍茫风雨中，有个橘农头戴斗笠，身披蓑衣，驾着一只划子，正在三峡的风浪里颠簸，荡桨人那躬身的英姿，那熟练的把式，何惧风，何惧浪！一桨似乘风，一桨如破浪，心怀着迎接"解放"的希望，奋不顾身地向前，向前……

  坐在扁舟船头的那个人，或许是一名战士，或许是地下交通员，此刻他身上也许揣着情报，也许带着军事机密，那焦急的心情似起伏的波涛，那沉着的姿态稳如泰山，他肩负的使命比山高，比水长！……

  70年过去了。这个风雨飞舟的镜头，映照在三峡的惊涛骇浪里，也深深地铭刻在三峡儿女的记忆中！

二、三峡之光

  "无边落木萧萧下，不尽长江滚滚来。"从古至今，长江利于水也害于水，难于驯服。曾留下了鲧治水、禹开峡、黄牛弯角、神女导航等一个又一个神话传说；而带给黎民百姓的依旧是洪水频发、漂尸江中、灾难深重。面对一桩桩历史的"惨案"，兴建三峡水利工程一直成为中国人民的世纪长梦。

为了圆三峡梦，从孙中山先生的《建国方略》开始，到毛泽东同志的"更立西江石壁"，到周恩来总理亲自踏勘中堡岛坝址，再到刘少奇同志上中堡岛视察等等，情系几代党和国家领导人的心，也牵动着中华民族一颗颗关注和跳动的心！

为了圆三峡梦，有多少专家和科技工作者从各个方面细致地埋头研究，攻坚克难，反复论证，默默奉献，倾注了毕生的精力和心血。

中堡岛位于西陵峡中，距葛洲坝工程上游38千米，宽约200米，长600米，呈椭圆形状，像一叶扁舟，偏立于江南岸的江心。江底下系花岗岩石，为"七百里三峡"（沿用《水经注》语）所罕见，是最适合建三峡大坝的坝址。怪不得一位外国人发出惊叹："中堡岛，上帝对中国的恩赐！"

兴建三峡工程可以取得多种巨大的效益。一是防洪效益；二是发电效益；三是航运效益；四是巨大的综合效益。也许不少人担心，会不会毁坏长江三峡的风景名胜？的确，它会淹没一些名胜古迹，但可通过搬迁、重建、大保护，再现昔日风貌。神女峰将永远美丽；白帝城四面环水，别具风采；夔门天下雄依旧引人注目；小三峡更增多了小小三峡，依旧是"风景这边独好"。告别了长江旧三峡，迎来了更加壮丽的长江新三峡。

中堡岛呵，闪光的岛！中国南方的"太阳岛"！在三峡工程建设的过程中，历经了世界上的"创伤"之最，从在它身上钻探开始，直到全部铲除为止，牺牲了自己，奉献出所有，像

"凤凰涅槃"一样。而今，中堡岛虽然不存在了，但它的灵魂仍然在地底下活着，喷发出生命活力，把全部的热力化作生命的不熄之火，点燃起明亮的三峡之光，放射出灿烂辉煌，照亮了大半个中国……

2021 年 1 月 25 日于三峡荷屋

三峡竹韵

在霏霏细雨中,我走进秭归泗溪(今三峡竹海),奇峰峡谷中的山溪,弯弯曲曲,坎坎坷坷,淙淙而来,潺潺而去,给予自然万物以滋润、以鲜活、以神怡。泗溪拥有山溪四条,四季常流,溪水清亮,两边瀑布处处,或轰轰隆隆,或潇潇洒洒。望瀑,有一种惊喜;听瀑,是一种享受。我仰望"五吊水",惊心动魄,好似天上银河飞落,一片粲然。心中猜想,它自有几分炫耀,令人油然涌出生命的蓬勃活力。

泗溪多竹,生长于漫山遍野,品种较齐全,万亩以上,好似"竹海"。在屈原故里,满山长竹,也许是大自然的特别恩赐。竹之名节,恰好是伟大诗人屈原品格的真实写照。

为把三峡竹海生态风景区建设得更完美,这里还栽种和移植许多珍贵的名竹,约270种。沿着山溪前行,一路翠竹相迎,绿竹陪伴。远望,楠竹壮大,毛竹修长,颇有长者之风貌;近看,细竹立奇,千姿百态。比如紫竹呈现亮丽的紫色;花吊绿竹,竹竿上清晰可见绿色直条纹;龟甲竹,竹子下端有龟甲形图案,好似人工雕刻一般,栩栩如生;尤其是小叶翠绿竹,叶片小巧,枝条细长,伸向左右,竹节之间呈曲线状,凝视之间,宛如少女身材,有曲线之美,亭亭玉立;罗汉竹,竹子下端竹节密而短;粉单竹,竹竿上有粉状物,用手抚摸,粉会粘手;斑竹,竹竿上有黑色斑点,似留有泪珠之痕。古诗词里的斑竹泪，曾涌出多少人的绵绵情思来……

徜徉在"名竹苑"，大开眼界，栽有青天绿黄竹、花吊竹、味精竹、笻竹、光头猴竹等珍稀名品，令人啧啧赞叹。到三峡竹海品竹别有一番韵味。

走进竹楼，壮观而别致，绮丽而灵巧，飞檐翘角，金黄锃亮，幽香满屋；登上二楼，推开窗子，远山点缀竹亭；窗下山泉淙淙，风情别具。难怪宋代文豪苏东坡曰："宁可食无肉，不可居无竹。"

步出竹楼，不远处有一片平湖，湖水碧绿清亮。在湖上漂荡竹筏，竹篙轻轻一点，竹筏悠悠荡漾，飘逸出几多人生的美丽与风韵。湖中的欢歌笑语，回响在幽幽峡谷之中。"千竿皎皎迎天上，此君本属画情多。"

沿着弯弯曲曲的山径登临山顶，山顶悬崖上飞架一座玻璃栈桥，悠悠晃动，走在桥上，飘飘欲仙，如梦似幻，也考验游人的胆量。我放眼四周，漫山竹声满，千崖秋气高，可览尽竹海层层叠叠、波澜起伏之美景。啊，无限风光在险峰！

到秭归三峡竹海旅游，除了品尝屈原故里丰富的美食佳肴之外，还能烹饪出多种以竹子做原材料的竹菜，那味道又是一绝，令人耳目一新，地道的美味久久地萦回在舌尖上、心扉里……

（原载《三峡商报》）

昙华林记（二题）

梦里的昙华林

1955年中秋，我接到一封华中师范学院中国语言文学系的录取通知书，恍如在梦里。一个农民伢子考上大学，好似鲤鱼跳进了龙门，荣耀乡里乡外。当年上大学的情景，历历宛如目前。

那天清早，曙光初照。做过生意的大舅专门送行，他挑着一担箩筐，一头装着我的行李：一口木箱、一床棉被；另一头装着同班同学邓隆超的行李，也是一口木箱、一床棉被。当天的落脚地是安化县烟溪镇，约80里路程。虽未通汽车，但大舅熟悉这条山路。对于我和邓隆超来说，这条上大学之路是完全陌生的，是未来人生的第一步。

邓隆超考取的是中南铁道学院，地址在长沙岳麓山；我考取的是华中师范学院，地址在武昌昙华林。一路上，心里想的尽是充满魅力的美好理想。8月末正是炎炎酷暑，阵阵松风为我们拭汗，汗水刚被揩干，不一会儿衣服又被汗浸湿了，反反复复；口干渴了，在路边崖下接一杯山泉，放几滴"十滴水"，或到有人家的住处喝一碗凉水。若遇主人好客，便筛来一碗凉茶。在那山大人稀的丛林里，要遇上一户人家，好似夜晚看见了一盏灯光般兴奋；湘西是封闭山区，往往隔座山一种口音，隔条河一种腔调，听不懂话是普遍的事，但那憨厚热情的山里人家一直记在我的心里。风停了，大舅告诉我"唤风"：朝天吼两声"嗬——嗬——"，然后吹出"嘘——嘘——"的口哨，山风丝丝而来，果然灵验。走在大松林中，古木森森，遮天蔽日，就像语文课本上《大闹野猪林》所描写的一样，如果在危险处设卡子"关羊"（拦路抢劫），一两条汉子蒙着面，谋财害命，真是得手的惊险地方。过去说"湘西土匪多"，名不虚传。走这段山路，大舅神情紧张，我们更是提心吊胆，不寒而栗……刚起步就碰到一条艰难之路、坎坷之路和崎岖之路。

安化烟溪是资水的一个码头。我们夜晚赶到烟溪，镇子不大，从灯火来看，小镇颇有点热闹。一条河街上，青石板路，不落雨天气，石板上也是湿漉漉的；街上客栈鳞次栉比。因为资水发大洪水，滞留的人络绎不绝，平添几分热闹氛围。船票紧俏，靠大舅的一个生意熟人关系才购得了船票。

资水，又称"资江"，是湖南"四水"之一，左（西）源于湖南城步县北青山赧水，右（南）源于广西资源县越城岭夫夷水，两水于邵阳县双江口汇合，称为"资水"。全长653千米，流经邵阳、新化、安化、桃江、益阳等县（市），注入洞庭湖。河宽200到500米，总落差却达400米，河道弯弯曲曲，呈狭带状，山脉迫近，异常险陡，滩多流急，漩涡如斗，险象环生。

翌日，在码头等船，一片繁忙景象，停泊的船一只挨一只，摇荡不停。忽从上游飞来一只大船，越来越近了，说它是船，其实就像一种木筏似的，船头尖，船尾也尖，而且高高翘起，用未刨光的枞（松）木板做成，船身粗糙，设施简陋，故名"毛板船"。据介绍，毛板船为资水所独有，长20多米，宽

3米许，载重120吨左右，专门装运煤炭等货物。船老板称作"簰古佬"。每次开航要搞隆重仪式，杀鸡宰羊，这是一种冒险行当，容易船毁人亡，生离死别。知道这是货船后，心上的石头才落了地。

我们乘坐的船，俗称"桐驳子"。也是头一次听此船名，它比高桅杆木船要小，又比乌篷船要大，可坐十人左右，舱内摆有长条木凳子，人货混装。船上有舵手，有水工，有纤夫，船尾装有舵，船头安装橹，放有几把竹篙。他们个个腰板很宽，晒得古铜色的肌肉硬邦邦，脚杆（方言，腿）很粗很壮，那一身骁勇、英气逼人的形象令人敬畏。这种船停靠码头灵便，乘客食宿都在岸上。若遇乘客多，客栈老板另开统铺或打地铺。我睡过两夜门板，门板太窄，连做场昙华林的梦也被吓醒。只留下"夜睡门板过资江"的戏言。大舅曾说过，过去坐"桐驳子"，偶尔碰到船上的坏人，或见财起意，或谋财害命。因此，我坐在船舱里无心观赏那山水相依，湛蓝蓝的天，翠绿绿的山，集山之雄、集水之秀、集洞之幽等美景，更没有1934年沈从文在沅水乘船回故乡之心境。连坐了三天的"桐驳子"，唯祈求有个好运气，靠上天保佑平安。沿途过急流、闯险滩一二十次，每一次都要旅客下船步行，过滩之后，再上船继续前进。此时此刻，我不带任何行李，只怀揣一封华中师范学院录取通知书，心想，圆了昙华林的梦，"书中自有黄金屋，书中自有颜如玉……"

终于到了益阳市。我们下榻的旅店，人睡在二楼上，一楼泡在洪水中。大街上可行皮划子。从益阳去长沙，改乘小火轮。小火轮比"桐驳子"坚固，生命安全有保障。于是欣喜之情油然而生，在轮船上我俩自由自在，互相畅想未来。邓隆超是学铁道专业的，将来要为祖国设计、修建铁路。"火车一响，黄金万两"，社会主义的康庄大道寄希望于他们。我对他竖起了大拇指：前程似锦，无可限量！邓隆超却突然站起来，挺起胸，昂起头：啊，放声歌唱吧！早日圆华章的"作家梦"。然后，我俩仰天哈哈大笑起来，笑声掠过烟波浩渺的洞庭湖……这一幕是我上大学路上最美丽的风景。年轻人的动人之处，就在于那股子勇气和远大的理想！

久久地站在轮船舷边，我观赏洞庭一湖，"衔远山，吞长江，浩浩汤汤，横无际涯；朝晖夕阴，气象万千……"（宋朝范仲淹《岳阳楼记》）顿时，"其喜洋洋者矣"。

船过洞庭湖后，最终停靠在长沙大码头。看，湘江北去，波涛滚滚，心潮起伏，"恰同学少年，风华正茂；书生意气，挥斥方遒。指点江山，激扬文字……"（毛泽东《沁园春·长沙》），激励我们"到中流击水，浪遏飞舟"的革命豪情。目送邓隆超的背影，孑然一身，远了，远了；我转过身，依依不舍，挤上北去的绿皮火车，直奔武昌蛇山脚下的昙华林（又名"昙花林"）校园，将一个小小的我融进那博大的知识海洋……从千里资水到万里长江，遥遥迢迢，这条上大学的路，像一条青春的河永远流淌在我的心上……

遥远的逆水而上

那年的8月末尾，我从湖南资水的一个小码头烟溪镇顺流而下，经益阳，漂洞庭湖后，来到武昌昙华林上大学，历尽艰难惊险，终生难忘。路漫漫兮，华中师范学院的青春岁月，风风雨雨，仿佛弹指一挥之间……而在临毕业分配、走向生活的时候，又好像度日如年似的修远兮。

4年后，面临毕业分配。1959年级的那一届中文系，6个

小班，180多个毕业生（打成"右派"的约8人），由系党总支统一分配，也征求了年级党支部的意见。绿树成荫的昙华林，到处张贴着五颜六色的标语："服从祖国分配""到祖国最需要的地方去""到最艰苦的地方去"！为"火炉城"中的校园增添了热度。

我做好了服从统一分配的思想准备，躲在树荫下阅读曹禺先生的《雷雨》《日出》《北京人》，深深地沉浸在那丰富生动、扣人心弦的故事情节与人文思想中，他是中国最富有莎士比亚戏剧风格的作家之一。

在第一次分配通报会上，得知恩施地区需要11名毕业生，而报名的只有两人。会后，我决心响应号召报名去恩施。恩施是鄂西山区，偏僻而遥远，交通不便，条件很差；我的志愿原本是回湖南长沙，"芙蓉国里尽朝晖"。但想到"到最艰苦的地方去"不是一句口号，要落实到各自的行动中去。于是，我毅然决然地填报了恩施。心里想，只要那里有一两家新华书店就行。知识可改变一个人的命运，幸福是靠自己奋斗出来的。

在第二次分配通报会上，我被分配到襄阳地区。各方面条件比恩施好，真出乎我的意料。

有一天清晨，我蹲在树下过早（方言，吃早点）。忽然，我的溆浦同乡老龚走过来，喊他老龚，因为他是调干生，在溆浦一中高我三个年级，是从抗美援朝志愿军文工团转业考取华中师范学院的，又是年级的党支部委员，他悄悄对我说，对分配满意否，还有什么要求？我坦诚地回答，论交通方便还是宜昌好。他点了点头，离我而去。

我做梦似的如愿以偿，被正式分配到宜昌。当"民"字号轮船（记不清到底是"民×号"了）汽笛一响离开江汉关码头时，我站立甲板上热泪潸然而下，再见吧，我的昙华林，我的桂子山,我的大学!

从武汉到宜昌,溯长江而上,航程约两天两夜48小时,堪称一次遥远的航行。中文系毕业生13人被分配到宜昌地区,带队的是一位大姐,也是应届毕业生,部队文化教员转业,还抱着一个孩子,吸引着同学们的目光,争相拥抱。眼前的母亲河长江,江面宽阔,波涛滚滚,身后的长江大桥离我们远了,远了,灿烂的灯火淡了,淡了……我一个人睡不着,就躺在床铺上回顾大学的激情岁月,往事历历在目:一进学院时就遇上了"反胡风分子"运动,深夜我手握大棒,身穿军大衣,在校园旮旮旯旯值勤巡逻,心里害怕极了,好像随处都有虚幻的影子出没;1956年适逢"向科学进军",大家忘我地读书,争分夺秒,连宿舍走廊都由工人打扫,这一年太令人难忘了! 1957年掀起了反右派斗争的高潮,批斗大会此起彼伏,一天好几场,我人在会场,跟着举手,心却在书中。反右派斗争后,未曾想到我竟当上了班上的学习委员。1958年举国上下全民"大跃进","放卫星"。幸好,我获得了一个闹中取静的机会,同部分师生参与编写"红色教材",我参与编写《中国当代文学》《中国儿童文学》,发奋读书,从中汲取了丰富的营养。1958年冬到1959年春,我去了武汉钢铁厂编工厂史,经风雨,见世面,在一号高炉向工人阶级学习;任务刚完,"三年困难时期"开始了,突然,一天吃两顿稀饭,肚子饿……这一次又一次的亲历,这一次又一次的遭遇,这一次又一次的蹉跎,当我回首往事的时候,既感到浪费了不少青春年华,也历练出许多闪亮的青春之光。

江轮逆水航行,乘风破浪。遥遥地望见了江北的岳阳楼,雄伟壮观,虽未停靠上岸登楼览胜,但心向往之。范仲淹的千古名句"先天下之忧而忧,后天下之乐而乐"比在课堂上听讲

更多了几分亲切、几分深厚，他的那种"以天下为己任""吃苦在前，享乐在后"的思想与胸怀是值得称赞的，也总是勉励着我们一代又一代后来人。我放眼江上，洪波万顷，江鸥翔集，雄鹰展翅，不禁心旷神怡……

江轮继续逆水航行，两岸青山连绵起伏，城镇、村庄座座，炊烟袅袅，栈道蜿蜒，三国古战场的遗迹依旧可寻。前方灯火闪闪烁烁，宜昌城遥遥在望。我默诵着工人诗人黄声笑的豪迈诗句："……左手搬来上海市，右手送走重庆城。"登上了高高的九码头，沿江一边是清一色的吊脚楼，眼前唯一的一座三层楼房"人民旅舍"，就是我们的下榻处。

在人民旅舍住了4天后，9月4日，我们前去桃花岭地区文教局听候分配去向。没有进会议室，而是站立在大门口，那气氛肃穆寂静之极，心里怦怦跳动，忐忑不安。这是一锤定音之时，这是人生的关键一刻。已做好了充分思想准备的我，也平静不下来。局人事科科长徐某宣布：经研究决定，这次分配来宜昌的中文系毕业生13名，方案是9个县每县1人，宜昌市2人，地直2人。当宣布张启明同学到兴山县时，他一下子蹲在地上，泪流满面，他是我们班上的生活委员，外号"张胖子"；出乎意料的是我班班长陈材信同学，被分配到长阳县；领队大姐詹玉华与我分配到宜昌师专。我心中暗暗欣喜，激动得浑身灼热，真是老天保佑、上天恩赐啊！

往事悠悠，大江滔滔。我从遥远的湘西走来；我从浩浩的长江逆水而上。青春像一条奔腾的河，"逆水行舟，不进则退"。这是哲学的至理，这是生命的风景。

（原载《文学教育》2021年第4期上）

诗情澎湃三游洞

——名家游三游洞记

家住长江西陵峡口的我,平生感到最自豪的是,古有三游洞,今有葛洲坝和三峡大坝,而"今古齐观"尤令人惬意不已,堪称:"斯境胜绝,天地间其有几乎?"

"三游洞"的由来,源远流长。唐元和十四年(819年),距今已有1200多年。当时,白居易、白行简和元稹三位名人巧遇于夷陵(今宜昌市)。翌日,元稹坐船送白氏兄弟至长江西陵峡口的下牢溪。第三天,三人仍依依难舍,久久地坐在舟中,千杯嫌少。因闻石洞泉声,三人上岸,策步而行。初见奇石,其形状"如叠""如削""如引臂""如垂幢";次见泉,"如泻""如洒""如悬练",景致迷人,引人入胜。后几经艰难,率仆夫割掉草木,才爬上山腰一洞中,绝无人迹;唯有"水石相薄,磷磷凿凿,跳珠溅玉,惊动耳目"。三人爱不能去,沉醉在诗境之中。俄而,"峡山昏黑,云破月出,光气含吐,互相明灭,晶莹玲珑,象生其中"。于是,他们通宵难寐,怜奇惜别,且叹且言。各赋古调诗20韵,书于石壁,并推白居易作序。又因他们三人始游,故名"三游洞"(《三游洞序》)。到了宋代,因苏洵、苏轼、苏辙父子途经夷陵,慕名而游。为区别起见,俗称白居易三人游为"前三游";苏氏父子游为"后三游"。天工巧造化,江山留胜迹。三游洞把夷陵古老的文明、人文的瑰宝、浓郁的诗魂与秀美的山水融于一体,闪闪发光，与日月争辉！

今年，恰逢三游洞1200周年，重温白居易的《三游洞序》，思绪万千，感慨万端。著名作家姚雪垠（湖北省文联原主席）写道："前后三游唐宋代，各有诗名垂古今。"而"今日文坛无数客，风流各显记登临"（湖南省文联原主席康濯）。回忆20世纪八九十年代，中外客人到宜昌来，几乎无一例外，都是一看葛洲坝，二看三游洞。我因在文化局、文联工作，常陪同不少文化名人游览参观。

三游洞位于宜昌（古称"峡州"）西陵山，距葛洲坝水利枢纽二三千米，山不在高，有仙则名。记得1985年10月，听说大名鼎鼎的诗人贺敬之来宜昌参加中国当代文学研究会年会，十分欣喜。我陪三峡省（1986年撤销）筹备组宣传部负责人杨秀伟同志前去拜访。因大会安排集体参观葛洲坝、三游洞，我们便同他们一起去参观。10月29日这一天，阳光灿烂，金风送爽。古老的三游洞也因全国100多位文化名人、专家学者的光临而蓬荜生辉。一进三游洞，一堵巨大的摩崖上刻着《三游洞题刻七古》，这是清光绪年间任荆州、宜州长官张联桂所题。他曾任广西巡抚。贺敬之站立摩崖前兴致很浓地诵读着。有意思的是，张联桂把三游洞与桂林山水做了对比："我昔分符驻桂林，七星叠彩俱登临。玲珑峭拔斗奇幻，较之此洞尤宏深。惜哉名贤足未到，至今胜境鲜知音。山川显晦亦有幸，风云离合原无心。"作者的旨意十分清楚，桂林山水甲天下，可惜名贤足迹未曾到。而三游洞胜景早在唐宋时代就名扬天下了，断不可同日而语矣。这凸显出了三游洞的价值与优势。

贺敬之曾在1961年8月写过一首《桂林山水歌》，抒发自己"江山多娇人多情，使我白发永不生"的感情。可眼前的三游洞,不仅有美丽的自然景观,还有深厚的人文景观。宏伟的葛洲坝工程巍然屹立,近在咫尺。兴许人与景相同,贵在独特。三游洞不仅是一座天然奇洞,也是一座历史名洞、人文古洞,还是一座诗情澎湃之洞,令人叹为观止!

时年已过花甲的大诗人贺敬之,游览了葛洲坝、三游洞之后,又涌出了年轻时写《桂林山水歌》的澎湃诗情,在三游洞即兴挥毫题诗:

> 巍巍葛洲坝,
> 悠悠西陵峡。
> 诗来三游洞,
> 喜至亿万家。

好一句"诗来三游洞"!妙哉!

1991年6日26日,我到火车站迎接《中国作家》杂志编辑部一行,走出出站口的冯牧同志,依然如3年前在全国第五次文代会上所见到的一样,风度翩翩,神采飞扬,气质高雅,完全不像70多岁的老人。

冯牧主编和10多位编辑、作家在参观了葛洲坝水利枢纽之后,又兴致勃勃地慕名游览三游洞。冯牧自然是游览过许多名山大川和名胜古迹的,但三游洞以它独有的魅力吸引着这位文学前辈。6月的宜昌已进入炎热的天气了,他身穿短袖衬衫,胸前挂着照相机,沿着幽幽曲径和长长栈道,一路看,一路问,一边拍照,兴致很浓。当他站立"张飞擂鼓台"前,我说:这是观西陵峡风光的最佳角度。他左右遥望后,便举起相机连连地按着快门,好长时间都停不下来。然后,他久久地站在台上,沉浸在西陵峡幽深迷蒙的景色中,还请同事在此给他

拍照留念。

此时此刻，我忽然想起他在云南所写的那本散文集《滇云揽胜记》来，想象他忘情于"彩云之南"（云南）的意境中。有一次，冯牧偶然发现澜沧江畔的蝴蝶一群一群地飞舞，迎着江风，沐浴飞沫，他的心完全痴迷了……从他久久的凝望中，我心想，他的脑海里已有澎湃的诗情在涌动了吧！冯牧那张潇洒风流的望西陵峡的照片，至今还留在我的相册里，也永远留在我的心中。

冯牧一行来到"至喜亭"。他站立亭外，远眺葛洲坝的雄伟壮丽。阳光下，波光粼粼，大坝似长龙卧波，锁住大江急流惊涛。只见他喜形于色，用地道的北京话连说："好，好！长江中下游的防洪问题有望基本解决了吧！防洪标准要是再提高，那就更好啦！"

果不出所料，参观游览三游洞风景名胜之后，应主人的热情邀请，冯牧同志欣然命笔，写了一首《三游洞题诗》：

> 三游直堪百回游，
> 惊涛侧畔见清幽。
> 高坝雄踞蛟龙锁，
> 顿解江汉千载忧。

"三游直堪百回游"，极言他对三游洞的至高评价。诗中抒发出老作家关注民生的炽热情怀，表达了一位文学大家的良知。

（原载《三峡日报》）

植树种花长江边

——白居易在忠州

忠州（今忠县）位于长江北岸，是一座历史悠久的古城。周为巴国地，秦属巴郡，汉置临江县，唐贞观八年（634年），因州人巴曼子（周朝巴国将军）和严颜（三国西蜀将军）威武不屈、忠烈守节的崇高品行，改名"忠州"。

忠州城原来地处荒凉偏远，兼有瘴疠。朝廷近臣如果获罪，多出任这里的刺史、司马。唐建中时，刘晏出为刺史；贞元时，陆贽出为别驾，李吉甫出为刺史；元和时，白居易出为刺史。此四公乃一时之贤才，卓然有闻，但都相继贬黜在忠州。其中，白居易是在元和十三年（818年）由江州司马徙忠州刺史的，在任达3年时间。尽管距今久远，但往事历历，忠州刺史白居易的不少逸事，在当地仍有史载和传闻。

白居易，字乐天，号香山居士，唐代杰出的大诗人。他在忠州做刺史时，"诗意必欲为"，曾写过许多吟咏忠州山水风光、抒发忧国忧民和自己不幸遭际的诗篇，情真意切，感人肺腑。比如《初到忠州赠李六》：

好在天涯李使君，江头相见日黄昏。
吏人生梗都如鹿，市井疏芜只抵村。
一只兰船当驿路，百层石磴上州门。
更无平地堪行处，虚受朱轮五马恩。

诗里概括描写了忠州这座偏远山城的风貌。城郭依山而建，绝少平地，层层石磴，崎崎岖岖，车马无用武之地，只有城下巴江水，可用舟船当驿路。放眼望去，市井一派萧条景象，哪像一座州府，不过是个乡村而已。

白居易贬黜忠州，屈身于"天涯深峡无人地"，心情十分苦闷。"炎凉昏晓苦推迁"，"闭阁只听朝暮鼓，上楼空望往来船"，"唯有春江看未厌"(《春江》)。为了解闷消愁，白居易常饮酒吟诗："不向东楼时一醉，如何挨过二三年。"(《东楼醉》)因为"除醉无因破得愁"，"唯有绿樽红烛下，暂时不似在忠州"(《东楼招客夜饮》)。乐天不乐，自有难言之苦。苦从何来？诗中透露了白居易对朝廷"强臣擅柄，纪纲太坏"的不满，抒发了他对国家前途的忧虑。

白居易在忠州任职期间，曾大力提倡植树种花，并身体力行，为绿化长江做出了贡献。"无论海角与天涯，大抵心安即是家。……忠州且作三年计，种杏栽桃拟待花。"(《种桃杏》)他在《东溪种柳》中咏唱：

富贵本非望，功名须待时。
不种东溪柳，端坐欲何为。

诗人在同百姓植树种花的生活实践中，吸取了丰富的创作源泉，创作了《桐花》《木莲树图》《种荔枝》等寄寓情感的好诗。今天，我们漫步忠州，环视四周，满目青山，绿树常青，翠竹苍郁，杨柳依依，令人自然而然地想到"前人栽树，后人乘凉"的古话，更增加我们对白居易的深切怀念。

在忠州传闻较多的是，白居易十分好客，同黎民百姓交往密切。不仅有诗成后常念给老妇听的诗坛佳话，而且也有酒醉时常听巴童唱竹枝词的逸事。他常招来客人，同饮吟诗。

  若为南国春还至，争向东楼日又长。
  白片落梅浮涧水，黄梢新柳出城墙。
  闲拈蕉叶题诗咏，闷取藤枝引酒尝。
  乐事渐无身渐老，从今始拟负风光。

  诗中所说的"闷取藤枝引酒尝"，就是在酒缸中插一根空心藤枝，用嘴吮吸，俗称"咂酒"。至今，咂酒还是忠州的名特产，喝咂酒已流传为川江民间的风俗。

  在忠州许多古迹中，据《忠县志》载，"白公祠""乐天洞""四贤堂"等尤其闻名。由于年代久远，大都废毁。惜乎哉！有的正在修复中。保护祖国历史文物，匹夫有责！

  黎民百姓总是有情的。大凡为广大百姓做了好事、实事者，老百姓是不会忘记他们的恩德的。白居易在忠州手栽桃李，种植百花，绿化大地，保护生态环境，为老百姓谋福祉，密切联系黎民百姓，了解与关心民生疾苦，深受百姓的爱戴。今天，忠州大地绿水青山。人民群众称赞白居易："好德之在人心，犹江河之在地也"，"即与巴山流水共长天无疑也"。(《白公祠记》)

（原载《中国三峡工程报》副刊）

千年祠宅巍然在

——拜谒贾谊故居

作为一个湖南人,每一次过长沙,就像到了北京天安门一样心情激动。岳麓山的层林,岳麓书院的书香,湘江北去的波涛,贾谊祠宅的巍然,一一浮现于眼前,犹如和煦的春风吹拂胸怀。

这次下榻于五一大道一隅,距贾谊故居不远,便兴致勃勃地前去拜谒。故居坐落在太平古街街口,青石板路,宽四五米。出生于汉高祖七年(公元前200年)的贾谊,洛阳人,被贬为长沙王太傅。他在这里居住了3年多(公元前177—前174年)。时隔2000多年后,依然门庭若市,排队等候入内。我伫立门楼前良久,不禁感慨万千。难怪大史学家司马迁为屈原、贾谊二人写了一篇合传《屈原贾生列传》,后世往往把他们并称为"屈贾"。

贾谊,西汉初年的大政治家、思想家和文学家。少有才名,18岁时就以善文为郡人所称赞。汉文帝时任博士,深受文帝欣赏,破格提拔,一年之内便升迁太中大夫。后因受大臣周勃、灌婴排挤,被谪为长沙王太傅。故后世亦称他为"贾长沙""贾太傅"。贾谊故居(又名"贾太傅故宅""贾太傅祠"),始建于西汉文帝年间,至今已有2100多年的历史。宋代时称为"贾谊祠";明初毁于兵火;成化元年(1465年)修复,称为"贾太傅祠";清末重修,亦称"贾太傅祠"。1938

年11月13日,当时,日寇逼近长沙,国民党当局决定采取焦土政策,后因火势失控,长沙城绝大部分建筑被烧毁,史称"文夕大火"。贾谊故居也沦为废墟。历经百余次毁建修缮,建筑规制虽有变化,然而基础不变,宅内古井长存。贾谊在这里写有《吊屈原赋》和《鹏鸟赋》,均为骚体,形式趋于散体化,开一代汉赋之先河。文帝四年(公元前176年),贾谊被外放,贬为长沙王太傅,离京师长安有数千里之遥,途经湘江时,写下《吊屈原赋》凭吊屈原,并抒发自己怨愤之情。贾谊做长沙王太傅的第三年,有一天,一只鹏鸟(猫头鹰)飞入房间,栖于座位旁边,猫头鹰旧时被视为不祥之鸟。贾谊因被贬居长沙,地势低洼潮湿,常自哀伤,以为寿命不长。如今鹏鸟进宅,触景生情,更加伤感,于是作《鹏鸟赋》,以抒发忧愤不平之情,并以老庄思想自我解脱。1996年,长沙市人民政府进行修复,并规划了二期扩建工程。贾谊祠宅历尽了2000多年沧桑后,仍旧巍然峥嵘于世。

而今,贾谊故居修建有门楼、太傅井、贾太傅祠、太傅殿、寻秋草堂、古碑亭、碑廊等。正中三进结构,绿树成荫,鲜花飘香;两边修有大小厢房。各祠、殿、堂均悬挂巨匾,题写的书法遒劲雄健,楹联隽永秀丽,文化气息浓郁,可赞可叹,令人肃然起敬!

西汉以来,这里成为历代名流必到之处,留下了数以千计的诗词碑刻。其文化积淀极其丰厚博大,蜚声中外。试列举数帧共赏之:

吾久不见贾生,自以为过之,今不及也。(汉文帝 刘桓)

贾谊言三代与秦治乱之意,其论甚美,通达国

体,虽古之伊,管未能远过也。使时见用,功化必盛。(西汉文学家 刘向)

贾谊浮湘,发愤吊屈,体同而事核,辞清而理哀,盖首出之作也。(南朝文学家 刘勰)

文帝时,可当大臣者,惟贾太傅一人。(明朝大学士 李东阳)

通达国体,识时知务,至今读其书尤想见其为人,千古之俊杰!(明朝文学家 李贽)

西汉鸿文,沾溉后人,其泽甚远。(鲁迅)

年少峥嵘屈贾才,山川奇气曾钟此。(毛泽东)

……

由此可见,贾谊其人其事、其德其文,在历史上无不留下了极其深远的影响,被誉为湖湘文化的重要源头。

在贾谊故居左侧厢房的墙壁上,全方位地展示出贾谊治国理政的思想理念,诸如民本思想观、治国方略、经济政策、统一主张、御外策略、教育理论等等,琳琅满目,蓬荜生辉,引人注目,发人深省。其传统,其风骨,其张力,其深厚,其宏阔,足以擎起万丈高楼大厦!

在贾谊故居内一进之左侧,贾谊井引人驻足,流连忘返。它历经2000多年岁月,一直保存至今,为目前我国最悠久的古井之一。据西晋《湘水记》载:"贾谊宅中有一井,谊所穿,极小而深,上敛下大,其状如壶。"历代文人前来贾谊故居凭吊,留下众多对古井的吟咏,以寄托对贾谊的思念深情。唐代伟大诗人杜甫诗云:

不见定王城旧处,

长怀贾傅井依然。

故此井又名"长怀井"。

我站立井之围栏外凝视许久，浮想联翩。虽未见井中之水，却分明有一股清凉沁入心扉。饮水不忘挖井人。贾谊祠宅的文化积淀源远流长……

走出贾谊故居大门后，仰头远望，长沙城高楼林立，大厦耸入云天里。回眸沉思，贾谊祠宅虽显低矮，但从其文化思想的含金量观之，却是分量沉重，价值连城。啊，千年祠宅巍然在！

（原载《中国三峡工程报》副刊）

文坛梦忆

难忘文学路上第一步

《三峡日报》已创刊70周年了。

我同《三峡日报》的缘分起于20世纪70年代初，当时它的名字是《宜昌报》，对开4版，但小报不小，既是党的喉舌，又是百姓注目的窗口。

从中学时代起，我就做着"文学梦"，后来考取了华中师范学院中文系。通过4年的大学学习后，梦依旧还是梦。看来，文学之路并非一帆风顺。我们那一届同窗6个班180多人，成为专家、学者、教师、教授的，比比皆是，成绩卓绝；而最终成为作家的，却寥寥无几，凤毛麟角。因此，我特别感谢《三峡日报》帮助我迈出文学路上的第一步，帮我圆了"文学梦"。

1971年底，我从宜昌二高调入宜昌市文教局文艺创作组。这是为纪念毛泽东同志《在延安文艺座谈会上的讲话》30周年而成立的创作组，人员编制暂放在市京剧团，主要任务是修改革命现代京剧《茶山七仙女》，后改名《茶山姐妹》。创作组4人先深入五峰茶乡体验生活。若单独活动时，我便躲在天池河中大岩石上学习写诗。

记得我创作的第一首诗《队长的礼物》，我是怀着忐忑的心情送给林永仁编辑的，他瘦瘦的身材，和蔼可亲，很有长者风度和学者风范。离开报社后，一直想着稿件会不会石沉大海。出乎意料，没过多久，拙作发表于1972年2月21日的《宜昌报》上，我暗自高兴了好几天。创作组一位同事说，这样的诗，我一天可以写几首。对此，我没有生气。也许这只是一时的心性与情感的抒发，算不得什么好诗，但内心却升起一股上进的力量。

时隔半个月，3月7日，《宜昌报》又刊出我的第二首诗《买鞋》：

贫农大爹王家才，
打从秭归山里来，
进城参加交流会，
遇到大雪铺天盖。

大爹拖着两脚泥，
百货公司把鞋买。
营业员问他："多少码？"
他说："我人老记性坏。"

大爹本想说"穿着试"，
低头一看口难开：
两脚糊成泥巴坨，
怎么能够穿新鞋。

营业员一见心明白，
急忙抽身出柜台，
搬把靠椅炉前放：
"大爹请坐稍等待。"

说罢端来一盆水,
提花毛巾盆边摆:
"大爹请您洗个脚,
要啥鞋子我拿来!"

双脚泡在热水里,
一股暖流涌心怀:
脸盆虽小胜大海,
盛满友善和关爱!
……

如今这些商店门,
扇扇都为百姓开,
张张笑脸迎亲人,
进店就像进家来。

穿起新鞋站起身,
想走又不愿就走开,
千言万语难说出,
化作雄心奔未来!

编发此诗的责编是啸海,高高的个子,乡音很重,不时摇头晃脑,富有诗人气质。当年5月23日,《买鞋》被《湖北日报》"山花烂漫"副刊转载,作为纪念《在延安文艺座谈会上的讲话》30周年征文选登。这对我来说,是很大的鼓舞。

我的创作是从写诗和评论开始的,先后在全国各地报刊发表诗 100 多首、评论 200 多篇。后来我虽没有成为诗人和评论家，但对我钟情的散文创作是大有裨益的，增添了重要的文学元素，多了一些诗性，打下了坚实的底子。回望过去，若没有当年《宜昌报》编辑们的热情培育和扶植，也许就没有我后来的第二步、第三步。我永远感激《宜昌报》(后改名《三峡日报》)及其劳苦功高、乐于做嫁衣裳的编辑老师们。他们是文艺园地里一代又一代的辛勤园丁，在三峡宜昌这片沃土上浇灌出工人诗人黄声笑、农民诗人习久兰等，使他们冲出宜昌，走向全国与世界！那"挑山担海跟党走"(黄声笑)、"大山里的歌"(习久兰)至今还在传唱。正如"茅盾文学奖""鲁迅文学奖"双得主的名家刘醒龙所说："一万个人写写画画，最终只有一个人的作品被流传，这才叫文学。"(《刘醒龙文学回忆录》)

在庆祝《三峡日报》创刊 70 周年之际，谨向他们致以深深的敬意。那曾经帮我圆梦的地方，帮我圆梦的伯乐，将永远烙印在我的心底。我走在报社新大楼前，久久地凝视那座仿建的老报社楼，往事历历，如在眼前。

（原载《三峡日报》）

晚晴片羽

说起我退休后的生活,我私下有一句玩笑话:大半生都是做业余作者,退休之后,我才过了一把自由职业似的"专业作家"之瘾,度过一段美好的晚晴时光。原先,主要工作之一是编辑《三峡文学》,替别人"做嫁衣裳",先任副主编,后任主编,之后又变成副主编,再又恢复主编,但万变不离其宗,改稿子与审稿子;工作之二是做文艺创作的联络与服务工作,杂七杂八,接车送船,办班研讨,苦中有乐,助人为乐,忙而有味。

兴许有人说,退休后你没有点无所适从,或有些失落感,需经过一年半载的调整?真的,我退休后确有一点儿兴高采烈,如鱼得水。终于可以不受任何干扰一心一意地进行创作了,终于可以想去哪里就提起行李出发,终于可以想写什么就安排大把的时间去写,终于可以想读什么书就坐下来静静地阅读。那当名作家的梦还是很有魅力的。

于是,我退休后的第一件事,就是行走湘西,不忘乡愁。

一直以来,行走湘西,是我的一个梦想。我是湖南湘西溆浦人,那里是生我养我的地方,那里有我的父母、我的亲人,有我的童年、少年,湘西还是我最敬仰的作家沈从文的故乡。以前每次回湘西,都是匆匆忙忙三五天,虽然也写了一些湘西的文章,但是总向往什么时候能够不慌不忙地、从从容容地看一看我的湘西,行驶几回我的沅水呢?

对我来说,行走湘西是一件极快乐的事,因为这是我的梦想之旅。但实际上却是很辛苦的,好似文学苦旅。比如,我到湘西去就住在农家旅馆,费用低廉,有一个独立的板壁房间,一个公共厕所,就觉得很方便,也很好了;在沅水边我住过偏僻的麻溪铺。如果没有这份对湘西的痴情,这种简陋条件也算艰苦的了。我花了近5年时间,走完了湘西22个县城及历史文化乡镇与传统村落。每年花一两个月时间。因为回宜昌来还要整理资料、梳理笔记,还要写点文章。湘西,太神秘了!那么复杂,那么深刻,那么美丽,那么多未解之谜,无不令人回味!

有的地方,我不止走过一遍。比如,沈从文的家乡凤凰县,他的故居,他的墓地,那条豆绿色的沱江,我都去了六七回,每次去我都有新的感悟,每次都写了文章。我行走湘西,不是简单地收集创作素材,而是寻找灵感,发现乡愁,记住乡愁,亲莅现场,靠眼睛去观察,去发现美,让心去感悟,去体验。有了灵感,兴许就会有"神来之笔"……

我对沈从文先生的人品和作品是相识恨晚的。一旦阅读之后,就十分崇敬,他的为人我视为做人的楷模,他的散文我当作范文;他的书或别人的论述,我只要看到的都买回家认真品读。一二十年来,我几乎每年都要把沈从文的《湘行散记》《湘西》重读一遍。我写有关沈从文的散文随笔就有十多篇哩!分别收入在多部集子中。

走完湘西后,陆续出版了散文集《缠人的乡情》《岁月叠影》《生命的河》《人生四季》《李华章散文选集》《更行更远》《江河长流》等,书里都有写沅水、溆水、湘西的文章。难怪知名评论家李鲁平撰文:《两条河流他写了一生》。读完后我很

感动。知我者,鲁平也。

  另外,退休后,1998年湖北少年儿童出版社出版我的《高峡出平湖》,2001年湖北少年儿童出版社又出版《中华三伟人的故事》,2002年湖北少年儿童出版社再出版了《中国的脊梁》等,与人合作编选、编注了《屈原诗歌释读》《长江三峡》《宜昌山川胜迹》等书。近两年还编选了"三峡文化丛书"中的《三峡古诗选萃》《三峡当代诗选》《三峡当代散文大观》(即将出版)等,颇有点一发而不可收之态势。

  每个人退休后都有各自的盘算和选择。我选择了做自己最喜欢的事,感到高兴、充实、幸福,充满激情。随着年龄的增大,我现在的状况是专业读书,业余创作。少写点,写好点。古今中外的书多读一点。只有多读书视野才开阔,联想才丰富。在读书与创作中陶冶情操,提高文化自信,享受文学艺术与晚年之乐!

(原载《三峡晚报》)

"两条河流"我写了一生

——《李华章文集》后记

2018年是一个吉祥数字的年,是全国人民贯彻落实党的十九大精神的开局之年,是中国改革开放40周年。好似中华儿女的母亲河一样,不尽长江滚滚来,闯过夔门激浪,冲出滩多流急的西陵峡,忽然山平水阔,大江东去,浩浩荡荡……

新年伊始,1月11日早晨,突然接到一个长途电话:华章,你怎么不接电话呀!我正深感歉意之时,刘益善先生提高了嗓门,告诉你一个天大的喜事:武汉市文联"芳草文库"拟出版《李华章文集》,一套三卷本,100万字左右。这是"芳草文库"总策划人、总编辑刘醒龙嘱我转告你的。惊喜之后,我问:需不需要作者补贴一点经费呢?他说:不用。由武汉市财政拨款,武汉大学出版社出版。每年出版两位作家的三卷文集。这对我来说,身处地市级城市,受到如此厚待,得到总编的青睐,真是一件意外的、天大的好事啊!

40年来,我除了出版《巫山神女》《高峡出平湖》《中华三伟人的故事》《中国的脊梁》《长江三峡》《锅里出银元》《三字经故事精选》等10部少儿作品外,主要还是坚守散文创作,默默耕耘,孜孜以求。先后在《人民日报》《经济日报》《光明日报》《文汇报》《羊城晚报》《文艺报》《文学报》《作家文摘》《中国文化报》《南方日报》《中国作家》《北京文学》《长江文学丛刊》《芳草》《长江文艺》等全国各地大报刊发表作品;陆续出

版散文随笔集《绿韵》《湘西，我的梦》《文苑漫步》《三峡风物传说选粹》《追赶日出》《生命的风景》《生命的河》等16部。一个最深切的体会是，感觉散文越来越难写了，有时甚至迷茫。当下，有些人误认为散文是一种没有"难度"的写作，人皆可为。因此小看了它。其实，"散文易学而难工"（清朝王国维语）。要想写出一两篇精品或一部优秀的散文佳作，绝非简单的、轻而易举的事，需要作者全身心地直接投入、深切体验，别具匠心，付出巨大的真诚和真情，倾注毕生的精力。

我出生在湘西溆浦，是湘西的儿子，沅江的支流溆水是我的母亲河。溆浦又是伟大诗人屈原流放的地方。我从中学时代起就做着"文学梦"。后来，又受到湘西文豪沈从文作品的影响，便更加眷恋这片神奇的土地。退休之后，曾多次回到湘西，连续花了四五年时间，走遍了湘西原22个县（市）的名镇、名乡和名寨，拾回青少年时代的旧梦。那深厚的乡情，那浓浓的亲情，那风味别具的风俗，那可亲可敬的人物，那悠久的文化积淀，乃至风花与雪月，都是我梦绕魂牵的乡愁。从华中师范学院毕业后，我被分配到三峡宜昌工作，近半个世纪扎根在屈原故里，沐浴着屈子遗风。我曾几十次行走于长江三峡，风里去，雨里回，浪里上，涛里下，足迹踏遍了鄂西的山山水水；采风俗，察人情，阅方志，谒胜迹，记风物，拾逸闻，寻找失去的历史，有感于时代的巨变。有爱便有了散文。在我的文学创作道路上，情有独钟的是"两条河流"，即生我养我的沅江溆水和长江。"两条河流"我写了一生。

《李华章文集》就是从上千篇散文随笔中，遴选出其中300余篇，分为《湘西之梦》《三峡情怀》《荷屋随笔》3卷。

作家的生命在于作品。回顾我走过的文学之路，我深深地领悟到，好作品是从人民群众的丰富生活中采撷与开掘出来的，是从作者心灵中绽放出的思想和艺术的花朵。一个作家的创作成绩是靠自己奋斗出来的，没有什么捷径可走。既在于勤，又在于恒；既贵于真情和性灵，又贵于独特和精深。文学创作永无止境，只有努力学习，开阔视野，贴近时代，记录时代，以人民为中心，关注民生，拥抱生活，不断创新，才能逐步攀登文学的高峰！

出版《李华章文集》是我的荣幸。我由衷地感激武汉市"芳草文库"策划人刘醒龙先生与《长江文艺》杂志原主编刘益善先生的厚爱和鼓励。"芳草文库"不仅为湖北文学建档，也为湖北作家立传。

这部文集的出版，还得到了武汉大学出版社的精心编排与大力支持。对他们表示诚挚的谢忱！

最后，也要十分感谢我的家人，李黎的同事史丹丹、粟亚美、孙翔，以及孙子范晓光、孙女高雅的热情帮助。他们牺牲春节休假时间，帮忙打印部分书稿。在此，一并表示衷心的感谢！

（原载《李华章文集》，武汉大学出版社 2019 年 1 月出版）

作家的风范

冰心和巴金先生犹如两颗文坛巨星先后陨落,但在我们的心里,这两位老人的人文精神绝没有衰老,他们的人品、文品和职业道德,依然风范长存,将永远流芳于世。

巴金和冰心先生的为文和为人,他们的职业精神和职业道德是很值得我们好好学习和弘扬的。在他们身上生动感人的事例很多,这里仅举两个事例来与同行共勉。

1985年9月6日,巴金在致萧乾的信中说:"我常说三十年代的朋友中有三个人才华超过我若干倍,他们是从文、曹禺和萧乾。"巴金先生是不是在夸大其词?是在信中说赞美的话吗?非也。从巴金一贯的言行来看,巴金是主张讲实话、讲真话的。因为,他也常常友善地批评萧乾,勉励他做出更大的贡献来。沈从文先生仙逝后,巴金十分悲痛,回电中说:"文艺界失去一位杰出的作家,我失去一位正直善良的朋友,他留下的精神财富不会消失。我们三十、四十年代相聚的情景还历历在目";"他不喜欢表现自己";他"不仅有很高的才华,他还有一颗金子般的心";他"在极端困难的条件下,一样地做出出色的成绩"。(《怀念从文》)

巴金对沈从文的高度评价是客观和公允的。由此可见,巴金作为中国当代公认的大文豪,没有以"唯我独尊""老子天下第一"的口吻和角度来评价文朋诗友,而是非常尊重文友、推崇文友，向人民群众说出心中的真话，没有丝毫的"文人相轻"之弊。这种品格不能不说是一种崇高。尤其是他在《随想录》中，提倡讲真话，敢于否定自己、批判自己，进行严格的自省、自谴，开中国文坛一代新风，表现出宽广胸襟、无私勇气和极大的诚恳，其心灵之美，足为人师表矣。

  冰心先生是一位非常有名望的老作家，也是一位非常可敬可爱的老人。巴金曾在致冰心的信中说："您是中国知识分子的良心。"她的《寄小读者》《关于男人》《关于女人》《繁星》《春水》和《小橘灯》……风格清新，质朴无华，精练流畅，贯穿着伟大的爱心和对美好理想的追求，不仅在国内作家中罕见，而且在世界文坛上也是不多见的。她的代表作在国内外读者中引起了强烈的反响，享有崇高的声望。1995年，因为她翻译黎巴嫩大诗人纪伯伦的散文诗《先知》《沙与沫》，黎巴嫩总统签署命令，授予冰心"国家级勋章"。在冰心家乡福建将要举行首次"冰心创作学术研讨会"之前，她却对作家舒乙说，一是不开也好；二是即使要开，千万别把她说得太"大"，替她多找一些缺点，有助于总结经验。言语虽短，态度鲜明，语气诚恳感人。在这里，冰心先生没有以自己的卓越成就自恃、自傲、自满，相反，非常谦虚谨慎。冰心一生喜欢大海，她心中永远似有一个大海……

  巴金、冰心先生的这些往事，给我们留下了难忘的美好回忆，并将永远激励着中国文坛的后来人。

（原载《人民日报》"大地"副刊）

作家、艺术家的自信与自省

早在 1934 年,鲁迅先生写过一篇杂文,《中国人失掉自信力了吗》,他这样写:"我们从古以来,就有埋头苦干的人,有拼命硬干的人,有为民请命的人,有舍身求法的人,……这就是中国的脊梁。"(《且介亭杂文》)即使中国人失掉了自信力,也只是一部分。毋庸讳言,在之前比较长的时期里,"文艺界那种一味以洋为美、以在国外获奖为荣的现象是不健康的。实际上,即便在国外,也有非常多的人喜欢中国的传统戏曲,我们有足够的理由自信"(习近平在中国文联第十次全国代表大会、中国作协第九次全国代表大会开幕式上的讲话)。

在为实现中华民族伟大复兴的中国梦的征程中,除了要有道路自信、理论自信、制度自信之外,还要有文化自信。习总书记在中国文代会、中国作代会开幕式上的重要讲话中,反复提到文化自信,并强调文化自信是更基础、更广泛、更深厚的自信。这是事关文艺繁荣发展底气的最基本问题,也是对作家、艺术家的殷切期望。我们要坚定文化自信,坚持深入生活,与时代、与人民同行,用最新最美的文艺作品为时代放歌,为人民抒情,唱响中国声音。

作为一个作家、艺术家,坚定文化自信,首先就要坚守艺术理想,用伟大文艺展现崇高的灵魂,勇敢地担负起以文化人、以文育人的职责。要塑造人心,作家、艺术家必先塑造自己,努力追求好德行、高品位,确立德艺双馨的标杆。古人云:"有第一等襟抱,第一等学识,斯有第一等真诗。""文之为德也大矣,与天地并生者何哉?"因此,作家、艺术家最可贵的要有"自省"精神。自省是心灵的震撼,是思想的启迪,是道德的升华。巴金先生经过"文革"的劫难之后,身心都受到极大的伤害,沉痛的教训使他沉浸于自省之中。之前,他讲过假话,也整过人;"文革"中他挨过整,也讲过假话与违心的话。从严格自省与忏悔中,巴金老人提倡讲实话、讲真话。通过人生中历经的一件件事例,用质朴的文字写出了150多篇《随想录》,敢于否定自己,敢于批判自己,表现出他宽广的胸怀、无私的勇气和极大的坦诚,发出真挚深刻的心声,开中国当代文坛的一代新风,字里行间流露出巴金的心灵之美,也成就了巴金晚年散文随笔创作的辉煌!

其次,作家、艺术家贵有自省,就要自觉正文艺风气。冰心先生是一位非常有名望有成就的老作家,她是中国知识分子的良心。她的《寄小读者》《关于男人》《关于女人》《繁星》《春水》和《小橘灯》等作品,风格清新,质朴无华,贯穿着伟大的爱心和对美好理想的追求,影响着几代中国的读者。她翻译的黎巴嫩诗人纪伯伦的散文诗《先知》《沙与沫》,荣获黎巴嫩总统签署、授予的"国家级勋章"。但她并没有以自己的卓越成就而自恃、自傲,相反,非常谦虚谨慎,贵于自省与自知。她的家乡福建将要举行首次"冰心创作学术研讨会",她对中国现代文学馆负责人、作家舒乙说了心里话,一是不开也好;二是即使要开,千万别把她说得太"大",替她多找一些缺点,有助于总结经验。语气诚恳感人,人文风范长存。实际上,作家、艺术家的文化自信与自省是紧密相连的。

据悉,一位从事中国绘画大师研究和展览的王明明先生

（北京画院原院长），他说起连环画大师贺友直先生一件感人的事："我曾去老画家贺友直家中要画稿做展览和收藏，贺先生把全部画作都捐给了国家，可自己却仍然住在几十平方米的小屋里，我要给他收藏费，他坚决不要。"（《人民日报》，2016年12月1日）这是何等高尚的奉献精神与思想境界！正如习近平总书记所说的，"离开了一定思想和价值观念，再丰富多样的表现形式也是苍白无力的"。单纯地追求艺术技法而没有更高的思想追求，艺术境界就上不去。这兴许是一段时期以来，中国没能在历史上留下经典作品的重要原因。作家、艺术家只有养德修艺、自信自省，才能笔下真有乾坤！

榜样的力量是无穷的。我们每个文艺工作者要弘扬前辈大家的高尚品格与风范，向历代先贤致敬！

（原载《三峡晚报》）

白首方悔读书少

——重读黄苗子的《种瓜得豆》

疫情开始后，紧张了几天，便从书柜里选出10多本书来阅读，小说有莫言的《蛙》、王跃文的《漫水》、晓苏的《松毛床》《重上娘山》等，散文随笔有沈从文的《文学课》、黄苗子的《种瓜得豆》、铁凝的《铁凝散文自选集》《心灵的牧场》、熊召政的《文明的远歌》、彭学明的《我的湘西》、李娟的《遥远的向日葵地》、晓苏的《桂子山上的树》、王小波的《王小波散文精选》等，有的是初读，有的是重温。既是一种享受，也是养生之道。

黄苗子的随笔《种瓜得豆》（广西民族出版社1997年5月出版），是我1997年10月在北京所购。20多年过去了，重读此书依旧有新鲜感，得到了很大的乐趣。在我的心目中，它经过了时间的考验，给它戴一顶"现代经典"的桂冠不算为过。全书101篇，每篇在千字以下，文字求短，完全是为节省读者时间着想的。书名也给人以意外惊喜，常理是"种瓜得瓜，种豆得豆"。作者却用了《种瓜得豆》作书名，意即春天播下的瓜种，希望秋天收获百斤一个的大冬瓜，结果却只收获了一颗豆丁儿。原本是很失望的，但他却说"得豆"也不错，总算没有白吃人民的小米；一个人能力有大小，自己比别人笨，就只能向读者奉献几颗豆丁儿。作家的自谦、平和、常乐与幽默可见。当今之世，种瓜而心愿得"恐龙蛋"的好汉也是不少的。

黄苗子先生多才多艺，读书颇多，见多识广，能画能文能诗。在艺海，他能游过遥远的彼岸，以书作舟；在文坛，他能攀登崎岖的高峰，以书为伴。正如卷首自题诗所云："零缣秃管送年华。"他曾称赞韩羽的漫画《三个和尚》，人物造型栩栩如生，活灵活现，美妙之极。其原因是，"他胸罗古今中外，而又目无古今中外"，坚持"我画我的"！他也欣赏韩羽的文章，"妙语如珠，含蓄蕴藉，影影绰绰，如假如真，信手拈来，俯拾即是"，"能把一肚子学问横串竖串，令人忍俊不禁"（《我画我的》）。他能写出这样的好文章，他的学问如此广博，从何而来？盖缘于执着和读书，是下了苦功夫的。

　　在《疯子》一文中，他从300多年前的画家八大山人经常"病癫"（疯狂）说起，以为演员、画家、诗人当中，有很多疯子。比如盖叫天曾是誉满中外的武生，演武松出神入化。有一次，作者听他说学戏得把全部生活都用来钻研戏。"我看见人抽香烟，就跟着烟气缭绕室内，来琢磨演员摆动身形的姿势，看到老鹰捉小鸟，就学它的眼神、头、肩的动作。有时入了神，就什么都顾不得了。"他有句名言："艺高一寸千磨难，学艺就像疯子。"盖老不愧是真正的艺术家。

　　历史上许多文艺家，生前寂寂无闻，甚至饥寒一生，但死后受到世人崇拜，作品永垂不朽。荷兰凡·高生前只卖过一幅作品，价亦廉；百年后的今天，一幅作品拍卖天价。陶渊明当过几天县老爷，因不愿"为五斗米折腰"，便挂冠归里，过穷日子，求亲友周济，可诗文至今广为传诵。苏东坡论陶渊明云："饥寒常在身前，声名常在身后……"作为一位文人，穷固然不幸，但相信自己的造诣，相信多读书、读好书，确实能为人类文化做出贡献。十年寒窗，甘于寂寞，而终不寂寞！

　　江南第一风流才子唐伯虎，他的诗文书画，确有两下子，几乎妇孺皆知，但不是靠吹牛吹出来的，也并不是靠风流韵事得到的。至今四五百年，我们鉴赏珍藏他的山水人物和诗文书法，是通过他庄严的勤奋的艺术劳动而获得的，是实至名归的。(《唐伯虎》)

喜读《种瓜得豆》一书，还有一点令我印象深刻，那就是在《乡土文学》这篇中谈到沈从文时，他说："沈从文早年读过很少的书，但他以他的文学热情和对人、对乡土之爱，写出在大自然怀抱中的人的悲欢离合。"正因为"他倾吐了他自己无限的爱，所以能使人激动，感到自己土地的山川人物，都无限缠绵"。从而，把他的家乡凤凰写得那么醉人。实际上，据沈从文的学生汪曾祺回忆："沈先生书多，而且很杂，除了一般的四部书、中国现代文学、外国文学的译本，社会学、人类学、黑格尔的《小逻辑》、弗洛伊德、亨利·詹姆斯、道教史、陶瓷史、《髹饰录》《糖霜谱》……兼收并蓄，五花八门。这些书，沈先生大都认真读过。沈先生称自己的学问为'杂知识'。"(《沈从文先生在西南联大》)诚然，人不光是在书本上学习，还可在实践中学习。"书是人类进步的阶梯。"我直到白首，方悔读书少、读书迟。少虽少、迟就迟吧，可仍在努力弥补，活到老，学到老！

（原载《三峡晚报》，获"庚子读书记"征文一等奖）

一本好书影响人的一辈子

——重读《钢铁是怎样炼成的》

我出生于湘西偏僻的农村，1000多人的村子，高中毕业生只有一个。由于文化生态环境差，除小学课本外，无书可借可读。直到上了初中，学校有个图书馆，课余常去借书看。馆里规定，一次借一本。亏得周老师优待，有时可借我两本。后来，她调到华中师范学院图书馆工作，我正好考取了华中师范学院中文系，也给予我很多方便与指导。从初中开始，我读书的兴趣越来越浓。20世纪50年代初期，中苏关系很好，中国称苏联为"老大哥"，"十月革命一声炮响，给中国送来了马克思主义"。我心里崇拜苏联，对俄国文学、苏联文学也很喜爱，阅读过列夫·托尔斯泰的《安娜·卡列尼娜》《复活》、高尔基的《童年》《我的大学》《在人间》《海燕》，阅读过《青年近卫军》《远离莫斯科的地方》等，尤其是读了奥斯特洛夫斯基的长篇小说《钢铁是怎样炼成的》，这是我少年时代读过的一本好书，至今念念不忘。这部作品的书名很吸引人，富有象征意味。钢铁是在极高温度和急剧冷却的过程中炼成的。青少年勇敢、刚毅的性格也应在革命的烈火和风暴中培养与历练出来。

《钢铁是怎样炼成的》的题材来自作者的亲身经历。主人公是保尔·柯察金。它描写了苏联第一代共青团员的形象，热情地歌颂了他们火红的青春。小说中最动人心弦的篇章之一是修筑窄轨铁路的情节和场景，充分发挥了集体英雄主义，克服了饥寒交迫的痛苦，战胜了死亡的威胁。而保尔·柯察金就像一面鲜艳的旗帜。不幸的是，保尔·柯察金病倒了，全身瘫痪了。但他在和疾病的搏斗中，表现出惊人的意志力。他的崇高精神境界和英雄气概，感动了千千万万的人。作品中保尔·柯察金有一段内心独白：

"人最宝贵的是生命，生命属于每个人只有一次，人的一生应当这样度过：当他回首往事的时候，不因虚度年华而悔恨，也不因碌碌无为而羞耻。这样，在临死的时候，他能够说，'我的整个生命和全部精力，都已经献给了世界上最壮丽的事业——为全人类的解放而斗争'。"

主人公保尔·柯察金的这段名言是诗，是警句，也是他的生活态度和生活原则，更是他光辉人生的思想结晶。不仅过去激励过我，影响我的人生，为我树立了光辉和伟大的榜样，至今仍激励着我前进，深刻地烙印在我的灵魂里。

一个人可以读很多书，重要的是，要选择好书，多读经典名作，才能潜移默化，融化在心灵与血液里，指引你朝着美好而光明的方向阔步前进。"书是人类进步的阶梯。"知识可以改变一个人的命运，可以增添一个人的智慧，可以丰富一个人的灿烂人生！

（原载《三峡日报》）

沈从文行船过枝江

沈从文出生于湘西凤凰,后因其文名震天下,成为湘西人的一种骄傲。我常常梦回湘西,一半是为乡恋与乡思之情所牵动,一半也是冲着沈从文的名字而仰慕于心。正因为这乡情和崇敬,便关注起他的所到之处、所经之地来。沈从文年轻当兵的时候,浪迹湘黔川边境地区,曾神往于长江三峡的秀丽巫峡,我为此满怀激情地作文。近日读沈从文家书,读到他1951年(49岁)的一封信,知道沈从文先生曾乘"华源"轮,溯长江而上,途经宜昌枝江一事,虽不过几个小时的航程,亦令我十分欣喜、情不自禁。

1951年10月25日,沈从文离开北京前往四川参加土改工作,在这次川行中,沿途写了许多家信来描绘他的所见所闻所思。其中,10月31日《致张兆和》写道:

"船刚过枝江县,江边大县,已起始见到山头,树木郁郁森森,使人想到二千四百年前泱泱楚国景物,犹如逼近目前。江流壮丽,岸边航船如蚁,其实大多是过千石(即担——引者)双桅大船。也有小渔船在江面漂浮。气候还如八月间北方。已见到江边大祠堂和油坊一类建筑。远山有如崂山重叠作浅蓝峰岭的。极壮丽感人……"(《沈从文全集》第19卷)

与其说这是一封给夫人张兆和传递信息、沟通情感、文字精短、不加修辞、自由随意的家书,不如说是记述宜昌枝江风景、风情、风俗的优美游记散文。短短百余字就把所见所思的自然风物、人文景观融于一体，寄情于景，情景交融。沈从文先想到2400年前泱泱楚国之景物，犹如逼近目前。"逼近"一词，好似攥着一股穿透历史的力量。继之，由景及人，由人抒怀，伟大诗人屈原的坎坷一生，自然而然会引起他心底的波澜，心有灵犀一点通。屈原当年的情怀是"哀民生之多艰"。因此为佞臣所谗，被楚怀王疏远，最终流放至沅湘一带。中华人民共和国成立前后，沈从文所关心的仍然是"乡村中善良人民清洁、正直、胆小、温和的性情"，与新国家要求作家去表现阶级斗争的火热生活是格格不入的。于是他的境况相当艰难，在创作上表现出迷茫，无所适从，自己熟悉的人事"过时"了，过去写的作品也被人斥为"反动文艺""地主阶级的文艺"；新的人事他又不熟悉，即使尝试写了，反复修改，比如短篇小说《老同志》，也无处公开发表。而前半生的"文学理想"又不甘心泯灭，在逆境中仍固守高尚。就在这进退为难的极度痛苦与寂寞中，沈从文只好用书信作为主要方式进行试笔与抒发情思。但凭借他30多年蜚声文坛的"高产作家"之深厚功力，他书信中的字里行间处处洋溢着文学性。读他的家书真是一大艺术享受。

　　沈从文溯长江而上，到了枝江县（今枝城镇）。枝江因长江至此分支而得名。枝江县域内，占有95.5千米长江岸线。上达重庆，下通武汉、南京、上海，不愧为大县。过了枝江县城，前方便是所辖的白洋、猇亭（今古老背）等古镇、港口，江流壮丽，岸上点缀着大祠堂，似闲立无语，油榨坊飘香，岸边的航船如蚁，用"如蚁"来形容双桅船之多，凸显出枝江水上交通之繁华景象，极通俗生动。我记得，他曾在《浦市》里写沅水边的浦市古镇码头也采用了这个形容词。湘西人读来，

自然是很亲切的。那时的枝江、宜都江面上，漂浮着星星点点的小渔船，弄船人（湘西俗语）迎着晨光撒网，载着落日归来，白花花的鱼儿装满舱，那优美的自然生态，至今令人神往！

我一边读信，一边想象，沈从文眼前的"远山有如崂山重叠作浅蓝峰岭的"风景，兴许就是猇亭南北之荆门山与虎牙山，悬崖峭壁，树木郁郁森森，其临江的山头山貌，凸显出生命活力。让他联想起在青岛任教的往事，远山犹如熟悉的青岛崂山重叠之状，极壮丽感人。猇亭，始得名于三国时期，吴蜀"夷陵之战"就发生在这里。自古以来，就是鄂西、湘西北和川渝东一带重要的物资集散地和交通要冲。同时，气候宜人，"如八月间北方"。沈从文顺便一句闲笔，也流露出船过枝江县时的另一种心情，无不带有几分感人的诗味！而遥遥在望的磨基山、宜昌港正迎接着这位落魄的大文豪哩！

2020 年 9 月 10 日修改于三峡荷屋

他永远活在作品中

——忆念著名作家鄢国培

清明时节，我心中钦敬的作家鄢国培已经逝世25周年了。平静的心态忽而波澜起伏，往事历历如在目前。

记得1978年在当阳玉泉创作学习班上，他正在修改长篇小说《漩流》，《长江》文学丛刊负责人刘岱、长江文艺出版社小说组长田中全，两人分别审阅书稿，也是决定《漩流》命运之时，老鄢以平常心态对待，忙中偷闲，常在附近的堰塘钓鱼，且神情专注。我问他，还有心思钓鱼？他嘿嘿笑道：钓鱼是人生的一份乐趣，但对我来说，醉翁之意不在酒，以钓鱼之名行艺术构思之实，小说特别需有精彩的细节，在钓鱼中我回忆起、想象出好多绝妙细节。人回归于自然，又创造了自然。他当时的音容笑貌一直留在我的记忆中。作家的自信源于他创作前长期的充分准备。老鄢在长江驳船上当电工22年，船从重庆起航，直至南京、上海装卸完返渝，来回20多天。除了当班，其余时间全都用来读书学习。每跑一趟船，他都从重庆文联图书室借出大概十本书，几乎都是名作与经典，古今中外兼而有之，数量总计上千部。为他后来的"长江三部曲"的创作打下了坚实的基础。看来，多读经典名作非常重要。对鄢国培而言，创作就是他的一种命运。

20世纪80年代初，一个落雪的日子，我受命去宜昌港务局十三码头他的家里采访。我坐在狭窄的客厅里，他从房里走出来，浮肿的脸上露出了笑容。老鄢夫人一边沏茶，一边解释，这是老鄢夜以继日创作的结果，叫他劳逸结合硬是不听。那痛惜之情蕴含其中。当时，"长江三部曲"第一部《漩流》已经问世，并轰动了文坛。我宽慰他，可否悠着点儿？老鄢笑答：搞创作，啷个能偷得懒嘛，真恨不得废寝忘食。姚雪垠的座右铭是："抢时间，抓今天。"一个作家要力争一部比一部写得好一点儿，才对得起人民，不辜负广大读者朋友。一位已经成名的作家，更应严格要求自己，以高度的使命感与责任感，在创作道路上执着追求，坚持不懈，超越自我。鄢国培是长江的儿子，20多年航行在驳轮上，深知"大浪淘沙""逆水行舟，不进则退"。他在创作上的痴迷与追求精神，深深地感动着我。心想，鄢国培为宜昌作家、湖北作家树立了良好的风范。

"长江三部曲"——《漩流》《巴山夜雨》《沧海浮云》洋洋近200万言，厚厚5卷，历时5年，鄢国培呕心沥血，饱尝了笔耕之累，也尝够了人生之苦，损伤了他的肌体，磨耗了他的心力，完成了"长江三部曲"的创作之后，冠心病纠缠着他。可他仍一如既往，坚持勤奋创作，经常深入鄂西山区城镇和乡村，沿着乌江流域奔走数月，贴近生活，贴近群众，默默地写出了又一部长篇小说《冉大爷历险记》；不久又在大老岭写出中篇小说《美丑奇幻曲》等作品。那个年代，作家尚未换笔，用电脑写作者稀少。鄢国培还是用钢笔书写，我看过他的创作手稿，一笔一画，工工整整，难见涂改。他说，我写小说不反复涂改、誊写，大多一写到底。听后，十分惊奇，也非常钦佩老鄢的创作才华与文字功夫。这自然得益于他长期坚持读书、读名作。埃及的金字塔，何以千百年不坍塌，盖源于塔基的宽阔与坚固！

鄢国培写了一辈子的书，也一辈子爱书。他的女婿告诉我们，在他遇车祸前夕，汽车从武昌东湖边的省作协院子出发回宜昌，途经水果湖时，岳父叫停车，专门到水果湖书店买书，为不久要过生日的外孙女送礼物，他想来想去，还是买一套漂亮的书作纪念，又特意多购了一套书送给另一个孙女，让她们好好学习，天天向上。可万万想不到的是，岳父未能如愿以偿，亲自把礼物送到她们手上……

鄢国培生前，当选为湖北省作协主席后，一向书生气十足的他，雄心勃勃，很想走马上任"三把火"，为省作协办一件好事、实事。于是，他先拜访荆州市委领导，要求资助一笔经费，计划在宜昌大老岭林场修建一栋"湖北作家之家"。结果，未能如愿。接着，回到宜昌后又去拜访宜昌市委书记，得到了艾书记的大力支持，并批转给市政府罗市长帮助办成此事。鄢国培兴冲冲地赶回省作协传达与研究落实。由于种种情况，重重矛盾，中间费了许多周折……这件好事让老鄢伤透了心。哭笑不得乃人生。事情解决之后，鄢国培主席依旧如前，每次从省城回宜昌，总要到解放路市文联来，访友也好，检查工作也罢，平和、朴实、谦逊，一如从前，表现出对市文联工作的关心，对宜昌文友们的关怀与鼓励。这种坦荡宽阔的胸怀，既表现出鄢国培为人的善良真诚，品格高尚，又为湖北作家树立了良好的风范，可敬可佩！

鄢国培创作的"长江三部曲"，至今还是湖北文学创作的一个重大成果，也是宜昌作家的骄傲。因为这部名作，历史的长河里闪烁着一个闪光的名字——鄢国培。优秀文字的力量，足以大到穿越时间。作家是活在自己的作品中的。

鄢国培的生命虽然定格在61岁，但他的小说却永远活在读者心中，他的名字将被三峡宜昌、湖北和全国人民所传颂所牢记。鄢国培啊，永远活在作品中！

（原载《长航文艺》）

为人民抒情　为时代歌唱

——忆念著名工人诗人黄声笑

20世纪50年代初，湖北宜昌港码头工人黄声笑，一边抬杠子、喊号子，一边在船舱甲板上写顺口溜、快板诗。火热的码头生活是他创作的丰富源泉。黄声笑怀着对诗歌的虔敬之心，克服文化水平低的种种困难，越写越多，越写越好。10年之后，引起文坛的广泛关注，成为全国著名的工人诗人。

50年代，黄声笑的名字，在宜昌和长江三峡几乎是家喻户晓的。报刊上有名，广播里有声，他经常在港口码头的"杠子伙计"们中间，手舞足蹈地朗诵新写的快板诗，以鼓舞大家的革命干劲；在武汉大学、华中师范学院的讲台上，他也毫不怯场，有声有色地慷慨演讲，赢得了一阵阵热烈的掌声。从此，黄声笑在工农业余作者中出类拔萃，惹人瞩目，引领文坛一二十年"风骚"。

记得1973年阳春三月，百花盛开，春满三峡。中央人民广播电台约我写一篇《工人诗人黄声孝》的文艺通讯，在"五一"那天，中央人民广播电台同时用39种语言对中外广播，他的诗歌在长江、在大海的浪花尖上飞……今天，我们也许以为这是"童话"。那一幕幕的真实情景，历历如在眼前……

一

黄声笑，本名"黄声孝"，1918年出生于宜昌。一家三代都是穷苦的工人出身。他的祖父在长江上拉了一辈子纤索，不知道"纤索"两个字怎么认，一生勤劳一生苦。黄声笑的父亲，也是土生土长在长江边，几十年在一条长江溪河上驾渡船，不知道"渡船"两个字怎么写。春夏秋冬，他"一身穿的猪油渣，睡的泥巴做的铺，盖的穿洞窗户被，枕头枕的扁担木"。等到黄声笑出世后，家里仍旧穷得"住的茅屋像冷窖，饭碗常常空起肚"。从小苦难的生活环境，培养了他坚强的性格。尽管过的日子苦中苦，但他从不叫一声苦。从9岁起，他就在码头上卖瓜子、花生，要想多卖出几包瓜子、花生，非要有能说会道的本领，善于叫卖，非要有几分狡黠的机灵，学会讨好。在底层生活中，能者胜，强者王。这一人生的经历，培养了黄声笑好强好胜的性格，也影响到他的为人处世。后来，他学打铁、"杠码头"，从小练出一把力气和坚强意志。"前面老工人抬货走，后面依样画葫芦，学扛杠子学套绳，学喊号子学脚步"，"不怕太阳晒脱皮，不怕钢板似火烫，不怕舱里难透气，不怕大汗湿衣裳"。黄声笑个子高，身腰细，肩膀宽，胳膊粗，体形好似一把打开的"扇子"，颇有点男子汉的气魄。"头顶一天一座山，一条蓝布搭肩帕，身子就是撑天柱。"万恶的旧社会就像一个大苦海。黄声笑一家也逃脱不了受压迫受剥削的命运。他的母亲和一个兄弟，就是被活活地饿死的。因此，他对旧社会怀有一种深仇大恨。后来，他在一首诗里写道：

可恨万恶的旧社会，
一条扁担肩上压，

> 一把汗水一滴血，
> 一路脚印一身疤。
> 挑着大米空着肚，
> 挑着布匹披烂麻，
> 挑着柴炭灶无火，
> 挑着砖瓦睡敞坝。
> 声声号子声声恨，
> 仇恨入心迸火花。

黄声笑在苦水里泡了30多年，生活在水深火热之中。他牢记血泪仇，把仇恨刻在心上，把仇恨挂在船头，把仇恨充满货舱。昔日的宜昌码头，破败凋零，晚上作业，灯火稀疏，昏黄一片，就像鬼火似的，工人称之为"鬼点灯"；船靠不拢码头，靠搭跳板，而搭的跳板就是一块窄窄的木板。工人走过去忽闪忽闪的，惊险万分，稍有不慎，就会掉进江里。工人称它为"断魂跳"。每当黄声笑走上"鬼点灯"的码头，在"断魂跳"上来来回回地搬运一件件货物，莫不惊心动魄。多少个年年月月、日日夜夜，盼星星，盼月亮，盼太阳……

1949年7月，东方红，太阳升，宜昌解放了。长期受尽官僚、地主、资本家、把头的压迫和欺凌的穷苦工人，终于翻身得解放。黄声笑同广大码头工人一样，"跳出苦海见太阳"！

中华人民共和国成立后，黄声笑扬眉吐气，被推选为工人代表。他团结广大码头工人，坚决地与阶级敌人做斗争，向资本家和把头开火。在共产党的领导下，他带头积极地参加民主改革，配合党的中心，他热情地写报道，写快板，宣传党的方针政策。1951年，黄声笑被评为宜昌市甲等模范宣传员；1953

年，他光荣地参加了中国人民第二次赴朝鲜慰问团赴朝慰问；1954年，他光荣地加入中国共产党，成为工人阶级的一名先锋战士。当时，他心里像一团火在燃烧，曾十分激动地写道："毛主席呀毛主席，我要永远跟着您，解放全人类，建设新天地。"后来，黄声笑历任宜昌港装卸队党支部书记、总支副书记、党委委员、海员俱乐部主任等职。

在50年代，黄声笑满怀强烈的翻身感和喜悦情，处处洋溢着一种主人翁的精神。他激情地歌唱："民主改革开青天，阵阵东风吹进峡，三座大山低了头，苦力再不做牛马。""装卸队长卷袖说，革命豪气冲霄汉。装卸工人齐声答，天大困难当泥丸。""头上热气冲九霄，脱掉棉衣汗不干。好像前线打冲锋，条条汉子立云端。"（1952年12月）同样地，在另一首诗中，黄声笑也抒发出那种豪迈的感情：

> 巨轮像座大山梁，
> 舱面就是大战场。
> 脚步声声滚地雷，
> 号子压住长江浪。

这个时期，黄声笑的诗歌创作以写码头工人现场鼓动快板为主。"诗生于心，而成于手。"（清朝文学家袁枚《随园诗话补遗》）他完全是以"心"来运"手"的。黄声笑写诗是从自己的性情中流出来的。后来，省群众文化馆通知黄声笑参加一个业余作者会议，并要他在会上发言。他事先对我谈了自己的创作体会，我帮助记录下来，为他准备一个发言稿。他看了之后，加了一个醒目的标题《抬出来的文章　挑出来的诗歌》，使我获益匪浅。

今天，当我重读黄声笑的现场鼓动快板，仍旧感到十分亲切，让人走进快板诗的意境中去——

汽笛嘟嘟满河嚷，上下轮船进了港。
工人急忙下河去，热火朝头闹峡江。
——《下河去》

空中吊杆来回跑，头上要戴安全帽。
防备事故天上落，零星碎物砸破脑。
——《安全帽》

你来举，我来扛，我们好比弟兄俩。
你喊号子我应声，你摇大橹我推桨。
——《互相帮》

长江后浪赶前浪，码头工人运输忙。
晚上闹浑一河水，天明一看清了江。
——《清了江》

站起来了的长江主人，个个英雄，条条好汉。翻身后的黄声笑，革命激情高涨，好似长江滚滚的浪涛。一闭眼，他就想到乌天黑地万恶的旧社会；一睁眼，他就看见新社会的一片光明。一声号子一股劲，一生劳动一生荣！

二

"跳出苦海见太阳"的黄声笑，好像黑夜过去了，雄鸡想要高声唱一样,欢天喜地庆解放。他挺身走在街上,大街小巷放炮仗,街头街尾啪啪响。在那欢乐的人海里,红旗、鲜花如潮,好似长江波浪鼓起掌,磨基山在点头笑,秧歌舞起千层浪,蓝天上面飞彩霞。在这欢腾的日子里,任何人都难以抑制住内心的激动,他们需要宣泄积压的感情,情满了就欲溢。码头工人黄声笑性格豪爽,阶级情深,也必然舞之、蹈之、歌之、唱之。那个时候,他曾对"杠子伙计"们说,多么想写一首诗,倾吐内心的强烈感情,控诉万恶的旧社会,歌颂光明的中华人民共和国。可是,黄声笑从小连一本《三字经》都未学完就离开了学堂,文化水平太低,想写却写不出来。

  文化水平低,不会写诗,并没有难住黄声笑。一种革命责任感在激励他。于是,他把心里想说、想抒发的思想感情,编成劳动号子喊,喊出来就舒畅、高兴了。碰到有的字写不出来,他留下空格,或用实物的图画代替;比如,牙刷的"刷"字不会写,就在稿纸上画一把牙刷来代替;榨菜坛子的"坛"字写不出,他就画一个坛子来代替;等等。然后,在休息日从十三码头跑到市文化馆,向辅导干部请教。他一边学文化,读字典,一边学写顺口溜、快板诗:"队伍一到码头上,准备工作做到堂。搭好跳板开好路,绊手绊脚一扫光。""一条杠子一根绳,一声号子一股劲。一身汗水一船货,一生劳动一生荣。"慢慢地越编越多,并用粉笔写在趸船、货舱的甲板上。因为是写码头工人的新人新事,歌颂码头的新变化的,"杠子伙计"们就喜欢听他的朗诵,加之黄声笑的手势一做,就更吸引大伙了。

  1951年,黄声笑被评为宜昌市甲等模范宣传员,奖品是一支钢笔和一个笔记本。当他拿着奖给他的这支钢笔,心情无比激动。他心想,旧社会自己当苦力,磨掉了肩头千层皮,抬的笔有千万捆,哪有一支是自己的。现在,共产党和毛主席给我一支笔,我要用它来写出码头工人对党对祖国的恩情,歌颂人民当家做主人的精神。就这样,黄声笑一边坚持劳动,一边学习文化,一边业余写快板诗。宜昌港务局党组织为了培养他,送他进职工业余学校学习,并派专人辅导他,帮助他修改快板诗,一有机会,就推荐他参加业余创作培训班。

1952年底,黄声笑在党的关怀下,写作水平有了较大的提高。写出了"扬子江边浪花飞,川江轮船靠了岸。打开舱门看盆景,粮袋报数一万三……脚步跟着号子走,货物随着身边转……汽笛迎来满天霞,头顶白云跑进川。为了祖国大建设,精神越抖越饱满,汗水好比长江水,千年万年流不干"。黄声笑的诗歌语言开始生动形象起来了,还运用了比喻与夸张手法。

这个时期,黄声笑诗歌的题材,主要集中在歌颂伟大的共产党和毛主席的恩情,发自肺腑,真挚感人。黄声笑曾满怀深情地写出一首《毛主席给我一支笔》——

旧社会里我卖力,磨掉肩头千层皮;
抬的笔有千万捆,哪有一支是我的!

资本家的那支笔,笔尖泡在血海里;
吸尽工人身上血,抽尽"苦力"骨中髓。

座座码头被霸占,条条杠子收租息;
豺狼纸上画一笔,万里长江泪如雨。

提起往日那支笔,乌起天来黑起地;

劳动人民理万千,狗官不准我提笔。
……
毛主席给我一支笔,握在手中撑天地;
日卷风浪写英雄,夜磨笔尖斩狐狸。

毛主席给我一支笔,上层建筑插红旗;
要写人民刨世界,要写祖国新奇迹。
……
毛主席给我一支笔,马列大旗冲天举;
敢上文坛擂战鼓,大歌大颂毛主席。

这首诗通过一支"笔"来抒发感情,对比极其鲜明,思想富有深度,艺术上有强烈的感染力,堪称黄声笑的一首代表作。

三

一个诗人即使是身在底层里、泡在生活中,重要的是,还必须时时留意生活,洞察生活,感悟生活,真正懂得生活,懂得世态人情。黄声笑经过10多年的刻苦努力,虚心求教,创作水平提高很快。有一年,湖北省文联组织作家、诗人采风,黄声笑参加了,著名诗人徐迟也应邀出席。在从长江三峡经重庆、登峨眉山的途中,黄声笑一路上跟着徐迟,帮徐迟背行李,搀扶他,不时地求教写诗的种种问题,随时把写出的诗作交给他提意见、进行修改。事后,有的年轻诗人还笑话黄声笑。可是他只呵呵一笑了之。只要受益了,就心满意足。

黄声孝敬重徐迟先生,徐迟对黄声笑的感情也很深。记

得"文革"中徐迟还在沙洋农场劳动锻炼时,有一次专门来宜昌看望黄声笑。徐迟是背了一小袋新鲜花生来的,礼轻仁义重。这是徐迟在农场亲自种的花生。徐迟住在十三码头一个斜坡上的黄声笑家里。一次,约我陪同吃饭。当时,徐迟正身处逆境缺少自由,但他仍满腔热情地答应给黄声笑修改叙事长诗《站起来了的长江主人》第二部。席上,我邀徐迟先生到寒舍做客,他满口答应了。可他不同意乘车,坚持步行到红星路我家的小平房里。当路过正在翻修的大公桥时,他不顾坡陡路滑走了下去,观看施工现场,并且连连地称赞"大公桥"的名字取得好,人活一生,就应该大公无私地奉献给祖国和人民。我发现他对生活充满了热情。这一点对黄声笑也很有影响。诗人就是要贴近生活、贴近群众、贴近时代,为人民抒情,为时代放歌。

在这一时期,黄声笑的诗歌创作题材,已集中在对码头工人、长江海员的斗争生活的抒写,在深入挖掘生活记忆的基础上,不仅感知深刻了,而且诗的想象力更加丰富了,洋溢出浓郁的革命浪漫主义精神,突出地表现了诗人善于写码头工人、写长江三峡的艺术才华。比如1958年8月写的一首《我是一个装卸工》,就是这一时期的代表作。

我是一个装卸工,万里长江显威风,
左手搬来上海市,右手送走重庆城。

我是一个装卸工,革命干劲冲破天,
太阳装了千千万,月亮卸了万万千。

我是一个装卸工,生产战斗在江中,

钢材下舱一声吼,龙王吓倒在水晶宫。

我是一个装卸工,建设祖国打冲锋,
举起泰山还嫌小,能把地球推得动。

这首诗发表后不久,他被吸收为中国作协武汉分会(湖北作协)会员。后来,这首诗被选入中学语文教材,影响深远。

1958年7月,黄声笑参加全国民间文学工作会议,受到毛主席的接见并合影留念。1959年,他光荣地赴北京参加国庆10周年观礼。1960年,他出席全国第三次文代会,被选为主席团成员,并加入中国作家协会。从此,黄声笑的创作生涯进入一个高潮时期。先后在《宜昌报》《长航报》《湖北日报》《工人日报》《光明日报》《人民日报》和《海员文艺》《长江文艺》《诗刊》《人民文学》等几十种报刊,发表诗歌1000余首。出版诗集《装卸工人现场鼓动快板》(1958年)、《歌声压住长江浪》(1959年)、《鼓起干劲来》(1959年)、《进京观礼日记》(1960年)等。他的鼓动快板,写得很朴实,很到位,是大众化的、中国气派的诗歌,为老百姓所喜闻乐见。

码头工人黄声笑,须臾不离那条蓝布搭肩,别看只有6尺长,其作用可不小。它凝结成一种"搭肩精神"。码头工人的血泪,点点滴在上面,码头工人的斗争史,行行写在上面。这时候,黄声笑的名气已经不小,在单位已担任了装卸队党总支副书记。地位变了,但他的工人本色没有变。他依旧穿着蓝工装,披着一条搭肩,经常在港口码头上参加劳动,抢着扛大包,干重活。休息时间不忘朗诵几首快板诗。在同昔日的"杠子伙计"打成一片时,总是充满了亲切和热情,充满了快乐的期待和对明天的信心,从而产生一种永远向前的兴奋和力

量。这是生活对他丰厚的馈赠。

　　1965年,他所写的《搭肩歌》,就极其热情地歌颂了码头工人的"搭肩",表现出码头工人的战斗豪情、英雄气概。1972年,在此基础上,经过作者的反复修改和《长江日报》编辑的精心加工,诗题被改为《搭肩一抖春风来》——

　　　　一张捷报放光彩,贴在西陵峡口外。
　　　　人群层层围着笑,斗大喜字扑进怀。

　　　　年度计划完成好,万朵红花一树开。
　　　　满江春水心头涌,激情登上赛诗台。

　　　　抱着油桶当鼓打,堆起铁板当舞台。
　　　　打开云幕万山红,不夜港口画屏开。

　　　　码头像个大剧场,搬运工人上台来。
　　　　吊杆似林车队飞,抓起铁山驮煤海。

　　　　号子穿过黄牛峡,桡歌响在青山外。
　　　　万股力量汇一起,长江主人闹竞赛。

　　　　水泵堆成几座山,化肥码起几架崖。
　　　　"铁牛"挤得大路窄,犁铧摆成一条街。

　　　　搭肩一抖春风来,革命路线装胸怀。
　　　　送走战斗好岁月,再迎红花遍地开。

1973年10月,黄声笑又写出一首更加引人注目的《打开夔门拖林海》——

满峡鲜花朝阳开,一阵喜雨扑胸怀,
夔门千尺让大路,迎风击浪送排来。

浩浩荡荡气势壮,长江浮动一条街,
排尾还在天府国,排头早已进楚界。

东风助战千钧力,激流为我推木排,
一条钢缆锁蛟龙,惊涛骇浪脚下踩。

怕什么风吹雨打,怕什么乌云密盖,
放排工人挺起胸,逆风吓退千里外。
……
滟滪堆,面前过,鬼门关,身后甩,
一声汽笛两岸惊,排从山缝飞出来。

旧社会,放木排,性命交给浪安排,
千根竹篙磨破掌,撑不掉的穷和债!

冤似江深恨如海,挥篙去砸旧世界,
接来大军进川江,迎得三峡春光来。

万里长江属人民,航道变阔浪澎湃,
丢掉竹篙放下橹,排工上了驾驶台。
……

> 万里东风吹大地,一轮红日照江海,
> 妖风迷雾都吹散,一座林海拖出来。
> ……

还有一首《毛主席给我幸福家》(1973年12月),通过对比,抒写党和毛主席给他一个幸福的家,三代笑在电灯下——

> ……
> 屋前千轮日夜过,
> 屋后铁路通天下,
> 隔壁盖了大工厂,
> 对岸竖起电视塔。
>
> 毛主席给我幸福家,
> 我为革命走天涯,
> 长年爱穿风和浪,
> 披风沐雨劲头大。
> ……
> 我爱峡口革命家,
> 站在屋脊看天下。
> 脚踩风浪走三峡,
> 浪花尖上飞诗花。
> ……

这首诗洋溢着幸福美满的思想感情,亲切感人。曾入选中学语文教材,就像插上了翅膀飞进千家万户,滋养着一代又一代青少年的成长。

四

黄声笑诗歌创作的一个重大成果，就是完成了叙事长诗《站起来了的长江主人》三部曲。第一部于 1962 年 8 月发表于《长江文艺》，凡 2000 多行，共分《斧劈海关锁》《锁不住》《血泪仇》《斗争》《望儿归》《战火》《进峡》《走川江》《山城告状》《上红岩》《解放》等 18 章。作者在《引子》中写道：

> 自从大禹疏三峡，
> 李冰凿开宝瓶口，
> 史禄接通湘桂水，
> 人民开河无时休。
>
> 扁担的腰杆压得朝下弯，
> 挑走了多少黑夜和白昼。
> 压断的扁担堆起云雾山，
> 挖断的锄头高过冲霄楼。
>
> 肩膀上头挂了彩，
> 日晒夜露度春秋。
> 手板打起水花泡，
> 脚茧磨得铜钱厚。
>
> 筋骨就是赶山鞭，
> 崇山峻岭搬起走。

流来滚滚长江水，
农家渔家喜飞舟。

城乡物资江上游，
行旅交通如穿梭。
装不完的大上海，
运不尽的天府国。

亿万人同饮一江水，
两岸江山似锦绣。
土地盖满金银被，
花开万里香九州。

  这部叙事长诗，围绕着码头工人何铁牛展开故事情节，在千里川江摆开战场，叙写的场景壮丽。站起来了的长江主人，欢天喜地迎解放。

  1964年秋天，黄声笑已完成了《站起来了的长江主人》第二部的创作，因故迟至1966年5月才在《长江文艺》杂志发表。不久，席卷全国的"文化大革命"开始了。在"文革"中，长诗的原稿曾经散失。第二部凡1800行，分《工代会》《团结对敌》《黑会》《刘云赴朝》《打退黑风》《争夺战》《五一节》《支援前线》《依靠谁？团结谁？斗争谁？》《发动》《打闷棍》《清明节》《斗争台》《社会主义洪流滚滚来》等16章。1978年3月，著名诗人徐迟在这部长诗的《后记》里写道："黄声笑同志这部长诗的第二部，写成功在一九六四年秋天。我被这部稿子深深地激动了。中国青年出版社那时已经同意出版它。但因刊物要发表它，延至一九六六年五月才发表出来。

但有了删节，情节也作了变动。现在它终于出版了，竟又过了十三个年头。删节了的得到了恢复，大部分情节也已复原。就因为原稿曾经散失，有一个情节还未改回来，就是长江主人受了伤，原稿他并没有受伤。只好等到第三部写成以后，全书再修改一次，那时再改。"《站起来了的长江主人》第二部，仍由中国青年出版社出版。

叙事长诗《站起来了的长江主人》第三部，草稿写成于"文革"后期。徐迟先生原本答应帮助黄声笑修改的。因为党的十一届三中全会召开之后，迎来了文艺的第二个春天。徐迟重又回到湖北文艺界，挤住在武昌紫阳路省文联的小院里，那一间极窄小的房间，却关不住他那诗人飞翔的翅膀。报告文学《哥德巴赫猜想》发表于《人民文学》后，《人民日报》《光明日报》《中国青年报》《湖北日报》等各大报纸立即纷纷转载，一时洛阳纸贵，轰动了全国文坛。紧接着，徐迟一连采写了《地质之光》《生命之树常绿》等10篇报告文学，一发而不可收。这时的徐迟已忙得不可开交，再无暇帮助黄声笑修改叙事长诗的第三部了。其中，有一个插曲，《长江日报》"江花"副刊编辑、诗人江柳，原提出帮助黄声笑修改叙事长诗的第三部，因答应徐迟在先，黄声笑没有同意江柳的想法。结果，修改长诗的事两头儿落空，不了了之。黄声笑退休以后，回到宜昌老家，曾经拟请笔者帮助修改，因我的文联行政事务缠身，加之写诗水平低，未敢答应。后来，《站起来了的长江主人》第三部，一直没有修改完，未能公开发表出来，留下了不小的遗憾。

当我对照《站起来了的长江主人》第一部与第二部的作者署名，发现"黄声孝"已改成了"黄声笑"。这一改，不胫而走，立即为广大读者所乐意接受。有一次，我专门问过他。他

说,他翻身得到了解放,他的家成了一个幸福的家,"房内儿女笑喧哗""三代笑在电灯下";家庭环境发生了新的变化,儿女已经成人,都参加了工作;生活得到了较大的改善,日子越过越好;他又由一个码头工人成长为一位诗人。党给予他很高的荣誉,先后五次受到伟大领袖毛主席的接见。真是在梦里都会笑出声来的。所以,他就改名为"黄声笑"。这是黄声笑名字的由来。

《站起来了的长江主人》第一部和第二部的发表、出版,在黄声笑诗歌创作生涯中具有重要的意义,标志着工人诗人已迈出了坚实的前进步伐,也深深地打动了著名诗人徐迟先生。

五

1954年,黄声笑同志光荣地加入中国共产党。从此,黄声笑坚定了为革命、为人民而写诗的理念。

黄声笑一生读的书,包括古今中外的名著,读得并不多。但毛泽东同志《在延安文艺座谈会上的讲话》这本书,他是随身带的,一有空闲就学习,孜孜不倦。我曾随手翻过他的这本书,字里行间,用铅笔或钢笔画了许许多多波浪线,还写有不少眉批。作为码头工人、工人诗人的黄声笑,四次去北京开会、观礼,五次见到毛主席。在这幸福的日子里,他"喜得夜夜睡不着,提笔写诗不歇气。站在斗争最前列,拿起文艺新武器。诗歌展开翅膀飞,五洲四海去报喜……"(《笔头欢唱幸福歌》)。写于1958年的那首《亲眼见到毛主席》,脍炙人口,广为传颂。

我亲眼见到毛主席,

浑身增长好大的力,
就是泰山碰着我,
也要粉碎化成泥。

我亲眼见到毛主席,
霎时身长一丈几,
我虽站在最后排,
眼观地球八万里。
……
我亲眼见到毛主席,
革命路上不歇气,
风里浪里立新功,
再向毛主席来报喜。

1980年,工人诗人黄声笑光荣地出席了全国第四次文代会。这时,他已年过花甲,再次同党和国家领导人合影留念。这是黄声笑人生的又一次辉煌,也是他诗意的生命的闪光。他的《挑山担海跟党走》发表后,引起强烈的反响,受到广泛的好评。

对于黄声笑的诗歌创作,中国作协主席茅盾曾写信给他说:"读了你的诗,气势磅礴,立场坚定,生活丰富,歌唱了祖国新生事物……"《诗刊》主编臧克家也称赞说:"你的诗从战斗生活出发,写得朴实生动……"

六

1986年,已68岁的工人诗人黄声笑,从长航局政治部宣传处创作组退休了。他依依不舍地走下了诗坛,落叶归根。黄声笑从汉口回到了宜昌老家。对于长年分离的老伴来说,她是早就盼望的。这么大年纪了,一个人独立生活在长航的单身宿舍,吃住都不方便。退休之后,一家人就团圆了。儿子老大、老二、老三,名叫黄定国、黄定胜、黄定刚,已长大成人,成家立业,孙子辈都上学读书了。老大在市电影公司开车,老二在市燃料公司开车,老三在树脂厂当工人;其中,只有老二喜欢文艺,虽不写作,但关心文坛上的事情,对与父亲有交往的作家、诗人和编辑的情况,都说得出一二三来。这些文人来他家拜访,他都热情接待,或旁听,或插话,偶尔发表点有见解的观点。这大概受父亲潜移默化的影响。大姑娘名叫黄定英,宜昌师范毕业后,在市郊区教小学,还有小一点的女儿就叫不出名字来了。孩子们也欢迎父亲退休回家,尽享天伦之乐。工人出身的人家,儿女们当个工人,有班可上,也还说得过去。对此,黄声笑也觉得知足、幸福。那一首《毛主席给我幸福家》就是他当时心声的真实写照。

黄声笑晚年,仍然没有放下毛主席给他的那支笔。他说:"人到晚年,已是夕阳黄昏,更应该抢时间创作。我今后还是写长江、写码头、写宜昌、写三峡。"

退休后的黄声笑,仍然不忘当年的号子声。他还在坚持写作,写出不少诗歌草稿,都记在一本16开的练习本子上。偶尔在《海员文艺》《三峡文学》和《长江日报》等报刊发表少量诗歌。因为他文化底蕴薄弱,缺乏"经典"名著的学习,给自身的营养补充不够,超越自己的难度很大。同时,时代在前进,诗风在变化。他的创作思想适应不了改革开放的新形势。看来,工人诗人晚年的诗歌生命力已变得脆弱了。

一个时代有一个时代的诗人和作品。任何作家、诗人的个人意志，是难以阻挡得了的。文坛就是这么残酷无情。好似大江东去，大浪淘沙一样。滚滚长江水，后浪推前浪……

1995年1月18日，著名工人诗人黄声笑病逝于宜昌，静悄悄地告别文坛，诀别人世，享年77岁。正如他悄悄地来到世上，又悄悄地离去一样。

也许人走前有某种神秘的预感。黄声笑临走的前几天，曾嘱他的大女儿用纸记下"光明"两个字。他把这张小纸片放在自己的枕头下。临终前，他那"光明"二字的遗嘱，蕴含着黄声笑对新旧社会两重天的切身感受，对共产党的深挚的感恩，不管遇到什么大风大浪，坚信祖国和党的光明前景。

工人诗人黄声笑，一生吃过大苦，受过大难，前半生历尽曲折坎坷；中华人民共和国成立后，走出了旧社会的"黄连村"，"跳出苦海见太阳"。迎来了新社会明朗的天。是毛主席给他一支笔，由一个港口码头装卸工人，成长为著名工人诗人，当选武汉市文联副主席；是共产党给了他一个幸福的家，儿孙满堂，合家幸福吉祥。他出版了《站起来了的长江主人》（第一、二部）、《搭肩一抖春风来》《挑山担海跟党走》等10多部诗集，那影响广泛的几首代表作，比如《我是一个装卸工》《挑山担海跟党走》《毛主席给我一支笔》和《打开夔门拖林海》等，这些诗至今还是优秀的作品，闪耀出思想和艺术的光彩。他的诗是从一个码头工人的血管里流出来的血。他为人民抒情，为时代歌唱，黄声笑诗意的生命永远常在！

（原载《芳草》，2020年12月14日修改，入选《从工人到作家》一书，中国工人出版社2021年出版）

乡土诗坛一颗星

——忆念著名农民诗人习久兰

在中国乡土诗坛上,一颗璀璨的星星已经陨落好多年了。在他的家乡湖北长阳,一年一次的"久兰诗会"仍然在天高气爽菊花艳的时节举办。乡亲们喜爱这位乡土诗人,诗友们也常常怀念习久兰,"清江长流此友情"。

著名诗人刘不朽曾满怀深情地吟诵:

> 你是山中一颗星,
> 升在诗坛亮晶晶。
> 你无长阳无歌唱,
> 长阳有你更有名,
> 一代风流千古评!
> ——《你是山中一颗星》

习久兰是全国著名的农民歌手和乡土诗人,同王老九、姜秀珍、殷光兰等优秀的歌手和诗人一样,是党给了他唱歌权。1928年(一说1929年或1931年),习久兰出生在长阳县津洋口红寨村的一个贫穷农民家庭,从小没有进过学堂门,童年时代过着东奔西靠的"寄养"生活,穷得7岁时还没穿过裤子。在他家里,"老鼠跑得一身汗,找不到一粒过年的饭"。贫穷的习久兰,常年泡在歌山歌海之中,耳听心记,一学便会,一听能唱。中华人民共和国成立后,习久兰见了天日,脱颖而出,唱尽了"苦歌"唱"甜歌"。他曾感激地唱道:"爷爷唱歌挨过鞭,爹爹唱歌坐过监。如今翻身做主人,先辈唱苦我唱甜,是党给我唱歌权。"

从中华人民共和国成立之初,习久兰就一边唱山歌,一边学着编、学着写,20多年一直坚持业余创作,在党的培育下,在各级报刊编辑部的帮助下,一生发表了1000多首山歌,出版了《习久兰诗选》。他的山歌从长阳的大山里,飞到了北京和全国各地。先后在《人民文学》《诗刊》《民间文学》《长江文艺》《布谷鸟》《萌芽》和英文版《中国文学》等刊物发表。代表作《公社铺云我下雨》:"贫下中农组织起,就是泰山也能举。党来指挥我上阵,公社铺云我下雨。"被中国青年出版社作为一本诗集的书名出版,后入选中华人民共和国成立30周年《诗选》(诗刊社编)。《大山里的歌》被英文版《中国文学》(1978年第1期)转载,使这首诗漂洋过海,飞到了外国。习久兰的山歌、乡土诗常常被报刊评介推荐,记得还闹过一个笑话,《羊城晚报》发表了一篇评介文章,声称习久兰是位"女诗人"。可见,习久兰的山歌是深受读者关注和评论界重视的,其作品的影响是颇大的。

习久兰生前曾当选湖北省作协理事、省文联委员,后来又加入了中国作家协会和中国民间文艺研究会。1965年12月,他光荣地参加了中国青年业余文学创作积极分子代表大会,受到了周总理的亲切接见,"文革"中,习久兰也同其他文艺工作者一样,受到了种种磨难,但他坚强地活过来了。愈是艰难的环境,愈能锻炼人。他1974年发表那首《大山里的歌》,可以算作他乡土诗创作的一个新高峰,受到广泛的好评。1979年,在同病魔做斗争的日子里,习久兰躺在市医院还在构思新作。有一次,我到医院去探望他,他便同我讲起要写一首反映大山里农民参军当飞行员的诗,旧社会农民被打入了十八层地狱,新社会把农民送上蓝天,飞行在九重霄里。可是未等写出这首

爱憎分明的新作，习久兰便与世长辞了。永远地离开了诗坛，像一颗星星忽然降落在大山里，时年51岁。他走得实在太早太早啊！《大山里的歌》还只唱了个开头！

他的诗友刘不朽曾在悼念久兰的诗中唱道：

> 你是山中一株兰，
> 历尽人间风雪衰。
> 莫道幽谷无人谈，
> 佳花自有好风传，
> 香遍神州万里山！
> 你是山中一口泉，
> 清泉酿歌飞出山。
> 流向长江扬四海，
> 飞上峨眉动九天，
> 韵味长留天地间！

习久兰的乡土诗，富有鄂西山区浓郁的泥土气息和民歌风格。读他的诗感到情长味浓，真挚朴实。

> 日晒想起云遮荫，
> 落雨想起伞遮身，
> 口渴想起清凉水，
> 天黑想起指路灯，
> 幸福想起党的恩。
> ——《习久兰诗歌选》

习久兰啊，习久兰！你永远活在亿万人民的心里！

（原载《三峡商报》）

附 录

梦绕湘西　情溢三峡　真情华章
——《李华章文集》漫评

◎ 邹明山

　　人贵有美好的梦想追求，有真挚的情感滋养，有勇于践行追求梦想的能力和毅力支撑。具有这样素质的人，极有可能成就一番事业。读《李华章文集》(武汉大学出版社 2019 年 1 月出版)，忆他的言行和人品，深感李华章先生就是这样的人。

　　先生著述等身，涉猎广泛，散文、诗歌、儿童文学、文艺评论等无不硕果累累。其中，尤以散文随笔写作成就最高。他阅历丰富，善于观察，腿勤脑勤，文思敏锐；又勤于笔耕，笔墨所及，除神奇美丽的湘西、三峡宜昌两故乡的锦山秀水等景物游记外，也常涉自己亲历亲见的亲人、朋友、名贤、故旧的往事漫忆及名胜遗迹、民俗风情的描述、探寻……行文不拘一格，风格多姿多彩。许多篇章，构思新颖，立意不凡；情感真挚，人物鲜活；语言质朴流畅，清新自然，读来如诗如画，也不乏启人心智的灼见与哲思，堪称散文随笔的精品。

一

　　人人都有梦，并常做梦，不论美梦、噩梦，都可能做过，且有深切的体验和感受。李华章也不例外。故乡的溆水是湖南"四水"之一的沅江的支流，是屈原流放的地方。

　　这条小河与他的成人成才有着割舍不断的情缘。他不仅在溆水水系的长潭河边出生、成长,度过了五味俱尝的童年和少年时代,而且在溆水河边枣子坡上的溆浦一中读完了初中和高中,博览了许多中外文学名著,度过了最美好、最朝气蓬勃的中学时代,为他圆"考上大学"的梦和当作家的"文学梦"奠定了坚实基础。作者在《梦忆枣子坡》中深有感触地写道:"我心中的枣子坡,是我梦绕魂牵的地方。"

1955年,李华章考进了武昌桂子山上的华中师范学院中文系(该系当时在昙华林)。从此,就远离了生养他的湘西故乡。但故土难忘,故乡美丽的山水景物、民俗风情,重要节庆活动,亲人、师友的历历往事、悲喜亲情,特别是与故乡有关的历史文化名人先贤、名胜古迹、诗文佳话、革命英烈将帅的革命遗迹与革命精神、辉煌业绩,都已深深刻进他的脑海,融化在他的血液中。于是,数十年来,他边工作,边写作,一有机会就返回湘西故乡踏访采风;特别是退休后,他花了四五年时间,数次重返故乡,遍访那里的名镇、名乡和名寨,足迹踏遍了湘西22个县市的山山水水。一篇篇饱蘸深情、梦忆故乡的散文随笔泉涌而出,流向笔端指尖,汇集于"文集"之中。

一是故乡神奇山水美景、民俗风情、逸事趣闻、节庆活动、历史事件的美文从作者的脑海源源不断地涌出,像一卷卷绚丽多彩、千姿百态的山水画、风情图展现在读者面前。

那《梦里的溆水》对少年李华章带着缴学费的5担谷子,坐木驳子船去县城上初中途中惊险又温馨的见闻感受及船工们勇斗激流险滩的大无畏言行和精神绘声绘形的梦忆;那《浦市古镇遗韵》对"湘西四大古镇"之首、商贾云集、素有"小南京"美誉的泸溪县浦市古镇的气势壮观的独特风貌栩栩如生的描绘;那《悠悠辰河长相思》对长达一两千米插江陡峭绝壁——"箱子岩"伴辰河碧水而立、神奇壮美的山水景观浓墨重彩的勾画;那《边城茶峒寻梦》《湘西侗寨风情》分别展现的茶峒苗家风情和怀化通道侗乡的景物、风情及婚俗;《湘西年味》《梦怀过年》对溆浦家乡全家人紧张有序地备年,红红火火、喜气洋洋过新年令人心醉的年味等的叙写;那《溆浦的"两个端阳"》对溆浦黎民百姓每年从农历五月初五到十五,连过两个端阳节,并隆重举行规模宏大的龙舟赛,为屈原招魂的热闹情景及习俗的源起等的深情追忆;那《难忘雪峰山》对1945年4月9日至6月7日进行的史称"雪峰山会战"(即抗日战争中最关键,也是最后的一战——"湘西会战")的规模、战斗激烈状况及辉煌胜利的满怀崇敬深情的描述、礼赞……作者在梦忆、描述、勾画、叙写这些锦山秀水、风情景物、民俗节庆、历史事件的过程中,无一不流溢出发自心底的真挚浓烈的眷念、赞美之情。

二是对故乡亲人、师友的深深追思、怀念和热爱之情的佳作不断涌现。

华章对生养他的勤劳、节俭、纯朴、善良、慈爱、坚忍的湘西家人、亲友和乡亲一往情深。《千年屋》追叙了母亲在"花甲之年后"将精心给自己备制的"千年屋"(棺材)让给突然英年早逝的儿媳喜嫂"住"的故事,真实地展现了母亲慈爱、善良、仁厚的高尚品德、情怀和喜嫂孝顺、勤劳、俭朴的可贵品质。《杖筒而哭》是描写作者携妻儿回湘西溆浦老家为母亲奔丧、参与办丧事的经历和感受的。文中活灵活现地描绘了"杖筒而哭"的详细过程和感恩之情。《三舅》在生动描述了作者专程拜望年过80岁的三舅的见面情景和三舅勤劳、纯朴、坚强的人生经历后,听到他仍用"习惯啦!人活着,就是要多劳动"那句老话回答自己对他的劝慰时,禁不住从心底发出赞美:"沧桑岁月,练就了三舅山一样的筋骨,河一般的心胸。中国广大农民的脊骨是锻炼得最硬的。中华民族这座巍巍大厦不就是依靠这一代又一代的劳动者支撑着吗?!"

华章对辛勤教导自己的师长充满尊敬和怀念之情。《相思岳麓枫叶红》真切地追记了高中语文老师陈其拮谆谆教导他学语文的难忘往事,字里行间洋溢着对恩师的敬佩、感激和怀念的浓挚深情。《桃李情思》《梦忆枣子坡》则动情地叙写了母校溆浦一中及其荆校长,班主任唐老师、图书馆周老师等对自己的培养、教诲和关爱之恩情,并"从内心里发出感激:桃李吐芬芳,老师是园丁。没有溆浦一中,就没有我们的今天"。

对朝夕相处的同学和少年朋友,李华章更是重情重义。《娃娃朋友》《挚友得于少年时》分别传神地记述了他与诨名为"五哈巴"和"腊生"的两位同窗挚友从少年时代起就心心相印、不离不弃、终身不变的深厚友情。写到数十年后老友重新相见时,作者深情写道:"此时此刻,寸金难买寸光阴……拉不完的家常事,讲不尽的心里话,抒不完的真友情。我平生足足地品味了一番'风雨故人来'的滋味。"这真情厚谊何等浓挚啊!

三是描写踏访、瞻仰、追忆与湘西故乡有关的历史文化名人、名胜古迹、诗文佳话、革命英烈将帅的革命遗迹与革命精神、辉煌业绩,抒发对他们的缅怀、崇敬、热爱和赞美之情的力作如烂漫山花,在文坛艺苑绽放。

湘西是人文荟萃之地,尤其溆浦、凤凰,更是人杰地灵。古往今来,名贤辈出,屈原、向警予、贺龙、粟裕、熊希龄、舒新城、丁玲、黄永玉、沈从文等众多湘西优秀儿女,像一颗颗璀璨明星,闪耀在华夏天空,佳话频传,胜迹众多。多年来,作者怀着敬慕深情,一遍又一遍地踏访故里,拜谒名贤胜迹,追忆他们的光辉业绩、高洁言行与德操,写出了许多立意新颖、文情并茂、真挚感人的力作。《忆溆浦》《"屈原入溆处"犁头嘴》《溆水河畔屈原魂》等篇章,通过叙写屈原流放溆浦的经历、生活思想状况及他与老百姓结下的深厚情谊,追叙溆浦人民2000多年来在屈原流放溆浦的居地屡毁屡建"招屈亭",并每年连过两个端阳节,举办隆重的龙舟赛,为含冤殉国的屈大夫招魂,以寄托和表达对屈原的深切缅怀、无限崇敬之情。

《沈从文心中的沅水》《乐水者记》《心中的凤凰》等篇章既形象生动地再现了沈从文笔下描绘的沅水两岸令人迷醉的美景风情,又极真挚地抒写了对沈从文的钦敬、热爱与赞美之情。还有他的《永远忘记不了她》《沧桑贺龙桥》《名将的情怀》《人文的四合院》,分别叙述了名贤向警予、贺龙、粟裕的故事。

二

大学毕业后,华章分配到宜昌三峡地区工作。半个多世纪以来,他踏遍了宜昌地区长江三峡雄奇壮丽的山山水水、秀美偏僻的城镇乡村,与广大人民群众结下了不解之缘,并深情地称这里是他的第二故乡。他对第二故乡的奇峰秀水、民情风物,勤劳、纯朴、善良、坚强的人民群众的那份情、那种爱,刻骨铭心,融入肺腑,成为他进行文学创作的不竭动力和思想源泉。

一是对千百年来在长江三峡雄奇险恶的生存环境中,黎民百姓过的苦难生活、走的艰辛人生之路寄予了深深同情;同时,对三峡儿女不畏艰难困苦,勇于同恶劣的自然环境和暗无天日的社会生存环境抗争,奋勇向前的积极人生态度和可贵精神,充满钦敬与赞美之情。

《远逝的三峡民谣》中，作者听了新滩镇一位老纤夫讲的明嘉靖二年（1523年）"崩瓦岗"的悲惨故事和他发自肺腑喊出的《打青滩》民谣后，动情地写道："歌声声情悲凉……令人怆然一叹……从此，这首'打青滩，绞青滩，祷告山神保平安。山神如要动肝火，人船定要上阴间'的民谣，便深深地烙印在我的心底。"文中还描述了《崆岭滩》《三峡谣》《滟滪歌》等另四首三峡民谣。其中《崆岭滩》是描写西陵峡中最惊险的恶滩的："青滩泄滩不算滩，崆岭才是鬼门关。"这是"千百年流传下来的一首血泪淋漓的"民谣。

《三峡的滋味》既是一支对千百年来三峡黎民百姓所受深沉苦难无限同情的哀歌，又是一曲对三峡儿女勇于抗争奋斗，勇于奉献牺牲的可贵言行和精神无比热爱和颂扬的嘹亮赞歌。文章先写历代名人大家品尝过的三峡滋味："历史上许许多多的名人大家，同三峡结下了悠长深远的缘分……种种人生'五味'，尽在各自的心头回荡翻腾……"接下来简要叙写历代船工、纤夫、舟人所品出的三峡滋味，这滋味更具普遍性和震撼力。它从前人的诗文中，从广泛流传的三峡民谣中，就可窥见一斑。三峡民谣虽已远逝，但至今仍触目惊心！

文章后半部分用更大篇幅描述了党和国家领导人、三峡地区人民及三峡工程建设者围绕"宏伟的三峡工程正式动工"所品出的三峡滋味，这滋味更鼓舞人心，更催人奋进！尤其是三峡百万大移民，为支援三峡工程建设，"舍小家，为大家"，背井离乡，"奋然前行"的可贵言行和高尚情怀，更令人敬佩和赞美！

二是描述对古今与三峡有关的古诗词作品及作者、名胜古迹的深入评析、由衷赞叹；抒写对雄奇、险峻、壮丽的长江三峡如画山水、奇岩险滩、峻峰峡谷、神奇古树、奇花异木等景物的热爱、赞叹之情。

《沧桑的三峡诗意》较集中地对与三峡有关的古诗词作品及相关传说做了较深入的评析和赞许。文中说，古时候，长江三峡是出川、入蜀的必经之路。过往的骚人墨客一方面因三峡的雄奇秀丽而情动于心，另一方面又为三峡的滩多流急而心惊胆战。有的诗人"行到巫山必有诗"；而有的诗人如杜甫、李白、白居易、苏轼等，则是一进三峡便有诗，并且诗如江水，一泻千里……

文中接着描述了唐宪宗元和十四年（819年）春，白居易由江州司马贬赴忠州任刺史时，于夷陵偶遇弟弟白行简与诗人元稹，于是，元稹坐船送白氏兄弟至长江西陵峡口的下牢溪，他们系船上岸……同游三游洞，白居易即兴赋七言诗十七韵以赠元稹，并书于岩壁上，还作《三游洞序》同书于岩壁上，留下"前三游"文坛佳话的故事。作者评析说，白居易"诗中抒发了离愁别恨……该诗意境凄美绝伦，流露出人世沧桑之感"。

随后，又叙写了李白于唐乾元二年（759年）被流放夜郎（今贵州桐梓），途经黄牛峡时，写下有名的《上三峡》诗的故事。诗曰："巫山夹青天，巴水流若兹。巴水忽可尽，青天无到时。三朝上黄牛，三暮行太迟。三朝又三暮，不觉鬓成丝。"读来字字句句饱含着深沉的愁思，抒发出遭贬流放的孤独和忧伤。不久，李白在途中遇赦。当他从白帝城返回江陵时，情感则发生了戏剧性变化，写出了《早发白帝城》"朝辞白帝彩云间，千里江陵一日还……"的"三峡绝唱"！

文中还描述了"安史之乱"后，杜甫携家人出川，辗转来到夔州（今重庆奉节），靠朋友相助，在此寓居达两个年头的故事。他回忆国遭叛乱、民不聊生、家之流离，汇天下悲愤于胸中，诗情奔涌，一连创作出 400 余首诗歌。因此，杜诗更多家国情怀，所抒发的诗意沉郁、沧桑，现实性很强，深沉地抒发了漂泊怀乡的悲戚之情，几乎是一吟双泪流。

《诗意乐平里》着重写作者观赏乐平里"如海市蜃楼，叫人心里飘然联想"的云景和"四面环山，山色如画……漫山遍野，青翠欲滴，清新如洗"的好山好风景的感受。由此，作者"便联想起屈原缘何在辞赋中一而再，再而三地描写和歌颂自然风物来"。原来，这些描写对象都来自他熟悉的民间事物，来自屈原对故乡的炽热眷恋。作者感叹说："到屈乡赏绿，让人诗情涌动。在这个世界上，秭归乐平里才是适合写诗的一个村庄。"

三是抒写对三峡宜昌的如画山水、奇岩险滩、峻峰峡谷、奇花异木等景物的喜爱之情；对三峡百万移民为支援三峡工程建设舍小家、为国家，无私奉献的感人言行和崇高精神的无比敬佩和由衷赞美之情。那《三峡雄奇此为魁》中展现的"上有万仞山，下有千丈水。苍苍两岸间，阔狭容一苇""雄冠天下的夔门"雄姿；那《神女峰，永远美丽》中描述的有关神女瑶姬的美丽传说及"她以一颗纯洁、善良的心，铸造一种崇高不朽的大美大爱"情怀，以及作者由衷发出的"她是我们心中相思的真、善、美的女神"的感叹；那《滩多流急西陵峡》《伟哉，三峡石牌》中展示的抗日战争中令 10 万日寇胆寒的"灯影峡中的巍巍石牌"雄风；《大老岭神奇之树》中记叙的那高 38 米、直径 1.1 米、树龄 300 多年的铁杉，高 10 米、直径 70 厘米、树龄长达千岁的"千手观音树"（山毛榉）等"品味不尽的神奇怪树"；那《神秘的后河》中描述的五峰后河国家自然保护区中"世界罕见，中国独有"的"神秘的生命王国"；还有那《最美茶乡邓村》《五峰采花香喷哒》等文章推介的历史悠久、名播古今中外的邓村茶、萧氏茶、五峰采花等名茶……作者在记述自己踏访、游览、观赏、思索、叩问和感悟这些景物的过程中,无一不洋溢着发自肺腑的真挚热爱和赞美之情。

四是记叙宜昌三峡工程建设者和三峡人民在宜昌现代化建设中取得的辉煌成就及带来的翻天覆地的巨变。

宜昌三峡地区虽然人杰地灵,山清水秀,也不乏资源,但千百年来,直至中华人民共和国成立后相当长一段时间,一直未能改变穷乡僻壤的困境。现代化建设和改革开放的春风吹遍了鄂西的穷乡僻壤,一条条宽阔、平直的公路、铁路修进了深山老林,一座座宽敞、漂亮的钢筋水泥大桥架在了大山深处的江河深谷之上,高楼、厂房,乃至漂亮的新城从锦山秀水间崛起……特别是宜昌三峡地区,由于世界瞩目的葛洲坝工程和长江三峡工程的修建,面貌发生了翻天覆地的变化。华章作为三峡宜昌的子民,目睹第二故乡的今昔巨变,他激动、惊喜、自豪,满腔激情、豪情注入笔端,挥洒纸上。他为昭君故乡的千年古镇古夫镇"时来运转,成了新县城,一座山水园林城、旅游文化城和生态环境城"而祝福;他为屈原故里喜迁新城,屹立在三峡坝首山顶的秭归新县城——漂亮壮美的新茅坪,正按"现代化、园林式、旅游型"规划要求构筑成"一颗闪烁的三峡坝上明珠"而欣喜、自豪;他为与自己结下不解之缘的宜昌市云集路的巨变而高兴、欣慰;为20世纪70年代以来"宜昌,飘出一道道彩虹"飞架长江之上而骄傲;他更为"喜见绿色长江"而惊喜不已。特别值得一读的是《西陵峡口大城浮》一文,把"被誉为长江三峡一颗璀璨的明珠"的宜昌市的今昔巨变描绘得淋漓尽致,历历在目。半个世纪前,郭沫若先生在《过西陵峡》诗中所写的"峡尽天开朝日出,山平水阔大城浮",如今已变成美丽现实。那拔地而起的幢幢高楼;那宽阔亮丽的条条马路、街道;那五一广场上动感与静谧相和相融、如诗如画的现代化园林景观、飞瀑流彩的音乐喷泉;那老城区中心"占地55200平方米,设计精巧,铺装高雅……油绿绿,活鲜鲜"的宜昌城市豪华"客厅"——令宜昌人自豪的夷陵广场;那"让宜昌人骄傲",相当于七八个"上海外滩",被誉为"万里长江第一园"的滨江公园中,融江南园林的精巧和巴楚文化特色于一体的楼阁亭榭和园林建筑;那"高峡出平湖"理想的实现、三峡百年"长梦终成真"的历史追忆与现实壮景……无不雄辩地证明宜昌市发生的沧桑巨变,流淌着作者发自心底的自豪及对党和人民的感激之情。

三

真情实感出美文,历尽人生写华章。这是李华章数十年从事散文创作丰富经验和深切感受的精辟总结。他的散文具有独特的个性和鲜明的特色。

一是为文注重创新。李华章的散文,不论立意、构思、选材、组材、谋篇、布局,都突出一个"严"字,追求一个"新"字。

《王村镇风韵》紧扣"王村风韵"这一文化含量丰富的新颖主题选材组材,谋篇布局,着笔行文,将王村镇的古朴风貌、地形地貌及变迁、历史沿革、经贸交通状况、人文风情、民族特色、重要事件及其影响、物产风景、杰出人物故事等描绘得活灵活现,如临其境。全文9个自然段,第一段从写"我到过不少小镇"的话题,自然引出"别具一番风韵"的王村镇。第二段写王村镇的历史沿革、地形地貌及变迁、经贸交通状况。第三、四、五段描述王村镇的古朴风貌、人文风情和重要事件及影响。着重描述了1986年春夏，上海电影制片厂《芙蓉镇》摄制组大导演谢晋、明星刘晓庆、明星姜文率队到该镇拍摄电影四五个月及电影《芙蓉镇》放映后给小镇带来的深远影响和变化。第六段详写王村镇重要的土家族工艺产品"西兰卡普"的织锦过程及该产品在国内外的影响和织锦姑娘们的生产生活状况。第七段描绘气势磅礴的王村瀑布。第八段记述瀑布东面花果山上耸立的全国第一批重点保护的文物之一——溪州铜柱。第九段写作者的沉思与希望，收结全文。各段所写内容联系紧密，环环相扣；叙事详略分明，过渡自然；行文如行云流水，生动幽默，含蓄隽永，首尾呼应，一气呵成，堪称散文精品。

　　二是情感丰富真挚。在创作中，作者常将描述的事件、景物、人物故事、情感抒发同自身的经历、感受融为一体，情感发自肺腑，显得格外真挚自然。

　　《花瑶梯田，壮美的画》开篇写道："上龙潭、山背是我的一个夙愿。"这夙愿就是要去溆浦县龙潭镇与山背周边地区看壮美的山背花瑶梯田。据介绍，山背花瑶梯田始建于先秦，发展于宋、元、明、清，历史悠久。自古以来，瑶族中的一个支系花瑶与汉族百姓，隐藏在雪峰山北麓这片封闭的土地上，繁衍生息，用辛勤的劳动，以智慧的创造，把大大小小的山包、山湾、山坡开垦成诗意的梯田。面对"那气势磅礴、雄奇壮丽、鬼斧神工的自然景观"，作者禁不住"啧啧惊叹、叹为观止"。他很佩服身边的溆浦知名摄影家魏荣光，因他20年如一日，坚守在山背花瑶梯田，不惧暴晒、严寒，用自己的慧眼抢抓最美的镜头，用绚烂多彩的作品，站立云端与大山对话、与瑶民对话、与心灵对话。

老魏翻开他出版的摄影画册《中国溆浦花瑶梯田》,一边指点梯田,一边对照摄影作品。作者越看越激动。眼下正值金秋时节,他放眼望去,见上万亩梯田的稻谷,如金带盘绕,似金龙腾飞,像金蛇狂舞,整个山背金黄遍野,山风吹拂,如海似潮,一派浓浓的山背秋韵。字里行间满溢着作者对花瑶人民勇于创新的伟大精神和摄影家老魏的敬业精神的赞美之情。

文章结尾,作者从心底发出赞叹:"花瑶梯田,是人类最伟大的古老工程之一,足可与世界知名景点云南哈尼梯田相媲美。花瑶是一个洋溢诗情画意的民族;花瑶梯田,则是展示在湘西人民、中华儿女面前的一幅雄奇、壮丽、秀美的画卷!"这赞叹情真意浓,水到渠成,自然贴切,感人至深。

三是表现手法灵活多样。叙事、写景、状物传神、传情,给人以如临其境、如见其形、如闻其声之感,极富感染力。

华章的散文中常运用新颖的比喻,巧妙的拟人,较工整的对仗、排比、重叠句式,质朴、形象、简洁的白描等艺术表现手法叙事、写景、状物,常能收到传神、传情、事半功倍的表达效果。且看《泗溪竹韵》开头:"阳春三月,春雨潇潇。霏霏细雨中,我走进秭归泗溪。奇峰峡谷中的山溪,弯弯曲曲,坎坎坷坷,淙淙而来,潺潺而去,给予自然万物以滋润、以鲜活、以神怡……两边瀑布处处,或轰轰隆隆,或潇潇洒洒。望瀑,有一种惊喜;听瀑,是一种享受。我仰望'三吊水',惊心动魄,好似银河飞落。"泗溪多竹,生长于漫山遍野……约有万亩以上,好似竹海。这些文字最突出的特点是选用富于表现力的重叠词语写景、状物。如"春雨潇潇""霏霏细雨";山溪"弯弯曲曲,坎坎坷坷,淙淙而来,潺潺而去";瀑布"轰轰隆隆……潇潇洒洒"等,使所写景物读来有形有声,节奏鲜明,如临其境,如闻其声。此外,还兼用了排比、对仗、比喻

等表现手法,增强了文章语言的表现力和感染力。

"这里还栽种或移植珍贵的名竹约270种。沿着山溪前行,一路翠竹相迎……远望楠竹壮大,毛竹修长,颇有长者之风貌;近看,细竹立奇,千姿百态。紫竹呈现亮丽的紫色;花吊绿竹,竿上清晰可见绿色直条纹;龟甲竹,竹子下端有龟甲形图案,好似人工雕刻一般;尤其是小叶翠绿竹,叶片小巧,枝条细长,伸向左右,竹节之间呈曲线状,凝视之间,宛如少女身材,有曲线美;罗汉竹,竹子下端竹节密而短;粉单竹,竹竿上有粉状物,用手抚摸,粉会粘手;斑竹,竹竿上有黑色斑点,似留有泪珠之痕。徜徉在'名竹苑',大开眼界……到泗溪品竹别有一番韵味。"以上文字主要运用白描手法,集中描述了泗溪三峡竹海中各种珍稀名竹,如数家珍,重点突出,形象直观,要言不烦,让人印象深刻。行文中还兼用拟人、比喻等表现手法,进一步增强了语言的新奇感和表现力。

最后以"泗溪一绝"的"多种竹菜""那美味久久地萦回在舌尖上、心扉里……"收结全文,更增强了"竹韵"的余味。该文堪称一篇情真意切、文情并茂、韵味悠长的散文精品。

华章先生在《文集·后记》中说:"好作品是从人民群众的丰富生活中采撷与开掘出来的,是从作者心灵中绽放出的思想和艺术的花朵。一个作家的创作成绩是靠自己奋斗出来的,没有什么捷径可走。既在于勤,又在于恒;既贵于真情和性灵,又贵于独特和精深。文学创作永无止境。"这是他数十年文学创作宝贵经验和感受的精辟总结,也是值得我们学习、借鉴的金石之言。华章还说过:"对作家与作品的评论,是一件非常不容易的事。"我深有同感。我的评论很难尽显《文集》作品的精华,甚至挂一漏万,难免遗珠和偏颇。好在它是我认真阅读《文集》作品真情实感的真实记录。诚望华章先生继续发扬"把自己的真性情、真感受和真襟怀融入作品里"的好传统，创作出更多佳作美文，让未老的艺术生命闪耀出更亮丽的光彩！

2019年9月26日于武昌东湖景苏斋

（原载《长江文艺评论》2020年1期）

踏遍青山人未老

——读《李华章文集》

◎ 樊 星

李华章先生是文坛的常青树,也是我一直敬仰的文坛前辈。几十年来,他勤奋写作,硕果累累。每有新著,常赐予我。最近,《李华章文集》三卷本出版(武汉大学出版社2019年1月出版),真是宝刀不老、陈酿弥醇!

先生著述等身,其中又以散文写作成就最高。有论家赞叹先生写湘西故乡之美、宜昌风光之奇,令人心驰神往,确为不移之论。然而,先生文思泉涌、笔墨所及,也常涉往事漫忆、故旧逸闻、风俗探寻、读书笔记……可谓不拘一格,如杂花生树、百鸟齐飞,万花筒般美不胜收。看得出来,先生是将自己的所见所闻、所思所感都记录在了自己的散文中。于是,生命中那些转瞬即逝的鲜活感受都凝聚在了一篇篇美文、一本本散文集中。散文就这样成了生命体验的记录、人生旅程的足迹。如此说来,散文这种自由、活泼的文体,也是贴近生命的记忆储存器。所有的欢乐与感慨,所有的艰辛与偶得,所有的纷纷扬扬的记忆碎片,都汩汩流淌在如梦如歌的字里行间,从而使许许多多的日常体验都获得了长久的生命力。所以,我特别看重那些怀想困难岁月的温馨之作,像《赶考记》那样追怀步行90千米山路赶考的难忘经历,《晚景》那样回忆"同家庭划清界限"留下的锥心之痛,《杖筒而哭》对于母亲的追思,以及对故乡丧俗的描写,还有《永驻心中的"天官牌坊"》《忆北山坡学府》《镇镜山下》中关于困难时期日常生活、同事行迹的蓦然回首，以及顶着"名利思想"的压力追求"作家梦"的心劲……读来都有五味俱全之感。那一段历史好像已经消逝在时间的滚滚东逝水中。然而往事并不如烟。读着这些回忆往事的佳作，我很自然想到了华中师范学院老校友、已故老作家李德复先生的回忆录《不言放弃》，书中记录的60年生命旅程苦乐交织，令人感慨。还有华中师范学院1949—1964级校友的回忆录《回望昙华林》（王一民主编），其中对于那个年代的缅怀、对于老先生感人事迹的生动描写，也令人难忘。那一代前辈的蓦然回首，与我们这一代渐入老境以后对经历过的知青岁月的回忆（如武汉知青回忆录《我们曾经年轻》），都真切记录了几十年来不论时光怎么冲刷也魂牵梦绕的历历往事。那些往事就是鲜活的历史吧！是的，历史不只是教科书中的抽象叙述，更应该与过来人的日常记忆紧密相连。

  那一代人经历过多少曲曲折折、坎坎坷坷，大家咬咬牙也挺了过来。华章先生常常笑对人生，在那一代人中很有代表性。他走遍了鄂西的山山水水，好些地方曾多次踏访，每次踏访都有新的发现，可见对鄂西的那份挚爱之情。我喜欢那些欣赏三峡雄奇、巴蜀风物、凭吊历史名人的篇章，也喜欢《白云生处人家》《香溪诗意》《守望诗魂之舍》《三峡背篓女》那样记录山区普通人生活、弥漫着日常生活气息的人生速写。故土难离的山民、王昭君故乡的后人当上先进工作者、为屈原守庙27年的老教师、背起背篓谋生的女人的坚毅，都显示出山里人的纯朴、厚道、坚忍、豁达，可以称为"山魂"吧！另一方面，当作家在踏访山水时留意普通人的生活、与他们攀谈，也就流露出深入民间、亲近平凡的动人情怀。尤其是当都市中的人们已经习惯了浮躁、焦虑、吐槽、郁闷的生存状态时，那些山里人的平淡、从容、腼腆、固守就显得非常可贵了。在广袤的大地上，甚至在都市中那些不为人知、安宁如故的街衢巷陌中，普普通通的人们大多过的还是平平淡淡、波澜不兴的日常生活。他们也有普通人的各种烦恼，却在与烦恼的周旋与搏斗中打发着漫漫的光阴。记下他们的普通生活，也是文学的一个传统——从杜甫的"三别"、韩愈的《祭十二郎文》、归有光的《寒花葬志》到鲁迅的《阿长与〈山海经〉》、沈从文的《湘行散记》……都是文学家关注普通人、不忘人间事的情怀写照啊！应该有更多年轻的作家继承这一传统并且发扬光大。

《文集》中的许多篇章，从前都读过。此次重读，仍然觉得作家自强不息、乐以忘忧的精神灼然可感。爱生活，爱故乡，爱山山水水，是文学常在的活水源泉，也是前辈作家最令人感动的风范所系。有了这样的风范，才能够跨越各种障碍，体会人生的多姿多彩。正所谓："踏遍青山人未老，风景这边独好。"

2019 年 3 月 20 日于珞珈山

（原载《中国三峡工程报》副刊 2019 年 3 月 30 日，《湖北日报》2019 年 7 月 4 日）

静水深流　自成一派
——《李华章文集》评赏

◎ 姚自蹊

著名散文家李华章，几十年来笔耕不辍，创作了大量具有经典意味的散文作品。文学评论家涂怀章评价他的散文"平实之中含有深意，且用笔精细，语言清冽如泉水"。2019年1月，《李华章文集》由武汉大学出版社出版，不仅为读者展示了李华章散文创作的整体风貌，同时也为我们研究李华章的散文创作提供了极大的方便。

《李华章文集》分为三卷，可以说是李华章散文之精华。第一卷《湘西之梦》；第二卷《三峡情怀》；第三卷《荷屋随笔》。

李华章出生于屈原流放地溆水河畔，工作后又扎根于长江三峡，所以"水"是李华章散文中极其重要的一个元素。李华章自己也说："在我的文学创作道路上，情有独钟的是'两条河流'，即生我养我的沅江溆水和长江。'两条河流'我写了一生。"（《李华章文集·后记》）"水"不仅是李华章散文中的重要题材，同时也作为一种风格贯穿其散文创作中。

李华章的散文语言如水般澄澈灵动，读来使人有一种在宽阔的河流中顺流而下的畅快感受。同时又笔法多变，时而如涓涓细流，精雕细琢；时而如大江大河，一泻千里；时而如瀑布喷涌，澎湃激昂。他对语言的考究与其散文观念密不可分。李华章认为："散文毋宁说是美文……散文的'文'，在语言上讲究文采焕焕、自然天成、妙语迭出、气韵绵长、诗意盎然。描写，绘声绘色；抒情，情真意切；叙事，娓娓生动；议论，精辟简洁。"（第三卷《既散且文》）李华章的散文语言，就是按照以上要求不断锤炼打磨而成。在《湘西之梦》中，作者用独特的语言艺术，为读者构建了一个笼罩在水汽中民风淳朴、令人神往的世界，颇似沈从文笔下的《边城》。在这个美妙的湘西世界中，有坚忍耐劳的船工、有善良美丽的乡镇姑娘、有一排排依水而建的吊脚楼……李华章描写船工"无风走长潭"时的语言十分动人："这时，船工们各就各位，竹篙、木桨、长橹统统上马，江面波平浪静，无一丝风，太阳火辣，蒸气灼人，河流变成了死水似的，撑一篙、荡一桨、摇一橹，小船才前进一步，船工汗流浃背。即使如此，他们也会苦中作乐，不知谁带头吹起一声口哨，'嘘——嘘——'船工们便接二连三地吹起来了。据说，这是在呼唤江风。这一声'嘘——嘘——'的口哨，就像在死寂的空气中，冒出一点希望的火星。他们不甘失败，一声又一声地呼唤，是那么认真、虔诚。"（《梦里的潋水》）李华章还描写了湘西的一系列风土人情，比如背禾桶、划龙船、打糍粑、赶场等，其中以打糍粑最为有趣，生动地再现了浓浓的湘西年味。在《三峡情怀》中，作者引经据典，笔力独到，语言气势磅礴如长江奔流，将三峡的雄奇壮美表现得淋漓尽致。如对三峡雄鹰的描写："高阔的天空，深沉的江波，任你自由飞翔。右岸的奇峰，左岸的悬崖，筑起你起飞的跑道。雄鹰在三峡展翅，一个盘旋，一种风采；一个畅飞，一派潇洒；一个飞升，一层境界……夔门的惊险，你敢飞越；巫山的云雨，你敢剪碎；西陵峡的波涛，你敢傲视。三峡的儿女，经历了百年风雨沧桑过后，个个都像展翅的雄鹰！"

李华章的散文，具有真挚细腻的感情，仿佛清冽的泉水涤荡着读者的心灵。他往往选取一两个微小的事件，用精细而质朴的语言描绘，因为其中灌注了真挚的感情，所以不用过分点染而自有一股感人的力量。同时，他擅长将感情层层铺开，像一条条润物无声的支流，最后合为一股清泉喷薄而出，给读者极大的情感冲击。"散文贵有真情实感。这是散文的命根子，也是散文的灵魂。但这个'情'和'感'必须深挚，因为'情'和'感'不深挚，则无以惊心动魄。"（《散文天地任驰骋》）李华章最欣赏的散文之一是朱自清的《背影》，正是因为朱自清"动了真感情"，才将父爱表现得"既有诗的情味，又有画的形象"。李华章的《田野的声音》也塑造了一个打动人心的父亲形象。他从做农活写起，父亲是种田的"行家""里手"，一年丰收之时，高兴的父亲当场表演起了"扯旗角"——一种难度极高的背禾桶的方式，田野上人群的喝彩声多年后还回响在他耳边。通过这个细节，他将一个纯朴勤劳、憨厚可爱的父亲形象生动地呈现给了读者。这篇散文表现了对父亲的敬佩之情、怜惜之情、怀念之情，最后由父亲而及千千万万"战烈日，斗风雪，面朝黄土背朝天"的穷苦百姓，数种情感一起迸发，荡气回肠，动人心魄。真挚细腻的感情使李华章笔下的人物都饱含深情，显得生动可爱。又比如《山里舅舅》把大舅看戏时轻轻地摇着头、晃着脑，那陶然、沉醉的神态，写得惟妙惟肖，每每令后生仔瞠目结舌！

　　李华章的散文具有一种与时俱进的时代精神，用他自己的话说，就是"风云气"。他认为"脂粉气足而风云气少"是造成散文故步自封、思想贫乏的主要原因，因而他提倡散文作者应"有大海一样的胸怀，洋溢出如海似潮的澎湃激情，增添放眼时代的豪气，抒发更多汪洋恣肆的情思与革命理想的光芒"

（《散文，多一点"风云气"》）。李华章的散文，即使选取的题材不大，但总能与时代精神相联系，显示出他宏阔的思想境界。如《记忆烘桶》由湘西人家旧时用的烘桶换成了电暖箱这一小事切入，写出了湘西日新月异的发展进程。再如《千年屋》，通过母亲把棺材让给先过世的儿媳这件事，作者联想到农村旧习俗的变化、新思想的传播以及新农村建设的稳步推进。在游览风景名胜、文化古迹时，李华章总是怀古思今，为古老的风物注入时代的生命力。又如《春满昭君镇》，他追忆历史，展望未来，通过昭君故里的今昔对比表现出昭君精神在新时代的发展。在散文结尾，他发出了这样的感叹："环顾周围，兴山县多山，象征着昭君坚强的人格风骨。一座座大山林海茫茫，万木森森，苍翠蓊郁。若把这条碧绿的香溪河保护完好，让其生态环境优美，永远流香而去，那么，兴山县昭君故里的绿水青山，就是习近平总书记讲的金山银山！"

作家余光中说："在一切文体中，散文是最真切的、最平实的、最透明的言谈，不像诗可以破空而来，绝尘而去，也不像小说可以让人物戴上假面具，事件的隐身衣。散文家理当维持与读者对话的姿态，所以其人品尽在文中，伪装不得。"读李华章的散文，我们读到了一颗怀瑾握瑜、热切真挚的赤子之心。他对家乡的热爱、对时代的关怀都化为灵动的文字，流淌于笔尖，静水深流，自成一派。

2019年7月于华中师范大学

（原载《文学教育》2019年7月）

步履健美写年华

——读《李华章散文选集》

◎ 涂怀章

一位作家迎面走来，步履健美，著述丰厚。他从近31年出版的10余部散文集中选若干篇结一集，献精品于社会，这就是《李华章散文选集》。

这样的精选本身即具有启示意义。在媒体高度发达、生活节奏加快的高科技时代，人们需要阅读精美，而不是烦冗。李华章先生的散文，总数逾千，历经时间风雨的冲刷，心智的磨砺，挑出来的皆是闪光珍品。书分三辑：一、"我梦中的湘西"，记录他对故乡的深情厚谊。二、"我珍藏的三峡"，描绘他的第二故乡之壮丽风貌；三、"我难忘的风景"，回忆步履所至其他地方印象最深的人间胜境。三辑用意精妙，建构周全。

好作品是审美与高尚情思的结晶。读李华章的散文，我的第一感觉是心情愉悦，进而有所体验，有所领悟，直至赏心怡神，获得精神享受。这就是被艺术唤醒的足以提高生命活力的美感。金闪闪的灵魂跳动，使内在世界跟外在世界发生特殊的认识关系：审美。人与世界的这种关系，主动权在人。只因有了人，世界才显得如此光辉，优秀的艺术创造便是明证。

现实中的审美属性，多以可感的直观形式呈现。作者深谙此理，紧紧抓住画面特征，描绘自然，讴歌生活。在叙写故乡往事的篇章中，他是才华横溢的画师，潇洒泼墨，绘出一系列风景画、风物画、风俗画、风情画、人物画。它们各有区别、也互相辉映,色彩鲜丽,线条清晰,动感极强。比如写湘西凤凰山、南华山、丹岩山、花果山,写沅水以及它的支流溆水、辰水、舞水、酉水,美得令人无法转述。以《辰溪风采》为例。文章这样开头:"沅水风流去,一江碧水,两岸青山,稀稀落落点缀着城镇和村落,有滋有味地流传着船工和排工的风流故事,留给人千般向往、万缕情思……"接着描写清溪卵石、激流险滩、巨岩陡壁、松林古寺、灵官庙、柳树湾、风流河街。既用粗大浑厚的笔触勾画,又对茶庄桐油行、盐号药店、槽坊豆腐坊、竹器编织、小吃南杂、背篓行人作细腻点染。还有,外来水手筏工寻开心,找相好情人、干姐、干娘……的记忆,捎带寡妇链的传说。让旧式吊脚楼与新沅水大桥对比,追叙抗战和中华人民共和国成立初期的故事。既具有现实的幽美感,又富于历史的纵深感。场景繁荣,色彩斑斓,令人感受到现代版"清明上河图"的氛围,甚至更觉活跃。

当然,作者并不满足于感性的、自然的、直接的联系,不只是观看、倾听、品尝、触摸,而是以它们为出发点,赋予丰富的社会意义。不是照相般复制形状、色彩、光线,而是以综合式动态展现并各有侧重。寓意激活外表,寄情刷新空间。写风物的,如《千年屋》《历史的丰碑》《欢喜佛》《吊脚楼赋》《湘西的水车》《记忆烘桶》,注重思索富含时代特征和地域色彩的典型物件,追溯已逝时空的生命脚印,折射人世沧桑与社会变迁的哲理。写风俗的,如《溆水河畔屈原魂》,讲述纪念伟大爱国诗人屈原的习俗,颇显神奇。2000多年前,屈原被逸,放逐湘沅,行至李华章的家乡溆浦,寓居在离县城5000米的黑岩山中达3个月之久。山民以热情的目光温暖诗人的心灵,诗人用诚挚的创作回报人民的热爱,挥笔写下《涉江》《山鬼》等名篇。教师陈伦考证,《橘颂》亦出于此。因而,

"招屈亭，冬无雪，夏无蚊"，"龙堆积雪"屈原庙，"大小端阳"起传说。以及赛龙舟、丢粽子招魂的多种纪念方式，自然流传千秋。再如《杖筒而哭》，记叙作者母亲逝世、按乡俗举行悼念仪式的过程。深夜，孝子在中堂灵前"打灯"，手持竹筒，挂地绕棺而行，听道士吟唱母亲生前善良纯朴、帮助村人的美德，为抚育儿女节俭持家、遭遇种种艰辛，不由得杖筒大哭，深刻反思子女应当尽孝、如何尽孝的道理，实乃表达母爱主题的上乘之作。还有《湘西年俗》，集地域风习于一体，翻检柑橘，榨制蔗糖，走亲施礼，酿"甘蔗酒"，看"目连戏"，揣压岁钱"滚推"，内容新奇，令人神往，兴趣油然而生。

至于侧重风情和人物的佳作，更体现作者对美感要素的综合把握。《水灵灵的秧苗》，展开"四月八，开秧门"的画卷：三嫂家请亲友插秧。女办酒，母怀秧、分秧、甩秧；远房叔伯你追我赶赛插秧；前辈教我不插浮脚秧；女子送蓑衣斗笠，接班学插秧……春雨飘洒，笑语喧哗，"啊嗬"连天，细节生动突出，场面活灵活现。春种令人陶醉，插下希望和期盼，《秋的记忆》很快带来收获的喜悦。九叔家围着板桶（又称"禾桶""打谷桶"）打谷，九兄弟乐不可支。"嘭嘭"声响，金谷飞扬。锣声"喤喤"，小娃儿拾稻穗换"打巴糖"，乡土气息扑面而来。对换田背板桶的描绘，尤见神奇：九叔肩扛一角，其他三角悬空，谓之"扯旗角"，如旗似帆，飘于金色海洋，威风极了，赢得喝彩。后不守计生政策，为得儿子超生两女，不胜重负身板渐弱，只能将板桶一方平扛肩上，如屏风竖立，叫作"打排风"。再后来，又超生一女，未老先衰，只能背负桶底，桶口朝天，村人戏称"驮乌龟"。作品批评九叔被封建思想压得喘不过气来，幽默诙谐，给人印象和启迪均很深刻。《王村镇风韵》写古镇新貌，土家族苗族人民的劳动场面，彩亭铜柱引人深思，感觉内涵不凡。更有以记人为主的佳作，如《晚景》写含辛茹苦、坎坷一生的父亲；《凝固的瞬间》写历尽沧桑、生活艰难的姑父、姑母；还有《山里舅舅》《三舅》《边城茶峒寻梦》《阿拉女人》等篇，都是抓取人物特征、思考时代变迁的佳构。歌颂革命历史人物和古今文化艺术名家的散文，大都通过某纪念地风物而深切缅怀，如对向警予、贺龙、粟裕的礼赞，对屈原、王昌龄、沈从文、黄永玉的景仰，用以弘扬造福后世的崇高精神，特别益人心智。

如果说李华章的"湘西组画"以清丽柔美为主要特征，那么，他的"三峡画廊"则多了雄浑壮丽的风格。他尊重客体自身尺度，全面、精练、形象地展现三峡全景。既有对瞿塘峡、巫峡、西陵峡或雄伟或秀丽或奇诡的宏观勾画，又有对夔门、孟良梯、倒吊和尚、盔甲洞、风箱峡、巫山十二峰、兵书宝剑峡、牛肝马肺峡、崆岭滩、黄牛岩、灯影峡不同特征和传说的微观描述。既有对峡江名城奉节（白帝城）、忠州、兴山、巴东等地的动情叙说，又有对石宝寨、张飞庙、秋风亭、楚阳台、授书台、斩龙台、香溪、屈原和昭君故里、大宁河、依斗门、八阵图、神女峰、宜昌白果树瀑布等众多景点的深情吟唱。还有对桃花鱼、古栈道、点水雀等特殊风物的有趣介绍，更有对中堡岛、女子信号台、西陵长江大桥等现代新景点的由衷赞美。既有对跟此地有过亲密关系的历史名人寇准、王昭君，文学名人屈原、宋玉、杜甫、郭沫若等人的传说、诗词的引述和赞颂，更有对三峡纤夫、背篓女、白云生处山民、激战"龙口"的大坝建设者的钦敬。既从不同侧面显现了三峡壮美的外在特征和丰富的历史文化内涵，也按照自己的理想和情趣赋予了全新的当代社会意义。以《滩多流急西陵峡》为例，足以证明这种主客体尺度统一的良好效果。读此文，我仿佛置身闯滩全过程的惊涛骇浪中，同时听到高度浓缩的关于历史传说、名人逸事、诗词典故的精彩介绍，惊魂动魄，感悟良多。最后闯滩成功，不禁陶醉在胜利的喜悦和对三峡未来的憧憬之中。人生能有几次搏？读之如同生命有了一次自豪的经历与收获。

第三辑可谓"神州选画"。有对母校华中师范学院的回忆，对清江水库、鄂西茶山的采访，有"行万里路"的游览踪迹。武夷山、庐山、鼓浪屿、北戴河、洞庭湖、虎门、丽江、大连海港、鲁迅故里、四川三星堆、苏州小巷、常德诗墙以及柳叶湖畔司马楼……尽在他的纸上流光溢彩。它们引起的美感是多样的。有不同的色度和造型，有丰富的古今人文含义，其具体性以景、物、人的个性特色为转移，多带有愉快的、肯定生活的性质，是精神的兴奋剂。当然，这只是此类散文的部分美学要素。

更值得称道的是作者的赤子之情。他在《自序》里吐露："我出生在神秘湘西的僻壤，是喝着碧绿的溆水长大的。""我深深眷念着故乡的这片土地、这条绿水。那里有生养我关怀我的父老、兄妹和乡亲。他们的人生悲欢、坎坷命运与沧桑经历，总是牵动着我的心，萦绕在我的梦里。"所以，他的大量散文首先是一颗赤子之心对故乡的回报。他较多地记叙了故乡对他的抚育和以湘西为起点的人生追求，表达了多梦岁月的真挚亲情、爱情、友情和乡情。大学毕业后，赴三峡宜昌工作，对第二故乡的热爱使他成长为建设者和作家，足迹"踏遍了兴山、五峰、长阳，多少次流连于悠悠香溪和沮漳河畔，多少回脚踏长江三峡的惊涛骇浪"。也许因为屈原到过溆浦，而他由溆浦来到屈原故里，他的思绪常在两个故乡之间徜徉，化作篇篇美文。由湘西到三峡，及至走遍九州大地，乡情升华为民族情和爱国情。

　　真挚情感的产生，源于锦绣山川引起的审美反射与爱的交流。这从描写个人成长的篇章中可以看出。如《梦里的溆水》记叙他坐小木驳子船进县城上中学的过程，不仅有屈原行吟过的水畔奇景，也有船工的粗犷豪爽、幽默诙谐对一个少年的感染，更着重描绘了烈日下艰难撑篙摇橹，冒着"撞成碎片"的危险闯过"虎跳滩"的惊险历程，于是，"我的敬意油然而生"。再如《赶考记》，叙写作者与6个同学为了省钱，翻山越岭步行180里赴沅陵参加高考。山路崎岖，有的地方悬崖峭壁，脚临深渊。撑着大纸伞吓唬可能出现的猛兽。日饮山泉，夜宿茅店。山民亲热地"端出一碗碗清水煮土豆，外加一匙稀辣椒"。……他终于考上大学，从湘西走进武汉。既有对故乡的感恩和奋斗成功的豪情，也为今天的青年提供了学习范例。又如《翡翠观音》，回忆故乡一位美少女在家里提亲之后勇敢地于月夜柳林下送他一枚玉观音的甜蜜往事，馈赠爱情信物，亦是吉祥的祝福。虽因非主观缘由未能发展，心里却一直流动着温暖、歉疚和感激，"久久地依恋着这一片生命的风景，珍惜这一份真挚的情意"。善美，高尚，爱意洋溢，情透纸背。还有昙华林的老师、三峡纤夫、山民、背篓女、信号台人员、大坝建设者，都曾感动过他美好敏锐的心灵，唤出记忆，激发想象。想象也是一种共鸣。他所投射的感情，既是真情，也是深情，更是诗情——饱含崇高美好感情的想象之情。客观事物和人可以对作者起触发作用，像钟摆的第一次推动。但真正的创作动力是作者的情感，即一种呈积极状态的心理反应。这不是日常生活中的个人生理震颤，而是经过深刻体验、理性思索并蓄之既久后猛然爆出的精神火花。

　　李华章的精神情感源于他对先进思想的追求。故乡热土的人和事、山水与庄稼，孕育了他的求学梦，滋养了他的文学梦。学习与工作使他不懈地追求推动历史前进的社会思想，其散文耀眼地显示了这种心迹。

一是常把民族大义和爱国主义贯入文字。例如在张学良被软禁的沅陵凤凰山古寺缅怀抗日名将（《雄魂飞出凤凰山》），在湘西"受降纪念坊"为没有镌刻八路军和新四军的抗战功绩而惆怅、不平（《历史的丰碑》），在虎门关天培、陈连升塑像前赞颂抗击帝国主义的英雄壮举（《漫步虎门》）。感叹声里，洋溢着民族豪气。字里行间，昭示着永恒真理：视民族尊严和国家声誉为最高利益者，无论生死，都是大写的人。

二是使革命先烈和英雄历史重新生动起来。在向警予故居，热情歌颂中共早期卓越的妇女领袖（《忘记不了她》）；在贺龙故乡，赞美为人民征战一生的我军元帅（《沧桑贺龙桥》）；在粟裕旧居，颂扬著名的解放军大将（《名将的情怀》）。虽然岁月沧桑的烟云已经飘远，人民对先辈的怀念永恒不变，作品在传递着一种可贵的感情。

三是对古今先贤的钦敬。在巴东秋风亭怀念宋代良吏寇準（《秋风亭记》），在忠州津津乐道周朝名将巴蔓子刎首留城和三国时代严颜守节不屈的故事（《玉印飞峙大江边》），这些都反映了高尚的思想和道德观念。更不用说对文化名人情操的学习与实践之深。屈原的刚直不阿、爱国忧民（《屈原故里三章》），杜甫的历尽艰难、关心人民疾苦（《依斗门前的依恋》），王昌龄的生性耿直、一片冰心（《芙蓉楼之魂》），刘禹锡的"讥忿"权贵，爱护黎民（《柳叶湖》），鲁迅高举民族文化大旗的伟大人格和战斗精神（《在鲁迅故里"朝花夕拾"》），沈从文的"不折不从，亦慈亦让；星斗其文，赤子其人"（《谒沈从文墓》），都在他的笔底得到辉煌展现与弘扬。

四是对历史错误现象的批评以及对自身思想的解剖。李华章不是以批评为特征的作家。恰恰相反，他以歌颂生活为主。凡是美丽的自然山水，标志着某种生活价值、社会意义的事物，他都歌颂。尤其对中国共产党领导的革命与建设，对劳动人民大众，对慷慨激昂、热血沸腾、为社会造福的豪情壮志和凛然大义，他都歌颂。但细读其散文也有批评，只是比较谨慎，颇有分寸。在《晚景》中，对父亲所受的委屈、压力有所揭示，点出了极左年代的问题，也袒露了心中的愧疚。《哦，大桥》一文，记叙老同学伯俊三过武汉长江大桥的经历：30年前首次过桥，是作为大学生欢庆通车典礼；第二次是戴着"右派分子"帽子拖着板车为学校养猪场拉饲料；第三次是30年后，作为家乡主管工业的副县长来母校所在地开拓市场，坐着上海小轿车过桥。憨厚的湘西娃子读大学被劳改，后来在乡村中学又遭"文祸"。看过同学保存的日记后作者写道："果然，这是他反革命的'活罪证'，白纸黑字，该是属于'利用小说反党'的那伙无疑。不过，伯俊不是小说家，而只是凭着自己书生意气信笔写下的一些诗行。"以调侃反驳诬陷，以幽默评说残酷，点到为止。再如《娃娃朋友》，回忆他跟儿时好友武明兴的深厚友情，更叙说老武的悲惨遭遇：大学毕业后分到国防科研单位，却被贬谪到农场当了3年农民。父亲成分不好，冻饿之中上山拾柴，被公社干部"用穿翻毛皮鞋的脚"踢死在雪里。只因到生产队询问父亲的死因，回京后竟遭诬告陷害……作者不忍心写出具体惨象，只说："在什么都讲家庭出身、阶级路线的年代，扣你一顶'进行阶级报复'的帽子，如同犯下滔天大罪。老武的下场可想而知。"看到朋友回忆往事而心情沉重："悄悄地把丁玲老伴陈明在狱中偷偷写给她的小'纸条'转述予他：'忘记那些迫害你的人的名字。握紧那些在你困难时伸过来的手。'"在他看来，写出事实已是最好的批评，受伤害者的存在即是对伤害者的揭露，议论无须过多。他充满激情地写道："满天朝霞已经从地平线升起，我们有生之年一定会看到更加光明的灿烂！"信念坚定，乐观宽容。读《取名儿》一文，更觉他豁达大度，心境美好悠然。笔者在《湖北新时期文学大系》散文卷"序言"中曾说：他的笔墨始终散发着纯正的思想芳香，此书再次做了印证。

无论热情洋溢的歌颂，还是"向前看"式的温文尔雅的批评，李华章的思想和感情既是真实的，也是诚挚的，更是可贵的。这不仅从其散文中可以看出，我还有亲身感受为证。读到"几乎是跑步似的扑向了西陵长江大桥，烈日下，我脱掉了'湖北采风'的草帽，久久地仰望着主塔……"(《三峡，飘出一道彩虹》)，立刻勾起我动心的回忆。那时，我也有一顶"湖北采风"的草帽，有省文联主席周韶华先生亲笔题写的一个个红字，鲜艳美丽。那次参加中国文联采风团湖北分团赴三峡体验生活，我就在华章的身边。类似的活动有好多次，我曾跟他一道去黄陵庙寻找大禹治水的足迹，上坛子岭抚摩三峡的骄阳，登中堡岛畅饮给力的峡江涛声，钻隧道品尝中铁工人的苦乐，乘航船听他说神女风情，讲栈道艰险，解悬棺之谜。好多夜晚，我们在三斗坪的激流边滔滔论创作，促膝谈人生。我知道了，他的火热激情和优美语言来自哪里。此后每读华章，倍觉真实诚挚，不禁动心动容，因为我了解他。连他写的怀念母校华中师范学院的老师中，也有我熟悉的人，如著名鲁迅研究家陈安湖教授，就是我特别敬佩并有过交往的大师之一(《昙华林记》)。我深深感到，李华章是一位重情义的湘西、三峡赤子，一位思想高尚、技巧成熟的优秀作家，一位正直厚道、勤谨谦虚的文艺公仆——他曾担任一座中等城市的文联党组书记、主席。不过，假如不去单位，你不会知道他是文艺官

员。他身上没有任何官气,没有丝毫因职位而流露出的优越感或傲气。他的为人跟他的文章一样质朴优雅,特别平易近人。准确地说,他就是一位温和忠厚的长者和朋友。他的著文,一是两个故乡的哺育,使他产生真爱,融入了真性情、真感受和真体验。正如他所言:"没有故乡就没有我的散文。""有了真挚的爱便有了散文。"二是他对屈原、鲁迅、沈从文的思想和艺术的学习、继承,进而发展与创造。他骨子里深得屈原、鲁迅的正气,情感世界有一种共同的"基因":爱故乡、爱祖国、爱人民。但他在行为上多取沈从文式的谦让,表达自有策略和方式。俗云:金无足赤。他有不足吗?我以为首先是优点。他讴歌美与崇高,鼓舞人们积极乐观地生活,舒展大众的灵魂,是以审美为目的和根本任务的。我们不能苛求所有的作家必须以解剖灵魂为使命,或持猎枪翻越峻岭。不过,我也希望他留心路旁的沟壑与篝火,审视一些美丽乡村角落的"三农问题",研究巍峨大坝背后诸如黄万里等学者留下的询问……倘进入那样的思考空间,笔下会增添新的精彩。

　　李华章的散文已形成个人风格。这就是说,其多数作品从选材到立意,从章法到技法,富有思想和艺术特征的自我一贯性,具有与他人散文的明晰区别性。他坚信真情出美文,追求至情、至真、至美境界。所取题材,必是真感动了他的对象,然后被他描写。他属于审美类型的人,易受触动,又能理解,在思维的情感化和情感的思维化之敏锐反应中,理性与感性认识互融,于是有了创造,通过形象表达出来。虽然创作受世界观和学识所影响,但他从不赤裸地表现理论概念,也不像有些散文卖弄学识——"掉书袋"。而是追求清新质朴,清纯自然,不喜堆砌和炫耀,反对矫揉造作。他的抒情和对古今文典的引用,都是附丽于情思的自然流露,融入无痕。有些事物使他激动、沉醉、难以忘怀，但他决不停留于生理学意义的冲动，而是表达升华的所获。根据规律，文学创作具有作家自我表现的一面，作家个人经历、独特遭遇、一生之中尤其童年心灵所受的影响，往往会有形无形地表现于作品中，即很大程度上受其禀赋的影响，他当然也不例外。他的禀赋很好——我们不从先天的聪明理解，而是看作后天实践的结果。他生长于民风淳朴的乡土，经过学校与社会的陶冶，在政治风雨和时事变迁中淬火，执着地追求先进思想，严于律己，宽以待人，在长期实践中形成了高尚情操和优雅气质，也培养了高度敏锐的辨别力与分寸感，所以，他的散文不浮不躁，不俗不腻，纯朴自然，显示出平易亲切的素质，达到了难得的高雅境界。就结构而言，走笔多像随意漫步，述说感悟，抒发真情，自由自在。或如一笔行草书法，远望养眼，近观好认，不烦冗，不做作，不生硬。他的语言清新、明快、典雅、凝练。时引幽默生活化语句，谐趣而不失端庄。他写湘西的篇章，深得沈从文技巧之堂奥，却有发展和革新。同写乡村人特有的风韵与神采，思想格调迥然不同。其氛围、场面、境界、语言技巧，可与大师媲美，堪称《湘行散记》之续篇。而寄寓美与爱的理想、表达民族和个人情感，则富有全新的高度和意义。他吸收和学习沈氏技法的精华，却不受其束缚，而是掌握规律，驾驭自如。在写三峡和其他散文中，又有突破和大胆创造。

　　信念坚定重情义，步履健美写年华。岁月使有价值的艰辛凝为永恒，李华章的精选文集使我们有理由赞扬他的成功。我想，他的佳作将在广大读者中留下永久的赞叹。我祝这位优秀散文家身笔双健，继续大步向前！

（原载湖北省文联《文艺新观察》杂志）

收获时节果满园

——读李华章散文集《情满绿水青山》

◎ 张永久

这又是李华章先生的一个丰收年。年初就听文学界的朋友说，华章先生今年将有好几本书问世。具体多少本，我没有问，朋友似乎也不清楚。"总之，好几本书！"朋友扬起眉梢，说话的语调充满了羡慕。

应该说这是预料中的事。写作就像种果树，每写一篇作品，或者出版一本书，仿佛在自家果园里栽下了一棵树，可以想象成苹果树，也可以想象成梨子树、杏子树、樱桃树……如果足够勤奋，一年年写下去，到了人生的丰收时节，你的文学果园里自然会精彩纷呈。况且，在宜昌乃至湖北文坛，华章先生是众所周知的文坛常青树呢！

华章先生是亦师亦友的前辈。在我年轻的时候，他的名头已经享誉湖北文坛了。那时候湖北省作协经常来三峡搞文学活动，到了宜昌必定要找两个人：一个李华章，一个刘不朽。华章不朽，不朽华章，这两个名字经常是连在一起念的。华章先生的文学路子比较宽泛，涉足文学评论、儿童文学、诗歌等领域，但是散文创作最为人所称道，也是他自己最满意的行当。从20世纪80年代算起，30多年来，他出版的散文作品多达16部（如今还在不断地增加中），散文作品入选全国多个选本，获各种散文奖不计其数。

每隔一段时间，华章先生就要送来一本他新出的书。最近收到他的《情满绿水青山》(九州出版社2018年出版)。收集在这本书中的作品,大多数是他近两年的新作,也收有相关题材的旧作。一个鲜明的特色是,都是描写祖国的绿水青山之作,都是描写人与自然环境的生态环保之作。华章先生在《自序》中云:"许多年来,我听从伟大时代的召唤,坚持深入生活。贴近群众,贴近时代,行走于大江南北,攀登一座座名山,跋涉一条条江河,徜徉于一个个古镇村寨,饱览一幅幅美丽中国的图画,放情于山水之间,借景抒怀,每到一地,偶有所得,因此,时有散文作品问世。尽管散文易学而难工,尤其是自我超越不易,突破更难。但我依旧努力,坚持不懈,无怨无悔,呕心沥血,笔耕不辍,乐在其中,以它来陪伴自己人生的青春和美好。"

《情满绿水青山》分为"忆江南""西行记""南国风""湘西情""三峡梦"五辑。"忆江南"一辑计10篇,写江浙一带的鲁镇、苏州、乌镇、甪直、周庄以及其他江南名胜庐山、洞庭湖、云梦泽等,笔下徐徐展开一幅幅水墨画,恬静淡雅,意境悠远,饱含着历史的沧桑烟雨。华章先生上大学时用两年的课外时间读完了十卷本《鲁迅全集》,年轻时狂热地喜欢鲁迅,曾是湖北省武汉鲁迅研究组的成员,他对鲁迅的熟悉程度远非一般人所能比拟。当他"乘着文学的乌篷船而来",站在鲁迅故里前的游船码头上,其心潮澎湃的感受是能够想象得到的。《乌镇,我轻轻地来》则是写茅盾故乡乌镇,"纵横的河面很窄很小,流水也很潺潺湲湲,唯有河上石桥高高地拱立,青石板小巷幽深古朴,明清建筑老宅保存完好,木板铺子古色古香,风韵浓郁而独特"。他站在文学巨匠茅盾的故居前,凝视良久,思绪万千。"当年茅盾亲手种植的那棵棕榈树,而今枝干已超过院墙,高达七八米,郁郁葱葱。"其他篇什有的写苏州小巷,有的写甪直名胜,有的写诗画周庄,均与现当代文化名人有关。地以人名,自古已然。华章先生如今已年过80岁,行走于水墨画意境般的江南,他想起叶圣陶老人的一句话"多活几年,多做些事",内心里的感受会比一般人更加强烈。

"西行记"一辑有15篇散文,写金沙江、西双版纳、贵州苗寨以及长江三峡区域的向家坝、苏马荡等地风景与人物。古人将"读万卷书,行万里路"视为人生求知的必由之路,华章先生乐此不疲,平时在家手不离书,除了写作就是读书,勤奋的人生态度让晚辈敬佩。不仅如此,近些年他已进入高龄,仍然像年轻人一样在全国各地行走,凡有文学聚会,他必定兴致勃勃参加。他家乡有个侄子,在利川苏马荡买了新房,邀请他去享受大山深处的清凉。他不仅去了,兴趣盎然地观赏了红杜鹃、紫杜鹃和银花杜鹃,还大大方方地掏腰包,也在苏马荡买了一间房子,当作自己夏天读书、写作的"避暑山庄"。尽管听说花去了先生的大半生积蓄,但他似乎一点也不心疼。我懂得华章先生的心思,和读书、写作比起来,其他什么事都是小事。在《苏马荡流淌出的美》一文中他写道:"好似在吟咏一首首山水诗,观赏一幅幅中国画,于不经意间在林海深处接受一次心灵的洗礼。"这种美好的人生境地,正是中国文人所向往和追求的。

"南国风"一辑有散文10篇,收录了作者游览台湾、澳门、福建、海南等地的作品。退休后游览祖国的大好河山,是如今许多老人生活的常态,喜爱读书、写作的华章先生也不例外,每年都要抽出时间到处去走走看看,青少年时代的若干梦想,就在这走走看看中完美实现了。"澳门早已在我心中。谁不为《七子之歌》的深挚真情所打动?""日月潭早就荡漾在我的心中。读小学语文课本便留下了美好的记忆。这次,我在台湾环岛漫游，好像行走在梦里一般。"读着这样的一些句子，怎么能不为华章先生的赤子之情所感染呢？跟随他的文字去旅行，身边仿佛也吹过了一阵南国风。虎门未消散的硝烟，武夷山大红袍的诱惑，客家土楼的风情，海南岛的椰子树，别具韵味的惠安女……此刻，脑海中浮现出华章先生在散文中所描绘的一个画面："霏霏细雨中，我倚着一棵高高的相思树，手里抚弄着几片绿叶，似乎感觉到一种无言的绿色默契，涌出了一缕缕情思。"

李华章一生最爱写两条河：一是家乡的沅水，一是长江三峡。这本散文集中的"湘西情"和"三峡梦"，分别与这两条河有关。"湘西情"计13篇，"三峡梦"计14篇，都是值得反复回味的优美篇什。"我独自徜徉在茶峒街上，寂静到了极点，连青石板也踩不响了。"在这种寂静的意境中游览诗画般的湘西，也是人生的一种至乐。"老人推开木窗子，酉水悠悠地流动在眼前。我探出头左右望去，河岸杨柳依依，万千条柳枝拂在水面，春风吹绿酉水岸。"读着这样的文字，仿佛看见华章先生在悠悠岁月中笑谈人生，白云苍狗，今夕何夕。三峡的路，像一首读不完的奇诡的诗。沿着这条路去看三峡的水，别是一番滋味在心头。随着三峡工程的兴建，水位上升，三峡许多美丽的景致被淹没到江底。无论是旧三峡，还是新三峡，抑或是故乡的沅水，华章先生始终满怀着热情赞美和讴歌，倾尽毕生心血，写两条河的风情。

被人称作文坛常青树的台湾散文作家王鼎钧先生曾经说："真正的衰退不是白发和皱纹，而是停止了学习和进取。"这句话用在李华章身上，十分准确和贴切。在散文写作的道路上，他从来没有停止过学习和进取。他认同林非、石英、张新颖等散文大家的文学见解，认为散文是"心的文学"，但凡一篇优秀的散文作品，首先要有感而发，富有真情实感。好散文看似信手拈来，浑然天成，实则是作者惨淡经营，在大量生活积累的基础上精雕细刻而成。好散文都是有血有肉的，追求真善美，字里行间带着生命的欣喜和疼痛，具有终极的人文关怀。纵观李华章的散文集《情满绿水青山》，他这么说，也是在这么做。一个不断学习和进取的人，必然会向着理想的灯塔一步步前行，成功到达彼岸。

（原载《中国三峡工程报》副刊 2018 年 11 月 17 日）

如画山水寄深情

——读李华章散文集《情满绿水青山》

◎ 牛　军

李华章先生送我一本浸透着墨香的《情满绿水青山》，封面简洁朴实，没有刻意吸引眼球的华丽，却使人从心中生发出一种十分厚实的感受。

这是一本描述山水的抒情散文集。全书分"忆江南""西行记""南国风""湘西情""三峡梦"五个部分，除"附录"外，收入作者作品62篇。书中，华章先生用他那如椽的大笔、优美的文字为我们勾画出一幅幅如诗如画的山水图画。字里行间，寄托了他那深似大海的浓浓情意。

在华章先生的笔下，山千姿百态，各领风骚。他总是不止一次地去游览同一座名山，他认为只有反复地与山亲近，与山对话，才能感悟出山的真谛。在《始识庐山真面目》一文中他这样写道："头一次登庐山，跃上葱茏四百旋之后，我沉醉于处处风景名胜中，竟没有写出任何文字，空空而归。"再次去庐山，才发现庐山是"一座神秘的山"，一座让人"思绪联翩，遐思漫想"的山，在这里有"多少人物亮出了他们的众生相，香炉峰的飞瀑录下了多少人的心声……"，短短的几句话，便揭开了庐山的"真面目"。惊心动魄的故事，力挽狂澜的人物在这里一览无余。随之，他顺理成章地展现出庐山的不同凡响。"那奇观，那磅礴，那壮景，该是何等不同寻常，令人振奋，叫人沉思。"从而，使人感受到了一种雄奇的美。

在《重访韶山冲》中，华章先生运用他细腻的笔触，描述了另外的一座山。那是"舜帝南巡到湘江流域"，"依依不舍"的"一座青山"。一座走出了"20世纪中华伟人"的山，一座让"天南海北的千千万万人向往"的山。当人们走到这里时，就"好似走在中国最神秘、最可爱、最伟大的土地上"。如此极致地形容，这只能是"中国韶山"。也由此，"千千万万人向往韶山，怀念韶山，解密韶山"，使"韶山走向了世界"。这些简单的语言、朴实的文字，其实内涵深刻，寓意深远。我们读到的是一个从韶山走出来的伟人，带领中国人民"走向了世界"。于是，我们感受到了一种厚重的美。

崀山，位于"湘西南边陲的新宁县，与广西比邻"，"当代大诗人艾青，1939年9月……在这里生活和工作了一年，完成了《诗论》一书，创作了长诗《火把》等作品"。山上"那天然的巨型石廊，形似银珠飞溅，崖面平整如镜，宽达数万平方米，气势磅礴，雄伟壮观；那幽静的翠竹巷，翠竹婆娑，鸟语花香，让人流连忘返，依依难舍"。"崀山，山奇水美……江水碧绿碧绿，清亮清亮，细沙轻柔，彩石可见，鱼游浅底，江面宽约200米，有险滩，有长潭，弯弯曲曲，两岸风光如画。"如今，勤劳的新宁人，把它打造成了"崀山天然公园"，已有"桂林山水甲天下，崀山山水赛桂林"（《崀山归来入梦频》）之说。凭借着这里的如画美景，作者"衷心祝愿崀山风光早日与桂林山水媲美、争妍"。读此，感受到了一种清新的美。

在华章先生的笔下，水百般娇媚，风情万种。湘西凤凰"沱江的水，长年清澈，水色似新鲜的绿豆一样"。这水"汇集了万山细流，沿了两岸有杉树林的河沟奔驶而过，农民各就河边编缚竹子做成水车，引河中流水，灌溉高处的水田"（沈从文《我所生长的地方》),构成了"湘西民风民俗的一道亮丽的风景"。这水"黏合卑微人生的平凡哀乐",潜映"离愁别绪、孤独悲哀"的"苍凉人生",却造就了"一位大智者、大作家、大学者"。水的妩媚,水的灵性,水的情感,水的创造,与这位"大智者、大作家、大学者"融为了一体,"他的骨灰……一部分撒入悠悠的沱江碧水……那绿绿的水,将会永远荡漾灿烂"!作者的笔下活现了一个文学大师的形象,他告诉我们"沈从文创作的活水源头,就是故乡的河,故乡的水。沈从文乐水的习性,从小培养了他的品性和个性,成就了他一生创作的辉煌"(《乐水者记》)。就是这条"悠悠流来,潺潺流去"的水,给了沈从文以大智慧。当我们在品赏华章先生笔下的"沱江水"时,也同时分享了沈从文先生的大智慧。

在华章先生的笔下,不仅有着沱江水的悠悠流淌,还有着峡江水的"惊涛骇浪"。在三峡建设者的手中,峡江水由"不尽长江滚滚来驯服地经导流明渠——三峡人工河滔滔东去"。于是,"巫山神女无恙地微笑了。千山万水响起了欢呼的回音"(《龙口激浪》)。由此,读者感受到了中国人的勇敢和胆识。

此外,华章先生还为我们呈现了一条有着嗅觉感受的水——"香溪河水"。只要你"扑进了悠悠香溪河的怀抱,那潺潺的碧水,淙淙的音韵,水中的倩影,令人一见钟情"。作者用"香溪水"寄托了人们对王昭君的思念和敬慕。因为"百里香溪汇入昭君的泪泉,浸润着昭君的体香,即使岁月流逝,烟雨苍茫,人民心中的香溪也会永远流香而去……"(《香溪流香去》)。在作者的笔下,"香溪清亮的水是香的"。一个"清亮"又"香"的水,凸显了香溪河水"娇柔妩媚""玉洁冰心"的特质。

  华章先生钟情于山水，寄情于山水，用自己的笔墨让山水灵动于我们眼前，让"绿水青山就是金山银山"的理念，"成为一种永恒的景观"，使人拍手叫绝。同时，通过他"攀登一座座名山，跋涉一条条江河，徜徉一个个古镇村寨，饱览一幅幅美丽中国的图画，放情于山水之间"（《自序》）的做派，我们看到了山水类抒情散文蓬勃发展的"灿烂的明天"。

（原载《三峡日报》2018 年 12 月 22 日）

后　记

我的散文写作生涯

　　2021年伊始，中国人的心里洋溢着浓浓的春意。"十四五"规划已经开局起步；脱贫攻坚战取得了决定性的伟大胜利，创造了人间奇迹；更迎来了中国共产党成立100周年华诞。这江山，这时代，这宏图，怎不激励着全国人民奋战新征程的决心与信心。

　　在这个愉快的春天，我静静地编完了自己的新散文集《湘西风与月》，平静的外表掩盖不住内心的波澜。我的文学生涯，若从1964年4月在《长江文艺》发表处女作算起，已经57年了；若从1971年11月调入宜昌市文艺创作组算起，也已经50年了。比起中外文学史上的许多作家、诗人来，我是很幸运的。其中有不少人在青年或中年逝世。比如写出《瓦尔登湖》的美国作家梭罗，1862年病逝，终年45岁；世界短篇小说巨匠、俄国经典作家契诃夫，1904年病逝，终年44岁；世界上数一数二的短篇小说大师、法国作家莫泊桑，1893年去世，终年43岁；英国大诗人雪莱，1822年英年殂谢，年仅30岁；中国现代著名诗人、散文大师徐志摩，年仅34岁就匆匆地离世；等等，恕不一一列举。他们的创作实绩是举世惊人的，但其创作期限则是令人非常惋惜的。

　　我1937年出生于湘西溆浦，是喝溆水（沅水支流）长大的。18岁才离开家乡，留下了太多太多的依恋和记忆；再到武汉县华林上大学,毕业后分配在长江西陵峡口宜昌教书10年,从事文联工作长达半个世纪,虽未过一把专业作家的瘾,却总围绕着文坛流连,鞍前马后服务。可对文学创作的执着追求是从未停止过的。在办公室(集体办公)不便挥毫创作,星期天则是我的自由写作日。每次十天半月的创作学习班、笔会上,恳请《三峡文学》编辑小吕永久代劳看稿、改稿,我抢时间写点作品,积少成多。每隔两三年或三五年出版一部作品集,书稿送给出版社后,或泥牛入海,或碰巧命中,或遵命作文,出版一本书多么不容易!有如"蜀道难"!不少书都是"与人合作"面世的,吃亏也是福。文坛台阶总是一级一级攀登而上的,半途退伍者亦不在少数。但"文学梦"的力量是不可低估的,人贵有理想,并为之而奋斗。是金子总会发光的。回望过去几十年,在文坛上仍有存在感,自不免有几分欣欣然。

  回忆初登文坛时,我写过诗,写过评论,编过剧本,撰写过"脚本",搜集整理三峡传说故事,10多年进行长江三峡游记写作。好几位编辑是我成长的良师。比如《长江日报》副刊开办"万里长江"专栏,由马昌松、江柳先生责编,两年里共发表202篇游记,我有幸独占20余篇,为以后的游记散文创作打下了良好的基础。难怪著名学者、散文家、中国散文学会会长林非评价:"在李华章的散文创作中,以游记类的文字最引人入胜。"1994年,在庐山旅游散文创作会议上,补选我为"中国旅游散文研究会"副会长。1995年,中国散文协会在北京成立,我当选为理事,当时全国会员700多人,当选常务理事15人、理事约50人。之后,我在宜昌、湘西推荐介绍30多名作者入会,其中不少人已成为散文家。那些年我的《三峡雄奇此为魁》《云雨巫山十二峰》《山环水绕巫山城》《白

后 记

云生处人家》《神女峰，永远美丽》《信号台，三峡的风采》《三峡又闻猿鸣声》《滩多流急西陵峡》等游记散文广受好评。《广州日报》一年可发表五六篇，责编符启文是"秦牧散文奖"的得主。2002年9月7日、8日，中央电视台科教频道《子午书简》栏目播映了刘白羽《长江三日》、林非《三峡放歌》、菡子《香溪》、李华章《滩多流急西陵峡》一组散文游记，连续一同播映四次，影响深远。2011年，由中国大众文学学会、《散文选刊》杂志社合办"美文天下·首届全国旅游散文大赛"，拙作《神女峰，永远美丽》荣获金奖。长江三峡，我写了一生。

湘西，是我文学的家园和一块热土。最难忘的是羊翚老师，《长江》文学丛刊1987年第2期发表我的第一篇湘西散文《梦里的溆水》，原题为《我梦里流动的溆水》，责编羊翚先生虽未见其人，但闻其名，他是著名诗人、散文家，一生坎坷，刚恢复工作不久。之后，经羊翚老师之手，又编发了《溆水河畔屈原魂》。《梦里的溆水》发表后，曾先后入选《中国新时期抒情散文大观》（林非、傅德岷主编）、《中国现当代散文三百篇》（林非主编）、《中国当代散文精选》（林非主编），以及2010年入选《中国散文家代表作》。羊翚老师在我的第一本散文集《绿韵》序里写道："我希望华章继续走下去，不断探求新路，发现未曾发现过的'风景'。不为山水所役，胸中自有丘壑！"（1988年元旦）好一个"役"字。真是一字千金啊！经"伯乐"一点拨，从此我便开启了散文创作的一片新天地！

1990年，《散文》和《散文百家》联合举办首届"中华精短散文大赛"征文。据报道，在全国4万多篇参赛散文中，经过8位全国著名散文大家、编辑家评委周明、石英、吴泰昌、林非、丁振海等严格、公正、公平的评审，共评出15篇作品获"优胜奖",不另分等级。我发表于《散文百家》(1990年3月号)的散文《千年屋》获奖,被《散文海外版》1991年第1期选载。这兴许是我散文创作冲出宜昌、湖北,走向全国的可喜开端。1994年,在张家界笔会(《芙蓉》与《散文海外版》举办)上,《千年屋》被著名学者、散文家楼肇明先生称誉为"复调散文"。当时,我感到这种说法很新鲜。

之后连续多年,我创作出《山里舅舅》《晚景》《凝固的瞬间》《欢喜佛》《开秧门》《赶考记》《记忆烘桶》《梦怀过年》《杖筒而哭》《湘西年俗》《忆溆浦》《王村镇风韵》《历史的丰碑》《心中的凤凰》《芙蓉楼之魂》等一系列有关湘西的散文,发表于全国各大名报刊:《人民日报》《文汇报》《文艺报》《经济日报》副刊及《散文》《散文世界》《中华散文》《北京文学》《散文百家》《散文天地》《红岩》等,多次被《散文选刊》《散文海外版》选载,形成了个人创作的"小高潮"。写得"比较自如、洒脱,显示出作者的风格了"。记得《散文选刊》扉页上刊登"散文百家"我的大幅照片,每期两幅。私心不禁喜之,但从未宣扬,几十年来,我主持过无数的创作座谈会,却从未开过一次自己的创作座谈会。中国现当代文学界每10年编选一部大型《中国新文学大系》,1917—1927年、1927—1937年、1937—1949年各一套;中华人民共和国成立后,由上海文艺出版社接着出版,1957—1967年出版一套,在1976—2000年出版的这一套由王蒙、王元化总编,时间跨度长达24年,凡20卷,其中散文2卷(吴泰昌主编),拙作《王村镇风韵》入选。当时湖北入选的作家是徐迟、碧野、田野、王维洲、熊召政和我。对我而言,也许是运气好吧!《欢喜佛》被译成韩文出版……我深知,"散文易学而难工"。欲达到新的审美高度,非倾注作者毕生的精力不可!

后 记

《湘西风与月》，收入的作品主要是近两三年来的新作，也遴选了少数有关的旧作，还有几篇从未收入其他集子的作品，分为"湘西之恋""湘西情缘""大地风雨""文坛梦忆"四辑。一个人越到老年，故乡情结就越浓，割不断，理还乱，缠人得很。书名《湘西风与月》便寓意其中。作品文末或注明发表报刊，或注明写作年月。

对长期关注与帮助过我的评论家，我一直是心怀感恩的，特选出几篇书评，"附录"于后。其中有的是大家、名家，有的是年轻的评论工作者。文字中一些批评是真心善意的；某些溢美之赞，是他们对作者的鼓励，饱含着"文人相亲"之情，难能而可贵。在这里，深深地致以谢忱！对出版社的大力支持，以及亲人的长期关爱，一并深致感谢！

李华章

2021 年 4 月 15 日于三峡荷屋